뽑기 게임에서 살아남는 법

임제열 퓨전 판타지 장편소설

WISHBOOKS FUSION FANTASY STORY

뽑기 게임에서 살아남는 법 2

임제열 퓨전 판타지 장편소설

초판 1쇄 찍은 날 | 2020년 11월 4일
초판 1쇄 펴낸 날 | 2020년 11월 11일

지은이 | 임제열
펴낸이 | 권태완 우천제

기획 | 위시북스
편집책임 | 한준만
편집 | 위시북스

펴낸곳 | ㈜케이더블유북스
등록번호 | 제25100-2015-43호
등록일자 | 2015. 5. 4
KFN | 제2-59호

주소 | 서울시 구로구 디지털로31길 38-9, 401호
전화 | 070-8892-7937 팩스 | 02-866-4627
E-mail | fantasy@kwbooks.co.kr

ISBN 979-11-293-6634-4 04810
979-11-293-6632-0 (set)

※ 이 도서의 국립중앙도서관 출판시도서목록(CIP)은 서지정보유통지원시스템 홈페이지(http://seoji.nl.go.kr)와 국가자료공동목록시스템(http://www.nl.go.kr/kolisnet)에서 이용하실 수 있습니다.

Wish Books
임제열 퓨전 판타지 장편소설
WISHBOOKS FUSION FANTASY STORY
2
뽑기 게임에서 살아남는 법

뽑기 게임에서
살아남는 법

CONTENTS

Chapter 1

구역 전체를 포위한 채로 천천히 조여오는 그들. 우리는 자연스럽게 양종현 쪽 집단과 붙게 됐다.

"옴마나, 저 사람들 왜 저러는 겨? 거기 총각, 저 사람들 알어?"

한 아주머니가 나에게 물어온다.

"모르는데요?"

"그런데 왜 저러는 거여?"

"글쎄요."

"그쪽들이랑 원한 관계있거나 그런 거 아니여?"

"원한 관계요?"

"아까 보니 구면이니 뭐니 하던데."

"……."

"맞지?"

"하- 그래서요?"

"뭐?"

"그렇다면 우리보고 뭐, 어쩌라는 겁니까?"

순간, 확- 짜증이 났다. 지금 누구 때문에 이 상황이 벌어졌는데 책임을 돌리려 하는 거야?

"아니, 우린 상관없는 사이면 좀 피해 갔으면 해서 그런 거지."

"그건 저한테 뭐라 할 게 아니라, 저쪽한테 말해보셔야 할 것 같은데요?"

난 손가락으로 저쪽 험악한 리더, 강권석을 가리켰다. 물론, 혀를 길게 내밀며 입술을 핥고 있는 그가 이들을 얌전히 내보내 줄 거라 생각하고 말한 건 아니다.

"크크크, 안녕들 하신가?"

그는 살벌한 표정으로 우리를 훑었다. 그 표정에 양종현도 그렇고, 그의 단원들도 전부 겁먹은 표정이었다. 오직 우리 단원들만 긴장할지언정, 겁먹지는 않았다. 괜스레 뿌듯하네.

"어이, 긴장들 하지 말라고! 서로 합의만 잘 보면 눈살 찌푸릴 일 없을 테니 말이야."

강권석이 빙그레 웃었다.

"워, 원하는 게 뭐요!"

"갑자기 우리한테 왜 그러는 거요!"

노인들이 덜덜 떨며 외쳤다.

그 모습이 참 우스웠다. 그동안 우리 일행이나 양종현에겐 찍찍 반말했던 사람들이, 조금 험악한 사람이 협박했다고 바로 존댓말로 바뀐다.

"간단해. 가진 걸 모두 내놔라. 그럼 목숨만은 살려주지."

강권석이 한 발짝 앞으로 나서며 말했다.

그러자 그의 단원들이 킬킬거리며 거리를 더욱 조여온다.

"이런 곳에서 가진 걸 다 달라는 것은 죽으라는 말 아니오!"

"맞아! 저쪽 인원들이랑 앙금이 있는 것 같은데 우리는 좀 빼줘요!"

"앙금? 크하하하!"

놈이 한바탕 웃더니 날 쳐다본다.

"일단 늙은이들은 골드 넘길 생각이 없는 것 같고, 그쪽은?"

놀랍게도 그 짧은 순간, 내가 리더라는 것을 간파했나 보다.

"나?"

"그래, 거기 다섯 명 말이야. 분위기를 보아하니 다른 팀 같은데."

"으음, 난 역으로 제안하지."

"호오, 제안? 어디 들어나 볼까?"

"저들이 어찌 되든 신경 안 쓸 테니, 우릴 보내줘."

"음?"

내 답변이 의외였다는 듯, 놈이 이마를 치켜세운다. 문제는 옆에서 지켜보던 양종현 쪽의 반응이다.

"총각, 지금 뭐라 했어?"

"우리가 어찌 되든 신경 안 쓴다고? 미쳤어?"

"사냥할 때 보아하니 힘도 세 보이는데 젊은 사람이 그러면 안 되지. 쯧쯧."

어이가 없었다. 주변을 둘러보니 다들 날 쳐다보고 있었다. 아니, 노려보고 있었다.

내가 양종현처럼 보살이라 생각하는 건가?

저들은 도와주고 싶은 마음이 들었다가도 사라지게 만드는 재주가 있었다.

"하- 이보세요들. 쪽팔리지도 않습니까? 저들을 불러들인 게 누군데 우리보고 책임을 지라 하는 겁니까?"

특히, 터를 소환했던 아줌마. 그녀의 표독한 표정은 본인이 전혀 잘못한 게 없다고 생각하는 듯했다. 오히려 따져 물었다.

"뭐? 저들을 만난 게 우리 잘못이라는 거야?"

"네, 대가리란 게 달려 있다면 알겠지요."

"뭐, 뭐야? 대, 대가리?"

"그리고 왜 반말이십니까? 아까 보니 저들한텐 보란 듯이 존댓말 쓰시던데들."

"그, 그건……."

"더 이상 열 받게 하지 말고 꺼지세요."

내가 창을 꺼내 들자 아줌마가 뒷걸음쳤다.

한심하긴. 나는 그런 그녀를 내버려 둔 채 강권석 쪽으로 발을 옮겼다. 그가 웃으며 나를 반겼다.

"이거 재밌는 친구였구먼?"

"내 제안은 생각해 봤나?"

"아, 그 제안 말이지."

놈이 머리를 긁적인다.

"그건 곤란하겠는걸?"

"왜?"

"저기 귀여운 꼬마에게 볼일이 있어서 말이지."

놈이 서은채를 보며 입맛을 다신다.

미친 새끼.

나는 그런 그를 향해 곧바로 창을 내질렀다.

슈웅!

놈은 깜짝 놀란 듯 뒤로 넘어졌고, 그 사이로 놈의 몬스터가 뛰어들어 막는다. 3성짜리 곰족과 늑대족이다.

"이런 ×발, 깜짝이야!"

아쉽게 살짝 스쳤는지 놈의 뺨에서 피가 흘러내린다. 좀만 빨랐어도 원샷 원킬이었는데. 아깝네. 난 살기 어린 표정으로 쳐다보는 그를 보며 웃었다.

"안타깝네."

"가, 갑자기 뭐야?"

"하지 말아야 할 말만 내뱉지 않았다면 살아갈 수 있었을 텐데."

"이 새끼가 돌았나! 너 내가 누군 줄 알아?"

"너? 잘 알고 있지."

사실, 저 노인들 때문에라도 이들과 싸울 생각은 없었는데 마음이 바뀌었다. 감히 내 단원을 욕보인 대가는 치러야지.

"뭐? 내가 뭔데."

"뭐긴, 인간쓰레기지."

내 답에 강권석이 부하들에게 외쳤다.

"개 같은 새끼들 그냥 다 죽여 버려!"

순간, 내 앞에 뜨는 메시지.

[요정족 '쉐핀'(★★)의 축복을 받습니다.]

서은채였다. 그녀는 화난 표정으로 강권석을 노려보고 있었다.

'잘했어.'

기특했다. 트라우마 때문에 정신적으로 힘들어하는 것보다 분노의 대상으로 불태우는 게 백배 나으니까.

-크아아앙!

놈의 늑대와 곰이 나에게 달려든다. 순간, 일행들이 곧바로 달려와 내 옆으로 붙었다.

순식간에 벌어진 난전. 양종현 쪽 사람들도 부랴부랴 뛰어다니며 저들과 맞서 싸우고 있었다. 확실히 전력은 저쪽이 더 우세다.

"자네, 괜찮겠는가?"

할아버지가 탱커 '라이'를 앞세우며 물었다. 놈들의 어태커들은 무려 3성. 고작 2성인 라이로 막기엔 한계가 분명하다.

"승부는 장담하지 못합니다."

"그럼?"

"그래도 저놈 하나쯤은 데려갈 수 있겠죠."

난 강권석을 노려봤다.

다시 여유로운 표정을 짓는 놈. 아무래도 본인의 몬스터가 천하무적이라 생각하는 듯했다.

'그 웃음 언제까지 이어지나 보자고.'

난 다리를 박차 '라이'를 공격하는 두 몬스터에게 창을 휘둘렀다.

스걱! 서걱!

아델에게 배운 베기 기술. 창이 8자를 그리며 동시에 놈들에게 자상을 입힌다. 긁힌 자리에서 피가 터져 나온다.

괴성을 지르는 몬스터들. 나는 다시 창을 고쳐잡고 먼저 곰의 목덜미에 창을 꽂았다. '엔트로피'가 3성이 되어서일까? 창날이 생각보다 손쉽게 가죽을 뚫는다.

-크어어엉!

"뭐, 뭐야! 저게!"

뒷걸음질 치는 강권석의 모습. 나는 쏟아지는 곰의 피가 얼굴에 묻는 걸 느끼며 그를 향해 미소 지어줬다. 내 웃음이 부디 죽음의 사신처럼 보이길 바라며…….

푸확!

팔에 힘을 줘 창을 손쉽게 뽑아낸 나는, 마침 공격해 들어오는 늑대의 아가리에 그대로 다시 찔러 넣어줬다.

[크리티컬!]

꼬챙이처럼 뚫려 버린 3성 늑대. 순간 옆구리 쪽이 쓰라려왔다. 제기랄. 그 짧은 순간 놈의 발톱에 베인 것 같다. 그래도 그동안 고통에 내성이라도 생긴 것인지 견딜 만은 했다.

푸확!

다시 힘주어 창을 뽑아냈다. 치명타가 제대로 들어갔는지, 엎어져 꿈틀거리는 놈의 몬스터들.

'이 정도면 꽤나 발전했네.'

아무리 어그로가 있었다지만 3성 두 마리를 한숨에 보내버리다니. 사실 생각보다 더 쉽다는 느낌이 있었지만…….

일단 난 옆구리를 부여잡은 채로 놈에게 천천히 다가갔다.

"뭐, 뭐야 이 괴물 새끼는!"

놈은 뒤로 자빠진 채로 계속 나와 거리를 두려 했다. 왜, 합체족 유저는 처음 보나?

"저, 저리 가! 저리 가라고!"

놈의 몬스터들은 이미 내 뿔하피와 일행들의 몬스터들로 인해 마무리된 상태. 나는 그를 바라보며 혀를 날름거렸다. 아까 요놈이 우릴 바라보고 이렇게 했었지 아마?

"사, 살려줘. 새끼들아! 여기에 지원을 보내란 말이야!"

놈이 부하들에게 외쳤다. 그러나 달려드는 부하들의 몬스터들은 전부 아델 선에서 처리되는 중. 어느 순간 위기감을 느낀 놈들은 더 이상 이곳을 쳐다보지도 않았다. 오직 양종현네와 싸울 뿐.

'오?'

그 와중에 양종현의 모습이 돋보였다. 다른 인원들처럼 몬스터들에게만 맡기고 덜덜 떠는 싸움 방식이 아닌, 본인이 직접 나서서 싸우는 방식.

'괜찮은데?'

싸움 방식이 특이했다. 마녀족 '그림하일드'를 통해 디버프를 건 후, 보호족 '케일'을 사용해 본인을 위협하는 적에게 딜링을 한다. 목숨을 걸 정도의 용기가 있어야 가능한 전투 방식이기도 했다.

'아.'

그리고 깨달았다. 내 뒤에 쓰러진 3성짜리 몬스터들 위에도 '그림하일드'의 검은 표식이 떠 있다는 것을.

'어쩐지 쉽더라니.'

나와 그가 부딪치는 순간, 디버프를 건 것이리라. 나름 괜찮은 순발력이었다.

"이 개 같은 새끼들아! 여기 사람 살리라고! 야! 저리 가. 우리가 졌으니까, 저리 가라고!"

그 와중에도 내 앞에 있는 벌레는 열심히 지저귀는 중이다. 난 가볍게 창을 놈에게 내던졌다.

"끄아아아악! 끄아악!"

정확히 놈의 다리 사이 바닥에 꽂히는 창.

"뭐야, 웬 비명이야? 찔리지도 않아놓고선."

"사, 살려주시오!"

그래, 네가 아무리 이곳에서 깡패였다 해도 이렇게 직접적으로 당해본 건 처음이겠지.

난 놈에게 다가가 쪼그려 앉았다. 놈의 안색은 이미 파리하게 질려 있었다.

"아까 했던 제안을 바꿔도 될까?"

"마, 말해보시오!"

"아까 말했다시피 저들을 어찌하든 신경 안 쓸게. 대신 네놈이 가진 거 다 내놔."

나는 아까 내가 들었던 말을 놈에게 그대로 돌려줬다.

"가, 가진 거 말이오?"

"그래. 가진 골드 말이야."

놈이 눈알을 굴렸다.

또르르르- 대가리 굴러가는 소리가 여기까지 들려오네?

나는 바닥에 꽂혀 있는 창을 다시 뽑았다.

"아, 알겠소! 다 드리겠소!"

"그래? 얼마 있는데. 참고로 구라치다 걸리면 진짜 뒈진다."

"그, 그게 제가 건물 업그레이드에 다 쓰는 바람에 1,500골드밖…… 끄아아아아악!"

나는 창을 그대로 놈의 종아리에 찔러넣었다. 이건, 서은채를 농락한 값이다.

"왜, 왜 그러시오!"

"거짓말하면 뒈진다고 했지?"

"아, 알겠소. 사실은 7,000…… 끄아아악!"

나는 창대를 잡은 채 그대로 비틀었다.

"끄악! 도대체 나한테 왜 그러는 것이오! 이러고도 무사할 것 같소?"

"왜 그러냐고? 그야 12,000 골드 있는 거 다 아니까."

"그, 그걸 어떻게. 끄아아악!"

나는 다시 창을 뽑아 들었다. 그리고 무표정으로 놈을 다시 내려다봤다.

"마지막 기회다."

"다, 다 주겠소! 제발 살려만 주시오!"

놈이 울면서 빌기 시작했다.

어느새 싸움은 종결된 상태. 양종현 쪽도, 강권석 쪽도 서로 피해를 입은 상태로 이쪽을 쳐다보고 있었다. 인명피해도 있는 것 같았지만, 저들이 어떻든 별 신경 쓰고 싶지 않았다. 지금 나에게 가장 중요한 것은 서은채의 분노를 달래주는 것.

"내놔."

놈은 순순히 나에게 12,000골드를 넘겼다. 나는 그런 그의 뒤통수를 세게 후려쳤다.

"착하게 살어, 인마. 알겠어?"

"네, 넵!"

"앞으로 내 눈앞에 띄지 말고."

"당연한 말씀입니다!"

"내 눈앞에 띄면?"

"뒈지는 겁니다!"

"그래."

놈이 내 얼굴을 바라보며 공포에 부르르-떨었다. 난 그대로 뒤돌아 일행들을 바라봤다. 아니, 정확히는 노인 그리고 서 씨 남매를 바라봤다.

묻는 것이다. 복수할 마음이 있냐고.

노인이 고개를 저었다. 서은채 역시 고개를 저었다. 서지호는 멀뚱히 쳐다보는 중.

그럼 이 정도로 됐다. 어차피 초반에 3성 두 마리를 잃은 놈은 회생 불가나 다름없다. 놈이 단원들에게 막대한 신뢰를 얻고 있지 않은 이상, 자기 단원들에게도 버림받을 가능성이 크다.

"이만 갑시다."

사실 지금 이러고 있을 때가 아니었다. 빨리 밥 먹고 훈련해야 한다.

우리는 다시 이동했다. 이미 날이 어두워졌기에, 조금만 더 이동한 후 곧바로 자리를 잡았다. 사건이 벌어진 장소로부터 1㎞ 정도 떨어진 장소였다.

"건호 씨 표정 보니까 빨리 밥해야 할 것 같아요."

"그러게 말일세. 나도 무서워서 빨리 정리해야겠군. 허허."

할아버지와 빈서율은 아까부터 자꾸 날 놀리는 중이다.

아까 강권석을 처리한 후, 무거운 분위기에서 빨리 밥 먹고 훈련하자 말한 게 사건의 발단.

"어서어서 준비하게. 자네가 늦을수록 건호 훈련 시간이 줄어들지 않는가.”

“히엑- 그건 정말 큰일인데요? 서둘러야겠어요!”

빈서율이 호들갑을 떨며 요리를 시작한다.

‘누가 보면 내가 훈련 중독잔 줄 알겠네.’

속으로 투덜거렸지만, 사실 알았다. 좋지 않은 사건으로 인한, 집단 내 무거운 분위기를 풀어주려는 의도라는 것을.

짧은 요리시간. 메뉴는 감자를 빻아 만든 감자전이었다.

빈서율이 감자전 하나를 말아 내밀었다.

“빈서율표 감자전이에요. 드셔보세요.”

“감사합니다. 지호도 밥 먹어야 하니까, 제가 교대하죠.”

나는 그것을 받아든 채로 숙영지를 나섰다. 근처에는 저번 경계 실패로 인해, 마음의 짐이 생겼는지 한창 열심히 수색 중인 서지호가 보였다. 그와 교대를 한 나는 도로가 턱에 걸터앉았다. 그리고 감자전을 베어 물었다. 물론 경계는 해야 하니 날은 세운 상태로.

“맛있네.”

나쁘지 않았다. 용케 기름도 구했는지 겉면이 바싹하게 익어 더 맛있었다. 아쉬운 건 간장이 없다는 것.

그래도 다행이다. 망해 버린 세상에서 음식의 종류가 다양할 수 있다는 것은 많은 스트레스를 줄여주니까.

‘요리를 배우고 있는 팀원이 있다는 것만으로도 복 받을 일이지.’

감자전을 즐기고 있자 인기척이 들려왔다. 고개를 돌리니 서은채가 보였다.

"아저씨?"

"음? 벌써, 교대야?"

"아, 아뇨."

"그럼?"

"그냥 제가 찾아왔어요."

아무래도 이 꼬마가 나한테 볼일이 있나 보다. 아까 처리했던 강권석 때문이려나?

"그래, 무슨 일인데."

난 남은 감자전을 입에 욱여넣으며 일어섰다. 그러자 뒷짐을 진 채로 머뭇거리던 서은채가 곧바로 고개를 숙였다. 90도로 깔끔하고도 정중하게.

"감사합니다."

"음?"

"그냥 고맙다는 말을 하고 싶었어요. 저번에 구해주신 것도 그렇고, 이번에 나서주신 것도 그렇고. 정말 감사해요."

역시 예상이 맞았다. 예전부터 느꼈던 건데, 그녀는 낯간지러운 말을 참 잘한다.

"그렇게 고마워할 필요 없다. 당연한 거 가지고."

나는 언젠가 빈서율이 내게 했던 말을 그대로 건네줬다. 그러면서 그녀의 머리를 헝클어뜨렸다.

그래. 이제 같은 단원끼린데. 당연한 거지, 뭘.

간단히 끼니를 해결하고 난 다시 창을 들었다. 당분간은 아델이 말했던 기초 3단계를 연습해야 한다.

'찌르기, 베기, 때리기.'

찌르기랑 베기는 좀 되는 것 같은데, 때리기가 어렵다. 주공격 용도가 아닌, 방어 또는 견제수단이기 때문이다.

'오늘은 때리기 위주로 연습해야겠군.'

물론 본격적인 연습 전, 체력 단련과 근력 단련은 필수다. 이제 웬만한 훈련법으로는 근육에 무리가 오지 않기에 나는 가볍게 물구나무를 섰다. 역시 전혀 흔들림 없기에, 각 손가락 세 개로만 지탱해 본다. 그 상태로 팔굽혀펴기를 지속했다.

"와, 영화에서나 보던 걸 하시네요?"

멀리서 석궁 하나를 들고 찾아오는 빈서율이 보였다. 나는 운동을 계속 지속하며 답했다.

"서율 씨, 오셨어요?"

"설마 치사하게 혼자 훈련하려고 그런 거예요?"

"오! 잘됐네요. 같이하면 저도 좋죠!"

내가 격하게 반가워하자 그녀가 날 흘겨봤다.

"왠지 절 반가워하는 게 아니라 아델을 반가워하는 거 같은데요?"

뜨끔했다. 이거 생각보다 눈치가 빠른데?

"하하, 일단 체력 단련부터 같이하자고요."

"아, 건호 씨."

"네?"

"이거 한 번 보실래요?"

그녀가 석궁을 들어 고층 빌딩 하나를 조준했다. 이미 볼트는 장착되어 있는 상태. 나는 물구나무를 멈추고 자리에서 일어나 그녀를 주시했다.

"퀴리오스를 사용하고 난 후부터 시야가 엄청나게 좋아졌어요. 보세요. 14층 맨 오른쪽 창문 맞춰볼 테니."

"네."

잠깐의 침묵. 그녀는 호흡을 멈추더니 방아쇠를 당겼다.

슈웅-

직선 궤도로 날아가는 볼트. 그 스피드가 과거와 차원이 달랐다.

챙그랑-

정확히 그녀가 목표한 곳에 닿는 볼트.

유리창이 처참하게 깨졌다.

"보셨죠!"

"대단한데요?"

"뭔가, 더 잘 맞고 더 강해진 느낌이에요. 원래 석궁 원리대로라면 힘이 늘어난 것과 관계없이 속도는 일정해야 하는데……."

"아마, 퀴리오스의 추가 대미지가 석궁에도 적용되는 걸 거예요. 퀴리오스도 2성이니까, 그에 맞게 조정되는 거겠죠."

"아, 그럼 퀴리오스를 더 키우면 석궁도 더 강해지겠네요?"

"그럴 거예요. 정확히는 서율 씨가 사용하는 석궁이 강해지겠죠."

신기해할 것도 없었다. 어차피 게임 논리가 지배하는 세상.

원거리 합체족인 '퀴리오스'가 6성이라면, 석궁도 그에 적합한 힘과 속도를 지니게 될 것이다.

"와, 좀 더 연습해 봐야겠어요."

"그럼 그전에 부탁 하나만 해도 될까요?"

"뭔데요?"

"아델 좀 소환해 줄래요?"

"아."

훈련은 밤새 이어졌다. 빈서율은 새벽 3시 즈음 됐을 때 먼저 들어갔고, 들어보니 나머지 인원들도 늦은 시간까지 경계 및 몬스터 스킬 숙련도를 쌓았단다.

과거엔 고개를 절레절레 흔들며 조금 쉬라고 말하던 빈서율도, 이제는 내 밤샘을 당연하게 받아들인다. 그러려니 하는 것이다.

'아무리 생각해도 사기야.'

아누비스의 손길. 처음엔 살짝 긴가민가 한 것도 사실이다. 대미지 뻥튀기와 적의 공속 감소. 분명 성능이 좋긴 했어도, 밸런스 파괴의 상징인 S급이라 불리기엔 손색이 있어 보였으니까.

그러나 이 스킬의 사기성은 피로도 회복에서 나타난다. 특히 나 같은 훈련 덕후들에게 기능이 배가된다. 잠자는 시간까지 벌어다 주는 거니까.

원래 게임에서 남들보다 앞서가는 방법은 간단하다. 그저 남들보다 시간을 더 쓰는 것. 그리고 아누비스의 손길은 그것에 최적화된 스킬이다.

'그래도 가끔은 쉬어야지.'

육체는 멀쩡하다지만, 정신적인 측면도 고려해야 한다. 비록 전문적 지식은 없다지만, 수면이 있어서 나쁠 건 없으니까.

날은 금방 밝아왔다. 훈련을 끝낸 나는 숙영지로 돌아와 생수를 벌컥벌컥 마셨다. 이마와 옷에 맺혀 있는 땀이 아침 바람과 맞닿아 증발한다. 생각보다 기분이 상쾌하다.

"와, 설마 지금까지 하신 거예요?"

빈서율이 눈을 비비적거리며 침낭에서 나왔다. 아침 식사를 준비하기 위함이었다.

"좀 더 쉬시지."

"괜찮아요."

나야 스킬의 힘을 빌린다지만, 그녀는 진짜 대단한 체력이었다. 시간이 좀 더 흐르자, 일행들이 전부 깼고 다시 떠날 채비를 했다.

'오늘은 진짜 '지정된 구역'을 찾아야지.'

훈련은 그 이후에 제대로 시작할 거다. 간단한 식사를 마치고 준비를 하던 중 멀리서 서지호가 달려왔다.

"건호 형!"

"응?"

"그 사람이 와요."

경계하다 무언가 발견했나 보다.

"그 사람?"

"그때 양종현인가 하는 사람이요."

"혼자?"

"네."

서지호의 답에 빈서율이 고개를 기웃했다.

"그 사람이 무슨 일일까요?"

일행들은 모르겠지만, 나는 대충 알 것 같았다. 아마 입단하고 싶은 걸 거다. 그와 얘기하는 동안 계속 느꼈었다. 우리 집단에 대한 선망 비스름한 것을.

"먼저 갈 길 가고 있으세요. 제가 만나보죠."

"으음, 괜찮겠는가?"

할아버지가 물어왔다. 난 웃으며 답했다.

"누가요? 설마 절 걱정하시는 거예요?"

"아, 잠깐 잊었네."

그 사건이 끝나고 할아버지가 눈을 커다랗게 뜨고 내게 했던 말이 있다. 지금껏 강권석 그자가 제일 강한 줄 알았는데, 내가 너무 손쉽게 이겨서 놀라웠다는 말.

"자네는 생각보다 더 대단한 사람이었지."

"별말씀을요. 빈서율 씨 통제 맞춰서 천천히 이동하고 계세요. '지정된 구역' 찾으시면 그 자리에서 대기하신 후, '짹짹'으로 교신 보내주시면 됩니다."

"맡겨주세요, 건호 씨."

빈서율이 씩씩하게 답했다.

일행들이 떠나고, 그 자리에 기다리자 천천히 걸어오는 양종현이 보였다.

"안녕하시오. 기다리고 있었군."

"그러게요. 또 볼 줄은 알았는데, 이렇게 빨리 일 줄은 몰랐네요."

"허허, 그렇게 됐소."

"같이 있던 동료들은 어쩌시고요?"

그 답답한 노친네들과 빌어먹을 아줌마. 그래도 끝까지 의리를 지킬 줄 알았는데 버리고 온 건가?

"으음, 그게…… 실은 어젯밤 동안 참 많은 일이 있었소."

"많은 일이요?"

"그쪽이 그렇게 해버리고 떠난 이후, 강권석이란 자가 어찌 된 줄 아시오?"

"저야 모르지요."

"죽었다오."

"네?"

"정확히는 같은 팀원들에게 죽임을 당했지. 처참하게."

이런, 안 봐도 알 것 같았다. 그동안 힘에 취해서 단원들을 개처럼 부렸겠지. 힘으로 얻은 권력. 힘을 잃었으니 무너지는 것은 당연지사. 놀랄 것도 없다.

"그래서요?"

"정확히는 그 이후로 두 집단이 완전히 해체됐소."

"흠."

“저쪽은 리더를 잃었고, 나 역시 리더를 포기했기 때문이지.”

역시 그도 보살은 아니었음일까. 결국, 자리를 박차고 나오셨군.

“솔직하게 말하겠소. 계속 그 자리에 남아 그 사람들을 이끈다 한들 길게 못 갈 것 같더군. 다들 제멋대로에 통제에 따르지도 않고, 몬스터만 소환해 놓으면 본인 역할을 다 하는 줄 알았던 작자들이니.”

몬스터만 꺼내놓아서 다 해결될 거면 「몬스터즈」가 극악의 난이도로 악명높지도 않았을 거다.

“그래서 솔직한 김에 더 솔직해져 보시죠. 굳이 여기까지 절 찾아오신 이유는 뭡니까?”

이제 그의 속내를 들어야 할 때. 대충 짐작은 했지만, 다시 물었다.

“그대의 힘과 통솔력, 그리고 단원들의 단합력에 반했소. 나 역시 어디 가서 꿀리지 않을 자신 있는바, 그대들과 함께하고 싶소.”

“으음…….”

어필이 조금 약하다. 당장 나만 해도 어디 가서 꿀리지 않을 자신은 있었으니까. 자신감만으로 입단을 결정하기엔 우리 집단의 메리트가 너무 크다.

“게다가 운 좋게 얻은 ‘그림하일드’의 저주 중 ‘방깍’ 효과가 있소.”

“아…….”

방깍, 방어력 감소의 준말이다. 「몬스터즈」에 존재하는 디버프 중 가장 필수로 꼽히는 저주 중 하나.

'맞네. 방깍 덕분에 몬스터를 쉽게 잡았었지.'

탑을 오를 때도 무조건 있어야 하는 저주 중 하나다. 게다가 태생 3성짜리 '방깍'이면 정말 어느 집단을 가도 환영하긴 할 거다.

"믿어주시오. 나름 3년 차 즐긴 하드 유저요. 꼭 도움이 되겠소."

하긴, 전투 스타일만 봐도 안다. 말 그대로 될성부른 떡잎. 분명 지금부터 잘 키운다면, 어떤 랭커 부럽지 않은 단원을 만들 수 있으리라. 문제는…….

"음, 종현 씨는 우리 단체 이름이 뭔지 아십니까?"

"뭐요."

"소수정예입니다."

"소수정예……. 음? 서, 설마?"

소수정예. 「몬스터즈」 10년 차 고인물 다섯이 만들었던 집단으로 명실상부 최강 집단의 이름.

3년밖에 안 했다면서 그 이름을 아는 걸까? 양종현의 눈이 휘둥그레진다. 그러나 내가 빨리 선수 쳤다.

"그쪽이 생각하는 그런 건 아니고, 그냥 사람을 가려 받는다는 뜻이지요."

"아, 그런 거였소?"

"반대로 제가 묻겠습니다."

"물어보시오."

"우리 집단에 본인의 목숨을 걸 자신이 있습니까?"

"물론이오."

"그 말에 책임질 수 있습니까? 신중하게 대답하시는 게 좋을 겁니다."

내가 진지한 눈빛으로 그를 빤히 쳐다보자, 그가 침을 꿀꺽 삼켰다.

"으음, 세상이 이렇게 바뀌고 나서 목숨은 매사 걸고 있었소. 진심이오."

"좋습니다. 그러면 계약 하나만 하시죠."

네르갈의 재판. 드디어 그 악마의 스킬을 꺼낼 때가 왔다.

'네르갈의 재판.'

간단히 정리하자면, 먼저 서로가 조건을 걸고 계약을 한다. 그 이후 어느 한쪽이 조건을 어기게 될 경우, 네르갈의 재판에 따라 잘못한 쪽에게 저주가 부여된다.

'신중하게 써야지.'

이 스킬은 양면의 칼날과 같다. 타인을 족쇄로 묶으려다 오히려 역으로 당할 수 있는 위험천만한 양날의 검.

'놈의 저주는 무서우니까.'

시련의 탑 70층 보스 네르갈. 놈의 저주에 걸리게 되면 지금으로써는 어떻게 벗어날 방법이 없다. 그냥 죽는다고 보면 된다.

"무슨 계약 말이오?"

계약하자는 나의 말에 양종현이 머리를 긁적였다. 무슨 말인지 감을 못 잡는 것이다.

"간단해요. 제가 스킬을 사용하면, 그냥 집단을 배신하지 않겠다는 선언만 하시면 됩니다."

"스킬이라……. 만약 어기면 어떻게 되는 것이오?"

"죽겠죠."

"당신한테 말이오?"

"아뇨. 제가 가진 스킬에 의해서지요."

"음…… 그게 무슨?"

"솔직하게 말하죠."

나는 목을 한 번 가다듬은 후, 말을 이었다.

"저는 양종현 씨가 아주 마음에 듭니다. 이전의 전투에서도 능력을 증명했지만, 사실 그전에도 이미 능력을 입증했거든요."

"제가 말이오?"

"네, 그때 그 암 덩어리들을 이끌고 지금까지 생존해 왔다는 것. 저는 그것을 높게 평가합니다. 보통 사람이었으면 절대 못 했을 거거든요."

"아."

"하지만 저는 의심이 많습니다. 종현 씨가 능력 있는 사람이란 것은 분명한 진실이지만, 그렇다고 완전히 믿을 수 있는 사람은 또 아니거든요."

"아…… 이해하오. 안 지 얼마 되지도 않는 사이니."

"네, 지금 데리고 있는 단원들도 제 기준 철저한 검증과정을 거쳤습니다. 그렇기에 제가 믿는 것이죠. 하지만, 매번 그렇게 하기엔 시간상으로 비효율적이겠다는 생각이 들더군요."

"그래서 스킬을?"

“맞습니다.”

나는 그에게 내 속마음을 그대로 털어놨다. 사실 그 외에 S급 스킬의 숙련도를 올리려는 목적도 조금은 있었지만, 그건 중요한 게 아니니 패스하고. 스킬의 대한 정보도 가감 없이 그대로 알려줬다. 딱히 중요한 정보는 아니니 상관없었다.

“물론, 선택은 종현 씨의 몫입니다.”

“그래서 아까 목숨을 걸 수 있냐 물어본 것이로군.”

“그렇습니다.”

양종현이 눈을 감았다.

당연히 고민되겠지. 목숨이 달린 일인데. 내가 단원을 고를 때 신중한 것처럼, 그 역시 집단을 고를 때 신중할 권리가 있다.

물론, 난 자신할 수 있다. 그에게 있어, 나랑 함께 다니는 것이 이 빌어먹을 곳에서 더 오래 버틸 수 있는 최선의 수단이라는 것을.

“조건은 그냥 ‘집단을 배신하지 않는다’요?”

나는 말 없이 고개를 끄덕였다. 상당히 포괄적인 조건이지만, 아마 정확한 판단은 네르갈이 할 것이다. 놈의 지능은 상당하니까.

“그 조건은 당신에게도 해당되는 거고?”

“네. 저에게도 걸리는 조건이죠.”

나 역시 네르갈이 판단하기에, 집단에 배신할 만한 행동을 한다면 똑같이 저주에 걸리게 된다. 물론, 내가 리더이기에 그럴 일이야 없겠지만.

"후우, 좋소."
잠깐의 침묵 후, 양종현이 결연한 표정으로 답했다.
"하겠소. 어디 한번 집단에 목숨을 바쳐보지."
"좋습니다."
나는 심호흡을 한 후, 스킬을 사용했다.

[스킬 '네르갈의 재판'(S급)을 사용합니다.]
[대상을 설정하세요.]

'양종현.'

[대상:담건호, 양종현]
[조건을 설정하세요.]

"집단 '소수정예'를 배신하지 않는다."

[조건이 설정됩니다.]
[조건:집단 '소수정예'를 배신하지 않는다.]
[죽은 자들과 역병의 신 '네르갈'이 제안을 받아들입니다.]
[계약이 둘의 영혼을 묶습니다.]
[조건을 어길 시 '네르갈의 저주'가 부여됩니다.]
[계약은 상호 동의 시 취소 가능합니다.]

계약은 간단했다. 메시지가 나와 양종현의 시야에 동시에 떴고, 따듯한 기운이 심장을 감쌌다.

"이게 끝이오?"

"그런 것 같군요. 사실 저도 처음이라. 어쨌든."

나는 자리에 일어서 그에게 손을 내밀었다.

"단원이 되신 것을 축하드립니다."

"잘 부탁하오."

그가 웃으며 손을 맞잡았다. 새로운 디버퍼의 영입이었다.

계약이 끝난 후, 얼마 지나지 않아 참새 한 마리가 날아왔다.

"저게 뭐요?"

"짹짹이군요. 지정된 구역을 찾았나 봅니다."

"오, 벌써?"

"가보시죠."

짹짹의 안내를 받아 10분 정도 이동하니 일행들이 보였다. 계속 오르막길인 거 보니, 지대가 높은 곳으로 이동했나 보다.

"형!"

서지호가 손을 흔들어 맞이했다. 걸어서 10분 거리까지 인도가 가능할 정도면, 컨트롤 실력이 많이 늘었다. 대견하네.

나는 우선 양종현과 단원들을 인사시켰다. 자초지종 설명을 들은 일행들은 양종현을 따뜻하게 맞이했다.

"그나저나 찾았습니까?"

"지정된 구역이요?"

"네."

"물론이죠. 이리 와보세요."

이곳은 달동네 언덕. 빈서율이 시야에 가려진 그 언덕 건너편으로 날 이끌었다. 조금 더 올라 그곳을 내려다보니, 저지대 전체를 감싸는 하얀 빛 테두리가 보였다. '지정된 구역'이었다.

"처음에 지호가 저걸 발견했어요. 이미 점령된 것 같아, 관측이 쉬운 고지대로 올라온 거고요."

이미 집단 하나가 전부 점령한 듯, '지정된 구역'은 터로 가득 차 있었다.

"어떡할까요? 다른 '지정된 구역'도 찾아볼까요?"

"아뇨, 괜찮습니다. 잘했어요."

굳이 그럴 필요 없다. 남은 곳이라고 점령되지 않았으리라는 보장은 없다. 괜히 시간 낭비하느니, 그냥 이곳에서 훈련하다 마지막 날에 강탈하는 것이 더 낫다. 최대한 효율적으로 움직여야지.

'특히, 이번 보상은 무조건 얻어야 해.'

절대 양보할 생각 없다.

다음 메인 퀘스트는 채널 확장. 최대한 대비를 해둬야 한다. 그곳에서 어떤 놈을 만날지 모르는 거니까.

"일단, 이곳에 진을 치죠."

"넵!"

"알겠소."
일행들이 신속히 움직였다.

[채널 인원 총 46/125명]
[제한 시간 142:20:00]

숙영 준비와 위장을 마친 후, 나는 일행들을 불러모았다.
"오늘부터 6일입니다. 그동안 모든 사냥 경험치는 포기하고 오로지 훈련에만 집중할 겁니다."
사냥을 하기엔, 살짝 애매하다.
'지정된 구역'을 계속 관찰해 줘야 하는데, 그렇다면 누군가는 경험치를 포기하고 경계에 임해야 한다는 거니까.
'그냥 이 기회에 다들 스킬 숙련도나 올리자.'
저번에도 말했지만, 몬스터 스킬 숙련도는 굉장히 중요하다. 격투기 선수가 기술 훈련과 웨이트를 동시에 하는 것처럼, 등급 업그레이드와 스킬 숙련도도 밸런스 있게 다루어줘야 한다. 경험상, 아무리 등급이 높다 해도 스킬 숙련도가 낮은 몬스터는 제힘을 발휘하지 못한다.
'그동안 여유롭게 훈련한 적이 없을 테니까.'
더군다나 서지호의 경우, 경계하면서 숙련도도 동시에 쌓을 수 있으니 일거양득이다.

“모든 훈련은 자유입니다. 재량껏 하세요. 궁금한 게 있으면 제게 도움을 청하시고요.”

나는 별다른 통제를 내리진 않았다. 무작정 몸을 굴리는 게 능사가 아닐 수도 있기 때문이다. 포지션에 따라 몬스터의 정보를 기록하고 분석해야 할 수도 있고, 몬스터의 공격 패턴을 연구해야 할 수도 있다. 그리고 그것은 개개인의 판단에 맡긴다.

“넵! 알겠습니다!”

그렇게 각자 훈련에 들어갔다. 나는 뿔하피를 컨트롤 하며, 아델에게 창술을 배웠다. 빈서율 역시 나와 함께 체력 단련 및 석궁 연습을 했다.

그렇게 하루가 지나고 이틀이 흘렀다. 나는 그동안 베르트랑 창술 기초 3단계를 떼고, 또 다른 기초 동작인 보법을 배우기 시작했다. 보법은 전진, 측면, 걷기, 뛰기, 런지까지 총 5단계로 나누어져 있는데, 공격기 3단계랑 연계해서 쓰려니 쉽지 않았다.

‘왜 아델이 기초에 목숨을 걸었는지 알겠어.’

발이 꼬이지 않으려면, 기초 3단계가 정말 숨 쉬듯 자연스럽게 튀어나와야 했다.

‘확실히 대단해.’

보법이 추가되니 공격이 달라졌다. 기존 공격이 훨씬 매끄러워졌고 위력도 배는 강화됐다. 이건 실전을 통해 더 숙달해야 할 것 같았다. 아델은 이것 역시 자연스럽게 나올 수준까지 반복 숙달할 것을 요구했다. 그래야 응용 동작이나 상대별 전투

팁 등 좀 더 구체적인 기술들을 가르쳐 주겠다고 했다.

'나중엔 아델이랑 대련도 해봐야겠어.'

아직 멀었겠지만, 나는 일단 제1 목표를 아델을 능가하는 것으로 설정했다. 불가능한 것은 아니다. 「몬스터즈」의 비운 캐릭터는 웬만한 태생 5성 몬스터보다 강했으니까.

"자, 모여서 식사들 하세요!"

"쉴 땐 쉬고 훈련할 땐 빡시게 합시다!"

우리는 시간을 체계적으로 이용했다. 식사 시간 및 휴식시간엔 서로 대화를 하며 친밀도와 신뢰를 쌓았고, 남은 시간엔 오로지 개인 훈련에 치중했다. 빈서율과 서은채의 요리 솜씨도 날이 갈수록 늘어갔다. 양종현이 간만에 사람다운 음식을 먹는 것 같다고 했으니 말 다 했지.

그렇게 4일 정도 흘렀을까, 사건이 터졌다.

"형! 형! 이리 와보세요!"

땀을 뻘뻘 흘리며 훈련하는 도중 서지호가 호출했다.

"무슨 일인데?"

"싸움이 났어요."

"싸움?"

"네."

"어디?"

"지정된 구역이요!"

서둘러 움직여, '지정된 구역'을 바라보니 지호 말대로 한바탕 전쟁이 벌어지고 있었다. 기존에 점령한 10명과 '구역'을 차지하기 위한 14명. 근데 그 14명 중 몇몇이 눈에 익었다.
"이거 어디서 본 애들인데?"
"네, 맞아요. 그 새끼 멤버들이에요."
서지호가 말하는 그 새끼. 강권석의 남은 팀원들을 말하는 듯했다. 14명인 것을 보면 그때 격돌 당시 강권석을 제외하고 5명이나 죽었었나 보다.
"뭐, 별일 아니네."
"그, 그래요? 그럼 놔둘까요?"
"좀 더 살펴보다 누가 이겼는지만 말해줘."
"알겠어요."
싸움엔 별 관심 없었다. 어차피 잔챙이들 싸움이니. 다만, 나중에 우리의 적이 누군지만 인식하고 있으면 될 뿐이다. 시간이 흐른 후, 서지호는 구 강권석 팀이 이겼다는 사실을 전해왔다. 싸움이 꽤나 접전이었어서, 그들도 전력이 많이 약화되었다는 사실까지 파악했다.
서지호의 정찰 실력이 날이 갈수록 늘어가고 있었다.
그렇게 시간이 또 흘렀고-

[채널 인원 총 30/125명]
[제한 시간 26:42:00]

"이제 슬슬 가야 하지 않겠는가?"
조식 시간, 할아버지가 물었다. 슬슬 조바심이 날 법도 한 시간대였다.

"네, 안 그래도 이제 갈 생각이었습니다."

"정말인가?"

"그럼요."

그동안 다들 적어도 레벨2씩의 스킬 숙련도를 올려냈다. 단지, 그것만으로도 과거와의 전력 차이는 상당할 거라 장담한다.

"다들 짐 챙기고 준비하세요."

나는 저지대를 내려다봤다. 그곳을 점령하고 있는 구 강권석 집단. '터'의 개수를 확인하니 총 8개다. 방어 타워도 많이 깨졌는지 듬성듬성 있었고 경계도 허술했다. 뭐, 이 정도야 가뿐하지.

"이제 다 조지러 갈 시간입니다."

승리의 기분에 취해 있을 그들에게, 또 다른 세상이 있다는 것을 알려줄 때가 왔다.

['지정된 구역'에 도달합니다.]

[수용 인원 8/10]

우리는 숙영지를 접고 당당하게 아래로 내려갔다. 저들의 전력은 이미 서지호를 통해 전부 파악한 상태. 보수적으로 계산해 봐도 우리가 질 확률은 0%에 수렴한다.

"흐음, 이렇게 대비 없이 내려가도 되겠는감?"

할아버지가 걱정스러운 눈빛으로 물어왔다.

"네, 걱정 마세요. 저들이 할 수 있는 건 아무것도 없으니까요."

"으음, 아무리 강권석이 죽었다 해도 저들은……."

"제가 다 계획해둔 게 있습니다."

"아, 그런가? 그렇다면 믿어 보겠네."

내가 안심시키자 할아버지가 고개를 끄덕였다. 그렇게 이동을 지속했고 거의 다 내려왔을 때쯤, 경계를 서던 놈 중 하나가 화들짝 놀라 뒤로 자빠졌다.

그 후, 고래고래 소리치며 단원들을 불렀다.

'쯧, 어설퍼.'

저 반응이 뜻하는 바는 분명했다. 우리가 갑자기 나타날 거란 예상을 조금도 못 했다는 것. 생존의 기본인 경계조차 되어 있지 않은 집단이었다.

나는 여유롭게 그들을 기다렸다.

곧이어 허둥지둥 모이는 놈들.

"다, 당신은? 강권석을 혼자 잡았던 그 괴물!"

"이, 이곳엔 무슨 일이오!"

놈들이 날 알아봤다. 내 얼굴을 알아봤다기보단, 할아버지, 그리고 서 씨 남매를 알아보고 추측한 것이리라.

나는 그런 그들을 향해 빙긋 웃으며 말했다.

"안녕하세요, 여러분들. 사실 우리 집단이 이곳 자리가 꼭 필요한데요."

"그, 그런데?"

"이미 자리가 꽉 차 있네요?"

"그, 그래서 뭐!"

"음, 단도직입적으로 말할게요. 자리 좀 비켜주시겠어요? 그럼 강권석을 핑계로 제 일행들에게 했던 나쁜 짓들은 넘어가 드리겠습니다."

내 예의 바른 부탁에도 그저 넋 놓고 있는 놈들. 아무래도 상황인지 능력이 많이 부족한 것 같다.

'어쩔 수 없네.'

아쉽게도 내 말의 뜻을 잘 이해 못 하는 것 같기에, 나는 창을 꺼내 들었다. 그러자 일행들 역시 타이밍에 맞추어 몬스터를 일제히 소환했다. 곧이어 누군가가 외쳤다.

"지금 뭐 하자는 거요! 협박하는 거요?"

"오."

나는 눈을 크게 떴다.

"다행히, 제 말을 알아듣는 분이 계셨네요?"

"하- 뭐야. 지금 장난하자는 거야? 조심해! 아무리 당신이라 해도, 우리 앞에서 장난치다간 크게 다칠 수 있어!"

"제가요? 그럴 리가요. 저는 단지 여러분께 기회를 주는 것뿐입니다."

"기회?"

"누군가의 불필요한 희생 없이 그냥 지나갈 수 있는 기회요."

"헛소리하지 마라! 아무리 당신이 날고 기어봤자, 우리 터에는 방어 타워가 있어!"

"아, 저거 말입니까?"

"그래. 다행히, 눈깔은 있나 보군."

눈앞, 한참 뒤에는 레벨 1짜리 자그마한 철탑 3개가 덩그러니 놓여 있었다.

'거 참, 웃음도 안 나오네.'

방어 타워는 레벨 간 격차가 엄청 심하다. 아마 이들 중 세 명이 1,000골드로 방어 타워 설치에 투자한 것 같은데. 겨우 그 정도로 저런 자신감을 부릴 수 있다는 것 자체가 애송이들이라는 증거다. 아무래도 이들이 얼마나 심한 착각을 하고 있는지, 직접 보여줘야 말이 통할 것 같았다.

"쉐넌."

나는 놈들을 무시하고 쉐넌을 불렀다. 그러자 어깨 위에 앉아 있던 쉐넌이 날아오른다.

[응응, 건호!]

"주변에 집단 '터' 설치 가능해?"

[어디? '지정된 구역' 말고 밖에 붙여서?]

"응. 어차피 '터'는 계속 옮길 수 있잖아?"

[음, 그렇지! '터' 전쟁을 하려는 거구나? 역시 우리 건호는 똑똑하다니까!]

"잔말 말고 설치해 줘."

[오케이!]

놈들에게 레벨 4 방어 타워의 진면목을 보여줄 생각이었다. 양종현을 제외한 우리 단원은 모두 8,000골드를 투자해 레벨 3을 달성한 상태. 참고로, 레벨4은 철탑 10개와 에너지 포탑 3개.

레벨3은 철탑 5개와 에너지 포탑 1개다. 겨우 레벨 1짜리 철탑 1개와는 게임이 안 된다.

쿠르르르-

땅이 울리고, 그와 동시에 놈들의 '터'를 압박하는 웅장한 포탑 대열이 등장했다.

[있는 포탑들 전부 이쪽으로 옮긴다?]

"그래라."

[오케이! 자자, 집단 요정이 명한다! 건설 요정들아! 일해라 일!]

쉐넌의 힘찬 목소리와 함께, 총 철탑 30개와 에너지 포탑 7개가 우리 바로 뒤에 일렬로 나열됐다. 생각보다 쉐넌이 센스와 포스가 넘친다.

"미, 미친."

일행들도 놀랐지만, 특히 양종현은 입을 떡- 벌린 상태였다. 「몬스터즈」 3년 차면 이게 얼마나 말도 안 되는 상황인지 누구보다 더 잘 알 테지.

"벌써부터 이 정도 포탑이라고?"

맞다. 투자 좀 했다. 방어 타워에 들어간 자금만 각 9,000골드였으니까. 난 19,000골드고.

'다섯이니 총 55,000골드지.'

실로 어마어마한 골드다. 그렇다고 큰 낭비는 아니다. 어차피 채널이 확장될수록, '터'의 보안이 중요해지기에 레벨3까지는 필수적으로 찍어둬야 하기 때문. 게다가 다음 메인 퀘스트는 이 방어 타워가 꼭 필요하다.

'음……'

아마, 이 정도 위력이면, 초반에 한정해서 태생 5성까지도 막아낼 수 있을 거다.

"마, 말도 안 돼."

"저게 뭐야. 버그야?"

"미친, 저딴 게 어딨어!"

구 강권석네 집단도 놀라서 몸이 굳은 상태.

난 마지막으로 쉐넌에게 쐐기를 박았다.

"쉐넌, 포격 설정해 줘."

[오케이! 대상은 '지정된 구역'으로 하면 되지?]

"그래."

역시 말귀를 알아듣는 쉐넌.

"사, 살려줘!"

"도망가!"

"튀어! 저거에 맞으면 다 뒈져."

놈들도 인제야 말귀를 알아먹는 것 같았다. 나는 '터'를 회수한 후, 꽁무니를 빼고 달아나는 그들을 여유롭게 지켜봤다.

저들의 판단이 맞다. 어차피 '지정된 구역'이 이곳 한 곳만 있는 것도 아닐뿐더러, 실패 페널티도 없는 퀘스트에 목숨을 거는 것은 미련한 짓이다.

"자네, 애초부터 이럴 작정이었군."

할아버지가 다가왔다.

"네, 예로부터 싸우지 않고 이기는 것이 최선이랬죠."

"현명하네."

"별말씀을요."

난 가볍게 웃으며 '지정된 구역'을 향해 발걸음을 옮겼다. 이번 퀘스트는 아주 가볍게 해결한 것 같다.

Chapter 2

['지정된 구역'에 '터'를 설치합니다.]

[수용 인원 6/10]

"네 자리나 남네요? 좀 아깝다."

"뭐, 별수 없지요. 단원이 여섯이니."

"그래도 한 자리당 보상이 어마어마한데."

빈서율이 아쉬워했다. 강권석네 집단이 전부 도망가 버리는 바람에 빈자리가 생겼기 때문이다.

'아깝긴 하네.'

「몬스터즈」였으면, 게시판을 통해 남은 인원들에게 자리를 비싸게 팔기라도 했을 텐데…….

이곳은 현실. 딱히 남은 인원을 구할 방도가 없다. 그냥 단원들이 무사히 퀘스트를 깼음에 의의를 둘 수밖에 없다. 주변에 딱히 거래할 사람도 없으니까.

[자자! 다들 움직이자구!]

우리는 쉐넌의 통제 하 '지정된 구역'에 무사히 '터'를 설치했다. 남은 시간은 하루 정도.

이제 해야 할 일은 뭐, 뻔하다. 당연히 훈련이다.

나는 그전에 양종현의 '터'로 이동했다. 새로 입단한 신입의 건물 상태가 궁금했기 때문이다.

"오셨소?"

"네."

"다들 대단하더군. 초라하지만 이곳이 내 '터'라오."

그의 건물은 총 다섯 개. 창고와 조합 마법진, 그리고 골드 광산 빼고는 전부 있었다.

'그래도 이 정도면 괜찮지.'

비록 레벨1 짜리 건물들이지만, 있을 건 다 있었다. 아까 구강권석 집단의 '터' 상태보다는 훨씬 나았다.

"초라하긴요. 나름 잘 투자하셨네요."

"나도 여태 그런 줄로만 알았지."

"이 정도로 충분합니다. 아, 당분간은 방어 타워 업그레이드에만 주력해 주세요. 레벨 3까지만."

"알고 있소. 채널이 풀리면 방어 타워가 가장 기본이라는 사실쯤은."

"그쵸. 적어도 '터'는 털리지 않아야 하니까요."

터에 있는 건물들은 적에게 점령당할 시, 무너지게 된다. 그렇게 되면 창고 안에 있는 것들이 손상을 입는 것은 물론, 열심히 찍어놓은 고레벨의 건물들까지 전부 초기화된다.

'안 당해보면 모르지.'

실로 억장이 무너지는 기분이다. 수많은 아이템과 투자했던 건물들이 사라질 때의 그 느낌은 말로 표현할 수가 없을 정도다.

그렇기에 「몬스터즈」 초창기. 가장 기본으로 해야 할 일은 집단끼리 뭉쳐, 방어 타워를 도배해 놓는 거다.

"그럼 잠깐 얘기 좀 할까요?"

"좋소."

나는 양종현의 주거지로 들어갔다. 그의 포지션과 두 번째 메인 퀘스트에 대해 간단하게 의논할 생각이었다.

그러나-

"형! 건호 형!"

밖에서 서지호의 목소리가 들려왔다. 목소리가 꽤나 급해 보였다.

"형, 여기 있어요?"

"무슨 일이야?"

나는 양종현과 다시 밖으로 나왔다. 서지호가 심호흡을 살짝 하더니, 한쪽을 가리켰다. 우리가 왔던 방향과 비슷한 곳에 위치한 고지대였다.

"아까부터 저쪽에서 누가 계속 우리를 지켜보고 있어요."

"뭐? 누군데."

"대충 보니까 종현 아저씨랑 같이 다녔던 그 사람들인 것 같아요. 인원은 총 여섯 명이에요."

"아, 그 사람들?"

그 사람들이 여긴 무슨 일이지?

양종현도 같은 생각인지 눈이 휘둥그레져 있었다.

그나저나 여섯 명밖에 없는 거 보면, 저번 싸움으로 세 명이 죽었다는 건데…….

순간, 서지호가 다시 한번 다급하게 외쳤다.

"어? 그 사람들 여기로 내려오는데요?"

"흐음. 일단, 같이 나가보죠. 지호는 경계 잘했어."

"감사합니다."

놈들이 또 무슨 일일까. 두렵다기보다는 괜스레 궁금해진다. 그리고 요즘 들어 서지호의 타율이 높다. 중2병스러운 발언을 했을 때, 솔직히 조금 걱정했는데 이제 마음을 놓아도 될 것 같다.

나는 집단 자동 포격 설정을 꺼두고 일행들과 함께 저들을 맞이했다. 아무리 마음에 들지 않는다고 해도, 양종현도 있고 바로 공격하기엔 꺼림칙했기 때문이다.

"거기 양 씨 있소?"

"종현 씨, 좀 나와 보시오!"

우리의 '터' 앞으로 가까이 붙은 그들은 곧이어 양종현을 찾기 시작했다. 불과 5일 만에 다시 보는 그들은 제때 먹지 못했는지 피골이 상접되어 있었고, 옷은 누렇게 변질되어 있었으며, 다크서클까지 깊게 져 있었다.

'많이 고생했나 보네.'

양종현 같은 좋은 리더를 푸대접할 경우, 어찌 되는지 잘 보여주는 좋은 사례였다.

"종현 씨를 찾네요?"

"……나를 왜."

"익숙함에 속아 잃었던 소중함을 다시 찾는 거겠죠."

"괜찮으세요?"

"별 감흥 없소."

양종현은 이미 그들을 포기했다. 아니, 정확히 말하면 그들이 양종현을 저버린 거겠지.

"이보소! 양 씨! 우리 다 보고 있었어! 거기 네 자리 남지? 어차피 버릴 거 우리한테 적선 좀 해줘!"

날카로운 목소리가 흘러들어 왔다. 눈을 가늘게 떠 자세히 보니, 그때 그 아줌마다.

'자리를 달라고?'

그것도 저렇게 당당하게?

순간, 잘못들은 줄 알았다. 아직도 정신을 못 차렸나?

"양 씨! 안 나올 거야? 거 참! 젊은 사람들이 그렇게 안 봤는데 되게 무정들 하네?"

"맞아. 우리 죽게 내버려 둘 거야?"

'터' 앞에서 시위하듯 진을 친 그들. 그 순간, 양종현의 눈빛이 서슬 퍼레졌다. 그러더니 곧이어 나에게 말했다.

"리더."

"네."

"혹시, 부탁 하나만 해도 되겠소?"

"어떤 부탁인데요?"

내가 고개를 갸웃하자, 그가 낮은 목소리로 말했다.

"저들을 나에게 맡겨주시오."

"맡겨달라?"

"그렇소. 내가 처리해 보겠소."

간혹가다 그런 사람들이 있다. 베풀었던 호의를 권리로 착각하는 자들, 바뀐 세상에 적응하지 못하고 겉도는 자들.

저 아줌마가 딱 그랬다.

"양 씨! 그렇게 이기적인 사람이었어?"

"아닌 줄 알았는데 그런가 벼."

"정이 없는 게지 정이! 저만 살겠다고 박쥐처럼 우릴 버린 거 아녀!"

우스웠다. 양종현에게 저렇게 말할 수 있다는 것이…….

그 말은 아직도 모르고 있다는 거다. 그가 얼마나 많은 희생을 해왔는지. 본인들이 그동안 얼마나 많은 혜택을 누려왔던 건지.

"이 보시오들."

양종현이 저들 앞에 나섰다. 나와 일행들 역시 그의 등을 따라 천천히 걸어나갔다. 목청껏 외치던 아줌마는 우리의 모습을 보더니 당황한 듯 몸이 굳었다. 갑자기 왜 저럴까?

보아하니 웬걸, 일행들의 표정이 전부 흉신악살처럼 살벌해져 있었다. 나조차도 깜짝 놀랄 정도로.

"뭐, 뭔데!"

안색이 창백해진 아줌마. 그런 아줌마를 향해 양종현이 조용히 읊조렸다.

"내 정말 궁금해서 그러는데."

어느새 조용해진 공간. 그의 목소리가 묘하게 차갑다.

"진심으로 그렇게 생각하는 것이오?"

"야, 양 씨가 우릴 버린 건 맞잖아!"

"내가 버렸다라…… 하-, 인제 와서 말하는 거지만 당신들이 한 게 뭐가 있소?"

"뭐?"

"훈련을 했소? 그렇다고 먹을 걸 구해 왔소? 아니면 하다못해 말이라도 잘 들었소? 당신들이 이 꼬라지로 앉아 있는 게 정말 나 때문이라고 믿는 것이오?"

대답을 못 하는 그들. 양종현의 이런 모습을 처음 봤는지 충격받은 모습이었다. 그러게, 있을 때 잘했어야지.

"나 하나 생존하기도 벅찬 이곳에서 내가 당신들 같은 한심한 돼지들을 길러야 할 이유라도 있소?"

"뭐, 뭐야. 돼지?"

"밥만 축내는 게 돼지가 아니고 무엇이란 말이오."

"이, 이봐. 지금 말이 너무 심한 거……."

"아, 돼지에게 미안해지는군. 돼지는 식량으로서의 가치라도 있지, 지금의 당신들은 하나도 쓸모가 없으니."

그들은 병든 금붕어처럼 입만 뻐끔거릴 뿐, 아무런 말도 하지 못했다. 양종현의 분위기가 워낙 살벌했기도 했지만, 딱히 반박할 거리도 없기 때문일 거다.

그런 그들을 씁쓸하게 쳐다보던 양종현이 말을 이었다.

"내 두 가지 선택지를 주겠소."

"……어떤."

"1,000골드라도 받아갈 건지. 아니면 그냥 꺼지실 건지."

사실 조금 전, 저들을 본인에게 맡겨달라 한 양종현이 나에게 제안을 해왔었다. 남은 네 자리를 이용해서 보상을 뽑아내는 게 어떻겠냐고.

화려한 퀘스트 클리어 보상. 자리가 네 개니까, 이것의 네 배만큼 뽑아낼 수 있을 것이다. 양종현은 그들에게 자리를 내어주고 각 1,000골드씩을 제외한 모든 것을 다시 가져오자고 했다.

'그래도 착하네.'

1,000골드나 내어주려 하다니.

뭐, 일단은 양종현의 사람들이었으니……. 나는 당연히 수긍했다. 내심 빈자리가 아까웠던 나로서는 거절할 이유가 없었다.

"양 씨, 그게 무슨 말이야?"

"남은 자리를 내어주겠단 말이오. 단, 받은 보상 중 1,000골드만 가져가고 나머지는 다 뱉어낸다는 조건으로."

"그게 무슨 말도 안 되는!"

"강요한 적은 없소. 싫으면 하지 않으면 되는 거지. 아, 참고로 자리는 네 자리뿐이오."

"흐읍!"

아줌마가 헛숨을 삼켰다. 인원은 여섯인데 자리는 넷. 선착순으로 하겠단 거다.

그냥 꺼질래? 아니면 1,000골드 받고 꺼질래? 이미 답은 정해졌다.

"나! 나! 내가 할게!"

아줌마의 태세 전환. 그러자 곧이어 남은 노인들도 미친 듯이 달라붙기 시작했다. 이윽고, 내가 먼저니 니가 나중이니 시작되는 말다툼. 역시, 사람의 본성은 쉽게 변하지 않는다.

"조용하시오!"

"……."

"김 씨 아재까지 딱 네 명이오. 남은 두 명은 그만 돌아가시오. 두들겨 맞기 싫다면."

양종현이 칼같이 끊었다. 나는 내가 하고 싶었던 일들을 시원시원하게 처리해 주는 양종현이 점점 더 마음에 들기 시작했다.

"나머지 네 명은 따라오시오."

사실, 그가 또 한 가지 제안했던 것이 있다. 이들에게 일종의 안전장치를 걸어두는 게 어떻냐는 것. 바로 '네르갈의 재판'을 말하는 것이다.

[조건이 설정됩니다.]

[조건:메인 퀘스트 '집단 이동'이 끝나는 즉시, 1,000골드를 제외한 퀘스트 클리어 보상 전부를 '소수정예' 집단장 담건호에게 인계한다.]

서지호가 레드 팍스를 소환했다.

"아니, 그럴 필요 없어."

"왜요?"

"곧 다시 돌아올 거거든."

내 말대로였다. 쏜살같이 도망쳤던 아줌마는 1분도 안 돼서 급하게 다시 돌아왔다. 온 피부가 초록빛으로 변해 버린 상태로.

"쯧."

사실, 아까부터 내 시야에 메시지가 보였었다.

[피계약자가 조건을 어겼습니다.]

[죽은 자들과 역병의 신 '네르갈'이 재판합니다.]

[피계약자에게 '네르갈의 저주'가 떨어집니다.]

'귀찮게 하네.'

내 기억상, 네르갈의 저주에 걸리게 되면 온 피부가 녹색으로 변한다. 그 상태에서 5분이 지나면, 온몸을 부식시키는 산성 독이 피부 전체를 뒤덮어 버린다.

"이, 이게 뭐야. 몸이 왜 이래!"

다가온 아줌마가 파리해진 안색으로 외쳤다.

"살려줘! 이것 좀 어떻게 해봐! 네르갈의 저주? 이게 뭔데!"

"그러게 왜 계약을 어겼소."

양종현이 고개를 절레절레 흔들었다.

이제 내가 나설 차례.

나는 온몸을 긁으며 괴로워하는 아줌마에게 다가갔다.

"아줌마."

"아, 알겠어! 다 줄게. 다 줄 테니까 제발!"

"오 그래요?"

"그렇다니까! 일단 이것 좀!"

"그럼 일단 줘보세요."

아줌마가 신속하게 보상들을 넘겼다. 나는 일단 받았다. 진즉, 이렇게 줄 것이지. 그 와중에도 1,000골드는 알뜰하게 챙기신다.

"됐지? 이제 좀 어떻게 좀 해줘 봐. 총각!"

사실, 아줌마가 다시 돌아온 것은 그녀답지 않은 정말 현명한 선택이다. 저주를 푸는 게 불가능한 것만은 아니니까.

[계약은 상호 동의 시 취소 가능합니다.]

5분이 지나서 피부의 진물이 터지기 전까지 상호 계약만 취소한다면, 네르갈은 저주를 걷어갈 것이다. 그렇게 되면, 다시 피부가 정상으로 돌아오고 목숨도 더 연명하겠지. 물론, 내가 원해야겠지만.

"아뇨, 아직이에요."

"왜, 왜! 줬잖아!"

"계약을 멋대로 어기셨잖아요? 위약금을 받아야죠."

"위, 위약금?"

"일방적인 계약 해지로 인한 위약금 4,000골드도 주셔야겠습니다. 그럼 정확히 해지해 드리죠. 그 상태도 해결해 드리고요."

이미 '심연의 눈동자'를 통해 잔여 골드를 전부 확인한 상태. 나는 그녀의 전 재산을 요구했다.

"그, 그걸 다 가져가면 나는."

"그럼 별수 없죠. 조금 기다렸다가 드롭한 골드를 회수하는 수밖에."

사람이 사망하면 일정 금액을 회수할 수 있게 된다.

"자, 잠깐만 총각!"

"네. 천천히 말씀하세요."

시간이 얼마 남지 않았다. 곧이어 아줌마의 피부가 점점 더 부풀어 오르기 시작했다.

"줄게! 줄게!"

결국, 그녀가 항복했다. 사실, 자업자득이었다. 과한 욕심을 부린 대가였다. 양종현이 주는 최소한의 성의만 받았어도 이런 결과는 나오지 않았을 텐데.

['네르갈'이 저주를 회수합니다.]

그녀는 결국 4,000골드를 넘겼고, 나는 계약을 취소시켜 줬다. 이윽고 정상으로 돌아온 아줌마가 숨을 헐떡거렸다. 나는 그런 아줌마를 향해 말했다.

"아줌마, 그렇게 살지 마세요. 도대체 왜 이리 피곤하게 사는 겁니까?"

"허억, 허억."

"다른 분들도 볼일 더 남으셨습니까?"

"아, 아닐세."

"우, 우린 이만 가보겠네."

그렇게 남은 네 명이 떠났고, 사건이 일단락 지어졌다. 저들도 생각이 있다면 다시는 우리 앞에 나타나지 않겠지. 뭐, 나타나도 상관없고.

우리는 터에 앉아 이번에 얻은 보상을 정리해 봤다.

50,000 골드, 중급 몬스터 소환 이용권 50개, 최상급 몬스터 소환 이용권 10개.

"소환권들은 일단 아껴놓으세요. 추후, 모여서 한꺼번에 까겠습니다."

"아, 어차피 포지션에 맞는 몬스터를 가져가야 하니까요?"

내 지시에 빈서율이 물었다.

나는 고개를 끄덕였다.

"네, 맞아요. 어차피 트레이드할 거, 그냥 다 같이 까는 거죠. 쓸 만한 몬스터들는 배분하고, 남은 잡 몬스터들은 재료용으로 창고에 관리할 예정입니다."

"오오, 괜찮은 생각인 것 같네."

할아버지가 긍정적인 반응을 보였다.

그러자 양종현이 슬며시 손을 들었다.

"내 제안 하나 해도 되겠소?"

"말해보세요."

"빈서율 양이 튜토리얼 때 4성을 뽑았다 들었소. 맞소?"

"네, 제가 뽑았죠."

빈서율이 답했다.

"이는 대단한 사건이요. 실로 말도 안 되는 축캐지."

"에이, 무슨요."

"농담하는 게 아니오. 다들 알다시피, 최상급 소환이용권은 그렇게 자주 나오는 보상이 아니오."

맞다. 지금껏 처음 등장한 보상이니까. 확률적으로 태생 5성을 뽑을 수 있는 특별한 보상.

양종현은 단호한 목소리로 말을 이었다.

"나는 소환권 전부를 빈서율 처자가 한번 뽑아봤으면 하오."

"대뽑을 하자는 건가요?"

"맞소."

대뽑. '대리 뽑기'의 준말로 「몬스터즈」에서 운이 좋은 사람이 운이 좋지 않은 사람들의 몬스터를 대신 뽑아주는 것을 말한다. 나는 그런 걸 믿지 않기에, 그동안 안 해왔지만…….

"찬성이네."

"저도요!"

일행들은 대다수 긍정하는 분위기였다. 뭐, 안될 건 없지.

"좋아요. 그건 그렇게 하기로 하고, 추가로 받은 20,000골드에 대해선 어찌할까요?"

각자 받은 5,000골드는 개인이 사용하면 되지만, 아줌마 집단에게 받은 20,000골드가 문제다. 여섯명이 딱 나누기 애매한 숫자이니까.

"집단을 위해 쓰는 게 어떻소?"

또 양종현이 나섰다.

"집단이요?"

"이번에 몬스터를 대량으로 뽑게 되면 슬슬 창고를 이용해야 하지 않겠소?"

맞다. 포지션별로 쓸 만한 몬스터를 나누고 난 후, 애매한 것들은 재료 몬스터로 따로 보관해야 한다. 개개인이 가지고 있기엔 위험부담이 너무 크다. 죽으면 다 사라지는 거니까.

차라리, 강력한 방어 타워가 지키고 있는 '터' 내부 창고에 보관하는 것이 더 안전하다.

"차라리 리더의 창고를 키워 그곳에 한꺼번에 보관하는 것이 어떻소."

"으음, 괜찮겠어요?"

"뭐가 말이오."

"종현 씨, 타워 업그레이드도 하려면 돈도 부족할 텐데."

"그건 걱정 마시오. 이번에 받은 5,000골드도 있고 남은 돈이야 뭐, 금방 모을 테니."

"으음……."

괜찮은 생각이었다. 다른 일행들도 다 동의하는 눈치. 「몬스터즈」 경험자가 둘밖에 없다 보니, 어느새 나와 양종현 둘만의 회의가 되어버렸다.

"좋아요. 그렇게 합시다."

그렇게 결정을 내리고 여러 가지 세부적인 이야기를 하고 있을 때였다.

[새로운 메인 퀘스트가 도달합니다.]

[패치를 진행합니다.]

갑자기 뜬 메시지와 함께-

번쩍!

또다시 시야가 암전했다.

시커먼 공간. 또다시 사라진 오감.

어디선가 겪어 본 상황이었다.

'그래. 지금, 이 상황은…….'

Loading 메시지가 뜨고, 특전이 도착했던 그 날.

맞다. 튜토리얼이 끝났던 그 날과 비슷했다.

그 당시엔 1 서버의 모든 인원이 튜토리얼을 마칠 때까지 기다렸었던 것 같은데, 지금은 그렇게 오래 기다릴 필요는 없을 거다. 퀘스트가 전부 시간제라 동시에 끝났을 테니까.

'패치는 채널 확장마다 하는 건가 보네.'

당황하지 않고 차근히 기다리자, 역시나 시야에 메시지가 나타난다.

[1 서버의 모든 인원이 튜토리얼을 마쳤습니다.]

[로딩 조건을 충족합니다. 새로운 환경을 로딩합니다.]

[Loading…… 002/100]

[Tip 시련의 탑을 정복해 보세요. 탑의 꼭대기는 100층이랍니다. 참 높죠?]

'시련의 탑이라.'

「몬스터즈」의 최종 콘텐츠, 시련의 탑. 내 기억이 맞다면, 탑은 두 번째 메인 퀘스트가 끝났을 때 등장한다. 세 번째 메인 퀘스트부터 도전 가능하다는 말이다.

'이제 얼마 남지 않았네.'

한 층, 한 층이 역대급 난이도라 불리는 탑. 다만, 보상 수준이 메인 퀘스트와는 격이 다르다.

-ㅋㅋ 탑을 오르겠다고? 뭐, 오르는 것은 자유지

-억ㅋㅋ 말리진 않겠음

-난 스트레스 받아서 7층인가에서 포기

-어디 오를 수 있으면 올라가 봐^^

고인물들이 뉴비들에게 자주 하는 말이다.

'그만큼 어렵다는 거지.'

물론, 오르든 오르지 않든 메인 퀘스트에는 아무 영향이 없다. 다만, 오르는 데 성공한 자와 오르지 못한 자와의 격차는 하늘과 땅만큼 벌어지게 된다.

[Loading…… 015/100]

그나저나 로딩 숫자가 저번보다 더 천천히 올라간다. 아무래도 채널이 더 커져서 그런 걸까? 패치하는 데 시간이 좀 걸리나 보다.

[갓 컴퍼니로부터 쪽지가 도착했습니다.]
[읽어보시겠습니까?]

'어?'

저번과 같은 쪽지가 도착한 것은 그때였다. 이번엔 또 무슨 이야기를 전하려는 거지? 눈짓으로 Y를 건드리자, 쪽지 내용이 천천히 올라왔다.

-To. 비운 고객님.
고객님! 급한 전달사항이 있어 무리하게 간섭력을 사용합니다!
조심하세요!
'■■■'가 고객님의 존재를 의식하고 있습니다!
아직까지는 괜찮다지만, 이는 굉장히 위험한 상황입니다. 말할 수 없는 사정으로 자세한 사항, 전달 못 드리는 점 양해 바랍니다.

너무 눈에 띄지 마세요!

항상 모든 일에 대비하셔야 합니다!

'비운'님의 무운을 빌겠습니다.

From. 갓 컴퍼니 대표이사. 레너드.

'뭐야, 이게.'

저번보다 내용이 짧다. 그리고 뭔가 다급해 보였다.

대충 생각나는 대로 휘갈겨 적은 느낌.

상황 전달보단, 일종의 경고 느낌이 강했다.

'■■■는 또 뭔데?'

블라인드 처리된 것처럼 깨져 보이는 글자.

저놈이 날 의식하고 있다고? 그래서 내가 위험하다고?

'내가 위험했던 순간이…… 아, 설마!'

문득, 두 개의 장면이 떠올랐다. 고인물인 내가 목숨을 잃을 뻔할 정도로 위급했던 그 순간들이.

고스트 중대장. 그리고 지옥의 켈베로스.

분명 이상했다. 누군가가 쳐다보고 있는 것 같은 섬뜩한 기분. 꼭 나만을 죽이기 위해 시스템화되어 있는 것 같은 몬스터들.

'그게 ■■■ 때문이라는 거야?'

머릿속이 복잡해졌다. 게임에 대한 정보의 질과 양. 그리고 그것을 다루는 나. 즉, 고인물이라는 것이 지금까지의 내 강점이다.

'그런데 누군가가 계속 간섭하게 된다면?'

강점이 무너지게 된다. 예측을 정확히 할 수 없게 되니까. 그뿐이랴? 난이도도 상상 이상으로 치솟게 된다.

'그 존재가 누구든, 현재 내 행보가 눈에 거슬린다는 거겠지.'

너무 눈에 띄지 말라는 말. 그게 「갓 컴퍼니」가 나에게 전달하고 싶은 메시지일 거다.

'그렇다고 갓 컴퍼니의 말을 완전히 신뢰할 수도 없어.'

존재를 숨기고 있는 것은 놈들도 마찬가지다. 저런 말을 전한다는 것 자체가 뒤에서 음흉하게 내 플레이를 바라보고 있다는 것일 테니. 애초에 이유도 알려주지 않은 채 이곳에 끌고 와 탑 등반을 강요하는 놈들 아닌가.

'다 × 까라 해.'

복잡하게 생각하지 말자. 지금까지 잘 견뎌내지 않았나. 어떤 시련이 오든, 지금까지 해왔던 것처럼 다 박살 내면 된다. 그것이 이곳에 떨어진 내가 정했던 유일한 생존 방식이니까.

로딩도 어느새 끝을 바라보기 시작했다. 곧 있으면 새로운 메인 퀘스트가 도착하겠지. 나는 남는 시간에 과거 했던 플레이를 떠올리려 노력했다. 아마, 이번 퀘스트는 저번과 달리 집단끼리의 단합을 요구했던 것 같다.

[Loading…… 082/100]

[접속 서버:1서버 (대한민국)]

[채널을 분배합니다.]

[서울, 부산, 인천, 대구, 대전, 광주, 울산]

[총 7개의 채널이 등록됩니다.]

…….

[Loading…… 095/100]

[인구수가 적절하게 분배됩니다.]

[서버 전체 인원 총 501,606명]

[각 채널 인원 71,658명]

…….

[Loading…… 100/100]

[로딩을 완료합니다.]

[치명적인 버그들이 수정됩니다.]

[새로운 환경에 접속을 시작합니다.]

[새로운 채널로 변경합니다.]

[빠바밤!]

[룰렛이 돌아갑니다!]

[당신의 채널은 '대전' 입니다.]

[당신의 무운을 빕니다.]

이윽고 어지럽혀지는 시야. 시야가 번쩍임과 동시에 보이는 곳은 익숙하지 않은 도심이었다.

호흡을 길게 들이마셨다. 그리고 가볍게 내뱉었다.

"후우."

처음 보는 장소. 이곳에 떨어진 내가 가장 처음 했던 것은 단원들의 존재 여부 확인이었다.

"아저씨! 여기에요!"

"건호 씨."

"갑자기 또 그 시꺼먼 곳으로 끌려가서 깜짝 놀랐다네. 다들 괜찮은가?"

다행히 분배는 집단 기준으로 된 것 같았다. 나 포함 여섯 명이 금방 한자리에 모였으니까. 얼마 지나지 않아 새로운 퀘스트가 도착했다.

[새로운 퀘스트가 도착합니다.]

[메인 퀘스트가 채널 상황에 맞게 변경됩니다.]

[현재 채널:대전]

[채널 인원 총 71,658/71,658명]

[메인 퀘스트 ② 1. '태동']

[거대한 위험이 다가오고 있다. 위험에 대비하기 위해, 도시의 심장인 '대전시청'으로 이동하라.]

[제한 시간 72:00:00]

[보상:+3,000골드]

[Tip 「몬스터즈」의 난이도는 상황에 따라 가변적이랍니다.]

"와, 미쳤네요."

퀘스트를 본 빈서율이 한탄했다.

"왜요?"

"혹시, 다들 아까 인구수 보셨어요?"

"네, 봤죠."

"나도 봤다네."

"저도요."

다들 안색이 좋지 않았다. 무언가 씁쓸한 표정. 나 역시 마찬가지로 입맛이 씁쓰레했다. 빈서율이 한숨을 내쉬며 말을 이었다.

"후우, 1 서버 총인구가 약 50만이랬어요. 만약 이 빌어먹을 사태가 전국 사람들을 대상으로 한 거라면……."

"벌써 대한민국 인구의 99%가 죽어 나갔다는 말이겠죠."

빈서율이 말을 흐리자, 서은채가 이어받았다.

"이 개 같은 새끼들."

결국, 할아버지가 욕설을 내뱉었다. 아마, 우리 모두 다 같은 심정일 거다. 그동안 누군지도 모르는 자에게 영문도 모른 채 끌려와 생사를 다퉈야 했으니까.

"그것보다 더 심각한 문제가 있어요."

내가 말했다.

"팁에서 본 것 때문이오?"

"맞아요."

양종현 역시 알았나 보다. 「몬스터즈」의 난이도는 상황에 따라 바뀐다는 그 팁.

"그게 무슨 말인가."

할아버지가 물었다. 일행들 역시 전부 궁금한 표정이었다.

"제 기억이 맞다면, 이번 퀘스트의 난이도는 채널 인원에 따라 결정될 겁니다."

"채널 인원?"

"네, 인원이 많을수록 난이도가 어려워졌었죠."

채널 인원 약 7만 명. 사실, 이건 나도 당황스러웠다. 지금껏 폰 게임에서 진행했던 채널 인원은 평균 50~100명 정도, 엄청 많아 봐야 200명 정도였으니까. 이렇게 대단위의 인원으로 나뉜 적은 처음이다.

당장 옆을 봐도 안다. 지금껏 한산했던 도시가 이제는 드문드문 사람들이 보인다. 예전에는 텅텅 비었다는 느낌이라면, 이제는 좀 채워진 느낌. 그래 봐야 한산한 것은 똑같았지만.

"어떤 퀘스트인데요?"

서은채가 물었다.

"거대한 위험이라 했어요. 혹시 뭔가가 오는 걸까요?"

빈서율도 추측했다.

"저도 7만 명짜리 퀘스트는 처음이라 정확히 확언할 수는 없습니다. 이런 식으로 채널이 도시 단위로 나뉜 것도 처음이고요. 일단 지금 해야 할 건, 이곳이 어딘지 파악하는 것."

본래 폰 게임에서는 그냥 가상의 도시에서 진행한다. 두 번째 메인 퀘스트를 이렇게 실존하는 광역시에서 진행할 줄은 꿈에도 몰랐다. 아, 그래서 패치 기간이 길었나?

"뭐, 어쨌든……."

잠깐 뜸 들였던 나는 말을 계속 이어나갔다.

"그리고 핸드폰도 지도도 없는 이곳에서 도시의 중앙인 '대전시청'으로 가는 방법을 알아내는 것입니다."

어깨에 붙어 있는 쉐넌을 보니 '터'는 언제든 지을 수 있다. 지금 중요한 것은 제한 시간인 3일 안에 퀘스트를 완료하는 것.

'3일이라.'

이제 이 큰 도시를 교통수단 없이 걸어 다녀야 한다. 서울이 아니라 다행이지만, 그래도 시간이 걸릴 수밖에 없다. 그래도 뭐, 3일 정도면 시간이 부족한 건 아니다. 오히려 널널하고도 남지.

"어? 형! 여기! 지하철역이 있어요!"

서지호가 외친 것은 그때였다.

"지하철역?"

"네, 도착하자마자 짹짹으로 확인해 봤는데 판암역이라고 되어 있는데요?"

"그래?"

지하철역이 있다는 것은 다행이다. 길이 한 방향으로 되어 있어 바깥보다 길 찾기가 수월하니까.

"다행이오. 판암이면 둔산동까지는 좀 걸리겠지만, 그냥 전철역만 쭉 따라가면 될 거요. 대전은 환승역이 없으니까."

양종현이 말했다.

"오, 대전 지리를 좀 아시나요?"

"대충은 알고 있소. 외가가 이쪽이라."

"그랬군요."

"아마 내 기억이 맞다면, 지하철 노선도에 '시청역'이라고 있을 거요."

다행이었다. 이동해서 확인해 보니 정말이었다. 노선도에 명확히 적혀 있는 '시청역'. 하필 떨어진 곳이 역세권이라니 운이 좋았다.

"좋네요. 지하철 노선을 통해 이동하면 되겠어요."

굳이 돌아서 갈 필요 없었다. 이 상황에 전철을 운행할 리도 없으니 그냥 철로를 이용하면 된다.

"아, 물론 그전에."

주변이 점점 시끄러워졌다. 이곳에 떨어진 다른 집단들도 정찰에 성공했는지, 전철역으로 모여들고 있었기 때문이다.

이제 길은 걱정할 필요도 없다. 저 수많은 대중 속에 묻혀 가기만 하면 된다.

"우리 뽑기부터 한번 조지고 갈까요?"

"좋은 생각이오."

"찬성이네."

마침내, 대망의 두근두근 뽑기 시간이 왔다.

"후우."

"하아."

텅 빈, 역 사무실 안. 일행들의 입에서 긴장의 한숨이 흘러나온다.

"빈서율 씨."

"……네."

내 부름에 빈서율이 침을 꼴깍 삼킨 후 답했다. 그녀의 주변에는 영롱한 빛을 뿜어내는 수십 장의 주문서가 떠 있었다.

"이제 슬슬 까볼까요?"

"……네? 네네!"

"그대의 운을 믿겠소."

"좋은 걸 뽑아주리라 믿겠네."

"언니! 힘내세요!"

중급 50장 그리고 최상급 10장. 중급은 1성부터 3성까지 나오고 최상급은 3성부터 5성까지 나온다.

"그, 그럼 중급부터 갈게요?"

뛰는 심장이 여기까지 들려온다. 하긴, 부담될 만도 하다. 축캐라는 이유로 일행들의 주문서를 죄다 받아서 뽑았는데, 별 소득이 없으면 괜히 혼자 민망해질 수도 있을 테니까.

물론, 나나 양종현은 안다. 최상급? 그거 수백 장을 뽑아도 5성은커녕 4성도 보기 힘들다는 걸. 그랬기에 그녀를 달래줬다.

"서율 씨, 부담 가질 필요 없어요. 원래 잘 안 나오는 거니까. 그냥 마음을 편히 가져요."

"아, 알겠어요."

그제야 살짝 안정을 찾은 빈서율. 곧이어 빛이 연달아 터져 나오기 시작했다. 소환이 시작된 것이다. 이번엔 단체 뽑기다. 단체 뽑기의 경우, 한꺼번에 뽑기 때문에 주변 유저들에게 어떤 몬스터를 소환했는지 메시지가 뜨지 않는다.

번쩍! 번쩍!

그녀는 약 1분 동안 총 50개의 중급 주문서를 쉬지 않고 사용했다. 나는 심연의 눈동자로 나오는 몬스터를 정신없이 확인했다.

1성(★) 40개, 2성(★★) 8개, 3성(★★★) 2개.

'나쁘지 않네.'

중급치고 나쁘지 않았다. 거의 다 재료 수준이었지만, 몇 개 정도는 스킬이 잘 붙은 몬스터도 있었다.

'문제는 지금부터지.'

최상급 몬스터 소환 이용권 10장. 이곳에서 우리 집단의 전력이 갈린다. 물론, 전부 3성만 나온다 해도 큰 문제는 없겠지만 그래도…….

'기왕이면 다홍치마니까.'

5성은 바라지도 않고, 제발 4성만 좀 나와줬으면 좋겠다. 그 정도만 나와줘도 앞으로가 좀 수월할 텐데.

"이제 마지막 최상급 10장 달릴게요."

"네, 갑시다."

이제 올 것이 왔다. 천천히 돌아가는 운명의 룰렛. 과연, 행운의 여신이 우리에게 미소 지어줄 것인가?

[근처에 곰족 '콰르르'(★★★)가 소환됩니다.]

[근처에 요정족 '클레어'(★★★)가 소환됩니다.]

[근처에 늑대족 '자 툴'(★★★)이 소환됩니다.]

[근처에 낙타족 '카메르'(★★★)가 소환됩니다.]

[근처에 조류족 '끼러기'(★★★)가…….]

5초에 한 번씩 쏟아지는 3성들. 역시나 4성 이상은 코빼기도 보이지 않는다. 별다른 말은 하지 않았지만, 실망하는 기색의 일행들. 나 역시 이변은 없을 거라 생각하며 그러려니 하려는 찰나, 평소와 다른 빛이 주변을 휘감았다.

[신비한 기운이 공간 전체를 감쌉니다.]

[강력한 힘이 한 곳에 집중합니다.]

[빰빠밤!]

[근처에 천사족 '유지넬'(★★★★)이 소환됩니다.]

때는 9번째 소환. 마침내 사고가 터져 버렸다. 바라고 바랐던 4성 이상 몬스터가 등장한 것이다.

'오! 미친!'

일행들이 놀라 몸이 경직되고 눈이 휘둥그레질 찰나, 빈서율이 한 번 더 주문서를 활성화했다.

[신비한 기운이 공간 전체를 감쌉니다.]

[강력한 힘이 한 곳에 집중합니다.]

[빰빠밤!]

[근처에 유령족 '유령마 켈피'(★★★★)가 소환됩니다.]

"꺄아아! 언니!"

"누나!"

"와아아아!"

"미, 미친! 지, 진짜요?"

마치 월드컵에서 골이 터진 것과 같은 뜨거운 반응. 일행들이 서로 부둥켜안고 소리치기 시작했다.

나 역시 온몸에 전율이 일었다.

'정말 미쳤다, 빈서율.'

연속 두 번 4성이라니! 이건 진짜 미친 거다. 돈 거다. 이럴 수는 없는 거다. 아니, 이래서는 안 되는 거다.

내가 10년 동안 플레이하면서 수많은 최상급을 깠는데, 4성 이상은 본 적이 없었으니까. 나는 항상 3성만 나왔었으니까.

'진짜 축캐가 있었어?'

그녀는 여태껏 얼마 뽑지도 않았는데 벌써 4성이 3개째. 결국, 난 인정해야만 했다. 축캐가 존재한다는 것을.

"몬스터 분배는 제가 임의로 하겠습니다."

나는 일단 모든 몬스터를 빈서율에게 인계받았다. 각자 포지션에 맞는 몬스터를 분배할 생각이었다.

"알겠소."

"자네야 믿지."

"네, 아저씨."

물론, 그 과정에서 일체 불만은 나오지 않았다. 우리 집단이 민주주의가 아니란 걸 애초부터 알고 있었을뿐더러, 내가 어련히 잘해줄 거라 믿는 것이다.

'그게 맞지. 짬밥이 몇 년인데.'

나는 뽑힌 몬스터의 스킬 상태와 활용도를 순식간에 견적 냈다. 그 이후 각자 포지션에 알맞은 몬스터를 배치했다.

"먼저 이번에 나온 천사족 유지넬."

[몬스터:'유지넬'(★★★★)]

[종족:천사족]

[레벨:1 (Exp 0/150)]

[보유 스킬:4/4]

힐링(Lv.5):캐릭터나 몬스터를 치유한다.(제한:2분에 1번)

정화(Lv.1):캐릭터나 몬스터의 상태 이상을 회복한다.(제한:30분에 1번)

디바인 필드(Lv.1):반경 100m 구역에 존재하는 모든 악을 정화한다.(제한:30분에 1번)

홀리 쉿(Lv.2):10초간 상대의 스킬을 무작위로 침묵시킨다.(제한:15분에 1번)

'스킬은 예술로 붙었어.'

4성 이상부터는 웬만해서 좋은 스킬 위주로 붙는다.

'근데 뭐야 홀리 쉿은.'

쉿이라서 침묵인가? 이건 디버프 쪽이긴 한데. 그래도 PVP용으로 쓰면 괜찮긴 하겠는데? 어쨌든, 주 스킬들이 그렇듯 힐러 쪽 천사족이 나왔다.

"이건 은채가 가지도록 해."

힐러 및 버프 포지션인 서은채. 그녀가 사용하는 게 집단에서는 더 효율적이다. 나는 내가 직접 전투에 참여하기에 세세한 몬스터 컨트롤이 어렵기 때문이다.

"제, 제가요?"

서은채의 눈이 휘둥그레졌지만, 다른 일행들은 예상했다는 듯 고개를 끄덕였다.

"그래도 될까요?"

"그래. 스킬 숙련도 쌓는 거 잊지 말고."

"아, 알겠습니다. 열심히 할게요."

그녀와 거래를 마친 나는 다음 4성을 꺼내 들었다.

"다음은 유령마 켈피입니다."

[몬스터:'유령마 켈피'(★★★★)]

[종족:유령족]

[레벨:1 (Exp 0/150)]

[보유 스킬:4/4]

은신(Lv.4):10분 동안 '투명' 효과를 받는다. '투명' 효과는 공격 시 해제된다.(제한:30분에 1번)

도약(Lv.2):전방 100m 내 지정된 곳으로 순간 이동한다.(제한:15분에 1번)

타기(Lv.4):인간형 몬스터나 캐릭터를 태울 수 있다. 은신 및 도약 효과를 함께 받는다.(제한:2명)

물의 가호(Lv.2):물의 정령들이 친근감을 느낀다.

'이건 융합용이네.'

융합용. 몬스터와 몬스터끼리 합하는 것을 의미한다. 합체족과는 비슷하지만 다르다. 합체족은 캐릭터 안에 몬스터가 스며드는 거고, 융합은 둘이 합쳐서 시너지를 내는 것.

'내가 탈 수 있으면 좋겠지만.'

상상이 안 됐다. 말을 타고 있는 내 모습이라니……. 내 인생에 승마술은 흥미를 느껴본 적도, 배워본 적도 없다.

'역시, 이건 기사족인 아델에게 적합하겠지?'

어차피 나한텐 뿔하피가 있다. 비록 조금 탐나긴 했지만…… 역시, 나보다는 아델에게 가는 게 더 효율적이다.

"이건, 빈서율 씨가 가지도록……."

"건호 씨, 잠깐만요."

순간, 빈서율이 불렀다.

"네?"

"아델이 소환을 요청하는 것 같아요."

"아델이요?"

나도 간혹 뿔하피에게 느끼는데, 소환 해제된 몬스터들은 가끔 가벼운 진동으로 주인을 부른다. 인벤토리 안이 많이 답답한가 보다.

"뭔가 용건이 있는 것 같은데, 소환해도 될까요?"

"해보세요."

"고마워요."

곧이어 튀어나오는 아델. 그는 곧바로 나에게 다가왔다.

"담건호! 할 말이 있다!"

"응? 뭐야, 갑자기."

다급해 보이는 아델의 모습. 그런 모습은 켈베로스 이후로 처음 보기에 나는 살짝 당황했다.

"베르트랑 창술의 진정한 힘은 사실 마창술에 있다."

"으음…… 그래서? 갑자기 그건 왜."

"내가 가르쳐 주겠다."

"뭐라고?"

"그러니 저 말은 그대가 가지도록 해라."

갑자기? 잠깐, 근데 가르쳐 주려면 아델도 말이 필요하잖아.

"아델, 네 말은 어쩌려고?"

"나는 그냥 유니콘족 정도면 족하다."

"흐음, 유니콘이면 된다고?"

나는 의아했다. 본인이 좋은 말을 탈 수도 있는데 굳이 왜 나에게 양보를……. 내가 아델을 쳐다보니 그의 안색이 묘하게 창백하다. 뭐지? 착각인가?

"크흠, 사실 본인 가문은 유령과 가까이하지 않는다."

"그런 규칙도 있어?"

"그, 그렇다."

"말은 왜 더듬어?"

"내가 그랬나?"

"게다가 가문 일은 기억이 잘 안 난다며."

"어쨌든! 나는 그 말과 가까이하고 싶지 않다!"

단호하게 고개를 돌리는 아델. 세상에 저 강인해 보이는 기사가 유령을 무서워할 줄이야. 좀 귀엽네.

빈서율을 쳐다보니 슬며시 웃으며 어깨를 으쓱한다.

'좋네.'

뭐, 어쨌든 난 개꿀이다. 4성 몬스터를 얻을 명분도 생겼고, 아델이 마창술까지 가르쳐 주겠다고 했으니.

뭐, 뿔하피와 포지션이 어느 정도 겹치는 것 같지만 상관없다. 뿔하피는 공중에서, 켈피는 지상에서 사용하면 되는 거니까.

"그럼, 켈피는 제가 가져가도록 하겠습니다."

"그러게."

"축하하오. 4성이라니."

일행들도 별다른 불만 없이 수긍해 줬다. 나는 그 외에도 각 일행들의 남은 자리에 3성들을 배치해 넣었다.

주요 특이사항이 있다면- 새로운 낙타족이 생겼기에, 빈서율의 '나르'(★)를 폐기 처분했다. 빈서율이 살짝 슬퍼했지만 별수 없다. 좋지 않은 건 좋지 않은 거니까. 그리고 새로운 낙타족 '카메르'(★★★)는 할아버지에게 줬다.

"앞으로 짐꾼 역할은 탱커인 할아버지가 맡아주세요. 그게 효율적입니다."

"맡겨만 주게."

나르를 대신할 몬스터로 유니콘족 '투투'(★★★)가 선택됐다. 이건, 아델이 사용할 말이다.

이제 어느 정도 윤곽이 잡혔다. 다들 기본적으로 3성 하나 이상씩은 들고 있었으니, 꽤 괜찮은 전력이다.

'그래, 이 정도는 되어야 정예라 할 수 있지.'

만족스러웠다. 두 번째 메인 퀘스트도 지금처럼 뭔가 잘 풀릴 느낌.

'좋아, 밀고 가는 거야.'

누군가 방해하고 있다 해도 상관없다. 지금처럼 다 무너뜨리면 된다. 알지 못하는 미래에 대한 불안감? 그딴 건 나에게 사치스러운 감정이다.

어차피 포기할 생각 없잖아? 꿋꿋이 살아갈 거잖아? 근데 뭐가 문제야.

"자, 이제 출발합시다!"

나는 잡생각을 떨쳐 버렸다. 그러고는 힘차게 외쳤다.

"갑시다! 시청역으로!"

우리는 지하철 철로를 따라 걸었고, 마침내 목적지에 도달했다. 결과적으로 철로는 나쁘지 않은 선택이었다. 사람들이 북적였기에, 몬스터를 잡을 수는 없었지만, 예상보다 빠르게 도착할 수 있었으니까.

[삐빅-]

[도시의 심장 '대전시청'에 도착합니다.]

[메인 퀘스트 ② 1. '태동'이 종료되었습니다.]

[기본 보상이 지급됩니다.]

[기본 보상:3,000 골드]

보상을 받은 후, 역 밖으로 나섰다. 이윽고, 우리는 입을 벌릴 수밖에 없었다. 북적이는 사람들은 그렇다 쳐도, '대전시청'이 더 이상 과거의 시청 건물이 아니었기 때문이다.

"저, 저게 뭐예요?"

"성?"

둔산동의 건물들이 전부 증발한 듯 사라져 있었다. 그리고 그곳에는 중세 판타지 영화에서나 볼법한 거대한 성이 존재하고 있었다. 성벽만으로도 7만 명을 전부 수용할 법한 커다란 성이.

"스, 스케일이 장난이 아닌데요?"

"확실히 이질감이 있네요. 현대에 중세시대 성이라니."

"저게 이번 퀘스트와 관련이 있을까요?"

놀라긴 했지만, 일행들은 곧바로 수긍했다. 하긴, 요정 NPC가 지팡이 한 번 휘두른다고 건물이 무너지고 세워지는 세상인데,

성 하나 나타났다고 뭐가 이상하리. 또 퀘스트겠거니 하고 넘어가는 것이다.

'다들 많이 성장했어.'

벌써 이 빌어먹은 곳에 떨어진 지도 시간이 꽤 흘렀다. 우리도 우리 나름대로 뒤바뀐 세상에 적응하고 있었던 것이다.

"우선, 저 성으로 들어갈 겁니다."

주변을 둘러보니 두 가지 부류의 사람이 있다. 쭈뼛거리며 경계하는 사람, 그리고 과감하게 성문으로 향하는 사람.

하지만 난 알았다. 성으로 들어가야 비로소 다음 퀘스트가 진행된다는 것을.

'다음 메인 퀘스트가 바로 저 성을 지키는 거거든.'

나는 일행들을 이끌고 성 앞으로 이동했다. 성문 앞에는 가죽 갑옷을 입은 문지기 두 명이 사람들을 맞이하고 있었다.

'저것들도 NPC인가 보군.'

길게 늘여진 줄, 숙덕이는 사람들.

아무래도 들어가려면 꽤나 시간이 걸릴 듯싶었다.

"잘 들으세요."

나는 기다란 대열에 합류한 후, 일행들을 불러모았다. 그리고 단도직입적으로 말했다.

"이번 임무는 수비입니다."

"수비요?"

"네, 디펜스 게임을 생각하면 쉬워요. 이 성이 도시의 중심이고 사방에서 몬스터가 들이닥칠 겁니다."

"허어. 여기 있는 사람들이랑 다 함께 단합해서 싸워야 한다는 말이군."

"으음, 맞으면서도 다릅니다."

내가 고개를 젓자, 일행들이 고개를 갸웃했다.

"그게 무슨 말인가?"

"몬스터즈는 보통 유저끼리의 단합보다는 경쟁과 싸움을 유도하죠. 자 여기 보세요."

나는 창으로 간단하게 큰 원을 그렸다.

"이게 지금 앞에 보이는 성이라 치면요."

그리고 그 원 중앙에 작은 점을 찍었다.

"이게 기둥입니다."

"기둥?"

"저 위를 보세요."

일행들이 내가 가리키는 방향을 동시에 쳐다봤다. 그곳에는 커다란 성벽 위로 솟아 있는 커다란 기둥이 하늘을 뚫을 기세로 서 있었다. 그 기둥의 주위에는 푸른 빛이 맴돌고 있었다.

"저, 저게 뭐죠?"

빈서율이 물었다.

"몬스터들의 목적은 성벽을 뚫어, 저 기둥을 무너뜨리는 겁니다."

"저게 무너지면 어떻게 되는데요?"

"퀘스트 실패. 다 죽게 되죠."

"주, 죽는다고요?"

"네. 때가 되면, 몬스터가 끊임없이 쏟아질 겁니다. 인원이 인원이니만큼 얼마나 무시무시한 놈들이 쏟아질지는 모르겠지만……."

일행들의 낯빛에 긴장감이 돌았다.

"우리는 일정 시간만 버텨내면 됩니다. 퀘스트 제한 시간이 있거든요."

'문제는 경쟁이지.'

빌어먹을 「몬스터즈」는 이 와중에도 경쟁 시스템을 넣는다. 그리고 우리는 시스템이 내건 보상을 차지해야만 한다.

"마침 도착했군요. 아마 퀘스트가 도착하면 무슨 말인지 이해할 수 있을 겁니다."

어느새 성벽 앞에 도착했고, 갑옷을 입은 NPC가 우리를 맞았다.

"아라둔 왕국에 오신 것을 환영합니다!"

"집단 '소수정예'의 지원에 감사드립니다!"

마치 아델을 보는 것처럼 생동감 있는 모습. 그들은 창을 세운 채로 절도있게 우리에게 경례했다.

그와 함께 허공에 메시지가 도착했다.

[삐빅-]

[새로운 퀘스트가 도착합니다.]

[메인 퀘스트 ② 2. '방어 준비']

[아라둔 왕국에 닥친 위기에 대비하라. 아라둔 왕국의 주민들

이 투신 아라둔께 빌어, 본인들을 구해줄 유저들을 소환했습니다. 그들을 거대한 위험으로부터 보호하세요.]

[성벽의 남은 자리에 '방어 타워'를 배치하라.]

[지금부터 '방어 타워'를 제외한 모든 건물을 잠급니다.]

[보상:1,000골드]

[Tip 아라둔 왕국의 국왕은 진귀한 보물들을 가지고 있답니다.]

"서쪽 성벽으로 이동하시면 되겠습니다! 충성!"

그들이 서쪽을 가리키며 오른손바닥을 하늘로 쭉 뻗었다. 대충 보니 동쪽은 이미 유저들로 가득 차 있었고, 서쪽도 거의 다 차는 중이었다. 동서남북 순으로 채우나 보다.

"일단, 가시죠."

우리는 대열을 따라 이동했다. 성벽은 정말 거대했다. 이동하는 데만 30분 정도가 소요될 정도로.

'이제 방어 타워를 쓸 때가 왔어.'

사실, 이번 퀘스트에서 가장 중요한 역할을 방어 타워가 해준다. 괜히 무리해서 3단계까지 올린 게 아니다. 아마, 이번 퀘스트를 모르는 자들은 다른 데다 돈 쓰느라 미처 준비하지 못했을 거다.

'포인트를 쌓아야 하니까.'

"쉐넌."

[응응! 건호! 무슨 일이야?]

"왜 불렀는지 알잖아."

[하핫~ 물론이지. 타워 설치하면 되는 거지?]

"그래."

[좋아 좋아, 허접들에게 우리 건호의 위력을 한번 보여주자고!]

쿠르르르-

솟아오르는 수십 개의 방어 타워와 에너지 포. 양종현도 레벨 3을 찍었는지, 총 43개의 방어 건물이 순식간에 솟구쳤다.

"와-"

"저기는 뭐야?"

"방어 타워에만 엄청 투자했나 본데?"

"뭐, 쟤들이 막아주면 우린 개이득이지."

자연스럽게 주변의 이목이 쏠린다. 비웃는 사람들도 몇몇 있었지만 크게 신경 쓰지 않았다. 조금만 지나면 저들도 알 거다. 내가 왜 타워에만 목숨 걸고 투자했는지.

[삐빅-]

['방어 타워'를 배치하셨습니다.]

[메인 퀘스트 ② 2. '방어 준비'가 종료되었습니다.]

[기본 보상이 지급됩니다.]

[기본 보상:1,000골드]

[앞으로 9일 후, 거대한 위험이 아라둔 왕국을 덮칩니다.]

[그에 대한 충분한 대비를 해주세요.]

[남은 시간:203:30:00]

퀘스트가 끝나고, 조금의 시간이 흘렀을까.

[국왕으로부터 쪽지가 도착했습니다. 읽어보시겠습니까?]

역시나 예상했던 메시지가 도착했다. 일행들도, 주변 사람들도 전부 같은 시간에 쪽지를 받았는지 웅성거리는 소리가 들려왔다.

“열람한다.”

반갑소.

나는 아라둔의 국왕.

소환에 응해주신 그대들에게 감사를 표하오.

거대한 위험은 아라둔의 성물인 ‘빛의 기둥’을 노리고 있소. ‘빛의 기둥’이 쓰러지면 그 속에 담긴 에너지가 폭발하게 된다오. 그렇게 된다면 이 도시가 에너지에 휩쓸려 파멸되겠지.

부디 몬스터들을 막아, 국민들을 지켜주시오. 그대들의 기여도에 따라 포상을 준비했으니, 노력해 주길 바라오.

[개인 포상]

[1위 -국왕 알현, 최상급 랜덤 스킬 박스×3]

[2위 -최상급 랜덤 스킬 박스×2]

[3위 -최상급 랜덤 스킬 박스×1]

[집단 포상]

[01~10위 -레벨업 주문서 ×30]

[11~20위 -레벨업 주문서 ×20]

[21~30위 -레벨업 주문서 ×10]

몬스터를 처리할 때마다 포인트를 집계하겠소. 공정한 결과를 위해 랭킹 포인트는 생중계로 표시되니 참고 바라오.

그럼 이만.

'미친?'

나는 깜짝 놀랐다. 포상이 미쳤다.

'일단, 국왕 알현?'

「몬스터즈」 플레이 당시 본적도 없는 보상이다. Tip에서 나왔던 진귀한 보물들이라도 주는 건가?

'최상급 랜덤 스킬 박스가 대박이지.'

이건 거의 최초업적달성이나 시련의 탑 클리어 보상으로나 나오는 건데. 겨우 두 번째 메인 퀘스트에서 얻을 수 있는 보상이 아니었다.

'게다가 레벨업 주문서 수량도 미쳤어.'

레벨업 주문서. 5렙 이하 몬스터를 순식간에 만렙으로 올려주는 아이템인데, 등급 업그레이드를 위한 시간을 많이 절약할 수 있다.

'인원이 7만이라 보상도 커진 건가?'

하긴, 200명 중 1등이랑, 7만 명 중 1등이랑 보상이 같으면 그게 넌센스지.

난이도가 수천 배는 더 어려워졌다. 아무리 나라 해도, 7만 명 중 3위안에 드는 건, 장담하기 힘들다.

게다가 보통 7만 명인가? 아무리 허수가 있다 해도, 지금껏 살아남은 대한민국 1%의 사람들이다. 마냥 무시할 수는 없는 법이다.

'그래도 노려봐야지.'

그러려고 방어 타워에 투자한 거니까.

집단은 적어도 10위 안에 들어야 하고, 웬만하면 개인 1, 2, 3등도 가져와야 한다.

'근데 그건 아마 힘들 거야.'

이게 포지션이 나뉘어 있어서 그렇다. 정찰이나, 탱커, 힐러 포지션들은 딜러에 비해 포인트를 얻기 힘들 테니까.

그래서 「몬스터즈」 플레이 당시에도 보통 집단끼리 딜러 하나에게 등수를 몰아주는 방식으로 진행했었다.

'나랑 빈서율.'

둘이서 보상을 노린다. 최상급 랜덤 스킬 박스는 절대 포기할 수 없는 보상이니까. 그 누구에게도 양보할 수 없다.

'남은 시간은 9일.'

어제 정비한 몬스터들의 스킬 숙련도가 낮다. 훈련을 통해 그걸 쌓아줘야 한다. 지금으로선 성 밖에서 사냥하는 것보다 그게 훨씬 낫다. 어차피 시간은 충분하니까.

"우리는 이제부터 성벽 위에서 숙영할 겁니다."

일행들은 내 명령에 따라 숙영을 준비했다. 이제는 거의 베테랑들처럼 빠르게 척척 임무 분담한다. 할아버지가 짐과 텐트를 꺼내고, 빈서율과 서은채가 식자재를 정리하고.

다른 집단 인원들은 그런 우리의 모습을 신기한 듯 쳐다봤다.

"재들 뭐 하는 거야?"

"성벽 위에서 잘 건가 본데?"

"헐, 사냥은 안 하고?"

"방어 타워가 다 해줄 테니까, 그거 믿고 놀려나 보지. 쯧, 딱 봐도 오래 못 버틸 집단이야."

누구나 할 수 있는 의문이긴 했다. 보통 훈련보다 레벨업을 중요시할 테니까. 그러나 우리 일행들은 일말의 의심도 없이 나를 따랐다. 이미 내 플레이 스타일을 인지하고 있는 것이다.

'레벨보단 숙련도. 사냥보단 훈련.'

스킬 숙련도는 뒤로 갈수록 더 올리기 힘들어진다. 따라서 시간 날 때마다 노가다를 해줘야 한다. 나중에 일정 레벨을 돌파하고 나면 정말 기하급수적으로 강해진 몬스터를 볼 수 있을 거다. 레벨업 따위완 비교도 안 될 정도로.

"다들 저번처럼 훈련하세요. 새로 뽑은 몬스터들에게 적응하고 교감을 쌓으셔야 합니다. 아, 그러면서 휴식도 충분히 해주셔야 하고요."

9일 후, 어떤 거대한 위험이 닥칠지는 나도 모른다. 한 가지 확실한 것은, 그때 이후로 절대 휴식시간이 없을 거라는 점.

"퀘스트가 시작하면, 쉬고 싶어도 못 쉴 테니까요."

"알겠소! 리더의 명령이라면!"

"알겠네. 바로 시작하지."

씩씩하게 답하는 일행들. 그렇게 9일간의 훈련이 시작됐다.

Chapter 3

"사백구십팔……."

"사백구십구……."

"오백……!"

등 위에서 서은채의 낭랑한 목소리가 들려왔다. 훈련소 건물이 잠겼기에 성벽 위에서 생으로 진행하는 팔굽혀펴기. 이제 웬만한 훈련으로는 성에 차지 않아 다른 방식으로 진행했다.

손가락은 세 개만 사용. 속도는 30초에 하나 정도로 천천히. 등에는 50kg 원판 대신 서은채를 앉힌다.

'좋아, 이제야 좀 자극이 오네.'

근육이 비명을 지르는 느낌. 상쾌하고도 개운한 느낌이다.

'헬창들이 이런 기분일까?'

옆을 보니 빈서율 역시 세 손가락으로 팔굽혀펴기 중이다.

그녀도 나도 점점 괴물이 되어가는 느낌이었다.

'이제 하루밖에 남지 않았어.'

벌써 약 8일이 흘렀다. 그동안 나는 밤낮으로 훈련에 집중했다. 아델에게 승마술을 배웠으며, 보법도 이제는 수준급으로 구사했다.

"이제 됐어. 은채야."

"내려가요?"

"응, 고마워."

"별말씀을요."

서은채가 등에서 내려왔다. 그녀는 지금까지도 계속 천사족 '유지넬'과 교감 중이었다. 스킬 특성상 정적인 훈련을 하는 그녀는 가끔 이런 식으로 내 운동을 도왔다.

"읏차."

나는 자리에서 일어나 스트레칭했다. 서지호와 할아버지는 양종현의 지도하에 훈련 중. 몬스터의 효율적인 배치에 관해 연구하는 것 같았다.

'다들 잘하고 있군.'

나는 옆에서 운동하는 빈서율을 바라봤다.

"서율 씨, 아델 좀 불러주세요."

"엥, 벌써요? 체력 단련은요?"

"성벽은 새벽에 이미 돌았죠."

"헐, 또 밤샌 거예요?"

"네."

"……진짜 괴물이라니깐. 잠시만요."

요즘 하는 훈련은 아델과의 대련.

어느 정도 기본이 잡혔다고 생각한 아델은 3일 전부터 나에게 대련을 제안해 왔다. 부족한 실전 경험을 잦은 대련을 통해 극복하자는 의미였다.

'한 번도 이긴 적은 없지만.'

지금껏 전적은 나의 전패. 그것도 옷깃 하나 스치지 못하는 완패였다.

그렇지만, 분명 얻은 것은 있었다. 다양한 응용기술과 변형기술을 익혔고, 거리 감각과 훼이크 등의 공격 타이밍이 더 정교해졌다.

캐릭터 스킬 '아레스의 본능' 때문인지는 몰라도, 확실히 느껴졌다. 아델과 나의 격차가 급속도로 줄어들고 있다는 것이.

"담건호, 준비됐나."

어느새 소환된 아델이 창으로 나를 겨눴다. 가벼운 자세임에도 불구하고 전혀 빈틈이 보이지 않는다.

'좋아, 해보자고.'

나 역시 창을 꺼내 아델을 마주했다. 그리고 속에 있는 다짐을 그에게 내뱉었다.

"오늘은 기필코 옷깃을 스치겠다, 아델."

"할 수 있다면 해봐라! 기대되는군!"

그가 자세를 낮추고 나를 노려본다. 온 신경을 저리게 하는 위압감. 평소보다 배는 더 커 보이는 아델.

느껴졌다. 나를 진심으로 상대하겠다는 아델의 다짐이.

'곧 죽어도 4성이란 건가?'

나는 심호흡을 했다.

메인 퀘스트에 앞선 마지막 대련. 오늘은 발전의 결과를 꼭 눈으로 보고 말 테다.

"간다!"

나는 다리를 힘껏 박차, 그를 향해 달려 나갔다. 거리는 5m 정도. 아델의 특성상 지금쯤 창을 찔러 견제를 넣을 거다. 지금까지 그래왔으니까. 기세를 차단하고 흐름을 가져오기 위한 견제다.

'역시.'

예상대로 뻗은 창을 위로 치켜드는 아델. 나는 달리는 기세 그대로 팔을 힘껏 비틀어, 아델의 창을 왼쪽으로 쳐냈다.

채앵!

경쾌한 소리와 함께 아델의 가드가 비었다.

'바로 지금!'

아델의 창을 옆으로 치움과 동시에, 나는 창을 있는 힘껏 직선으로 찔러넣었다.

자세, 호흡, 거리, 힘……. 전부 다 완벽했다.

'헛.'

그러나 내지른 창이 텅 빈 허공을 갈랐다. 어느새 시야에 보이지 않는 아델.

심장이 철렁했다. 눈을 굴려 재빨리 상황을 파악했다.

'오른쪽?'

나는 반사적으로 창대를 오른쪽에 가져다 댔다. 정확히 본 건 아니다. 그저 머리보다 몸이 한발 앞서 반응했다.

따앙!

손아귀에 느껴지는 강한 충격. 회피와 동시에 물 흐르듯 들어오는 아델의 때리기 공격이었다. 자세를 낮춘 그는 서슬 퍼런 눈빛으로 날 올려다보고 있었다.

'제기랄.'

고작, 한 수로 기세를 뺏겨 버렸다. 대인전은 수 싸움. 일단 아델의 거리에서 벗어나야 했다.

채앵! 따앙! 챠앙!

보법을 사용해 뒤로 물러섰지만, 아델은 고수. 잡은 기세를 쉽게 놓아주지 않았다. 계속 무섭게 따라붙으며 연계 공격을 해왔다.

'이거, 한 번이라도 실수하면 끝장이야.'

나는 눈을 크게 뜨고 정신없이 방어했다. 창의 궤적을 정확히 읽어야 한다. 공격이 매섭다고 쫄면 안 된다. 눈을 감는 순간 지는 거다.

'역시 까다로워.'

힘이나 속도는 비슷했다. 나 역시 '엔트로피'를 꾸준히 키우고 있었고, 능력치도 웬만한 4성 못지않게 성장했으니.

오로지 기술이었다. 아델은 노련했고 또한 전투 감각이 끝내줬다.

채앵! 챠앙!

우리는 별다른 말 없이 대련에 집중했다. 호흡이 점점 거칠어지고 팔근육이 땡겨왔다.

'이대로 가다간 저번이랑 똑같아.'

답답했다. 공격을 이어나가야 하는데 틈을 주지 않는다. 아델은 방어만으로도 벅차게끔 쉴 틈 없이 몰아붙이고 있었다. 무언가 변화를 만들어내야 한다.

기본. 보법. 응용. 지금껏 배운 것을 최대한 활용해야 한다. 목표는 한방이라도 멕여보는 것.

슈웅!

순간, 격렬한 바람이 귓가를 스쳤다. 아델이 찌른 창이 뺨끝을 스치고 지나간 것이다. 기민하게 허리를 젖혔기에 망정이지 골로 갈뻔했다.

"꺄악! 거, 건호 씨!"

"아저씨! 괜찮아요?"

놀라서 쳐다보는 일행들. 그러나 섣불리 다가오지는 않았다.

내가 주의해 놓은 것이다. 어떤 일이 있어도 대련을 방해하지 말라고.

재빨리 아델과 거리를 벌린 나는 다시 호흡을 가다듬었다.

어느새 주변에는 일행들을 제외하고도 많은 사람들이 모여 있었다. 그들이 숙덕이는 소리가 귓가에 박혀왔다.

"와- 저기 또 싸운다."

"또? 나는 처음 보는데."

"넌 그간 사냥 나가 있었잖아. 음, 아마 3일 전쯤인가? 그때부터 둘이서 밤낮 가리지 않고 싸워대더라고."

"빨라서 보이지도 않던데? 몬스터 들이겠지? 요즘은 저런 식으로 훈련하나?"

"글쎄, 내가 듣기로는…… 한 명은 사람이라던데?"

"에이, 그걸 믿냐? 말도 안 되지. 어떻게 사람이 저런 속도로 움직이냐?"

"으음, 그런가?"

이미 근처 대다수 생존자들은 나를 거의 몬스터 취급하고 있었다.

그럴 만도 했다. 굳이 내가 사람인 것을 밝히지 않았을뿐더러, 일행들 역시 노코멘트로 본인 훈련에만 집중했으니.

'쯧, 겨우 이 정도로 괴물 취급이라니.'

합체족 버그는 날이 갈수록 더 강해진다. 지금은 고작 4성 아델에게 고전하고 있다지만, 나중에는 아델 정도는 가볍게 찍어 누를 수 있을 정도로 성장한다.

'그전까지 다 흡수해야지.'

아델의 기술과 노하우. 아델의 경험과 노련함을 다 내 것으로 만들어야 한다.

"차앗!"

나는 다시 아델과 맞붙었다. 지금은 전투 중. 잡생각이나 하고 있을 때가 아니었다.

채앵! 차앙!

서로 오가는 기합, 맑고 경쾌한 창음(槍音), 허공에서 뒤섞이는 두 개의 창.

'확실히 처음보단 나아졌어.'

나는 아델과의 첫 대련을 떠올렸다. 제대로 볼 수도 없었던 창. 간단한 페이크에도 쉽게 휘둘렸던 내 모습.

이제는 그래도 익숙해졌다. 해볼 만하다는 생각이 든 것이다.

챠앙! 차앙!

그렇게 서로 스무 번의 창을 섞었을까. 순간, 기묘한 감각이 들었다.

짙어지는 살기, 온몸에 돋아오르는 소름.

'또, 아까 그거다.'

조금 전 당했던 위험천만했던 공격. 머리로 향해 날라오는 아델의 한방 찌르기.

'아?'

순간 뇌리가 번뜩였다.

'공격을 알고 있으면 카운터를 칠 수 있잖아.'

슈웅!

생각할 틈도 없이 눈앞에 빠르게 다가오는 아델의 창끝.

나는 본능적으로 자세를 낮추며 고개를 아래로 숙였다. 그러면서도 시선은 아델의 복부를 향했다.

'지금은 때리기다!'

허공을 때린 아델의 창끝이 곧바로 아래로 내려 찍힌다. 나는 몸을 한 바퀴 빙그르 돌려 그것을 피해냈다.

그와 동시에-

퍼억!

원심력을 이용한 창대가 아델의 옆구리를 후려친다.

이 모든 게 0.1초 만에 일어난 상황!

슈웅- 콰앙!

창대에 옆구리를 맞은 아델이 널빤지처럼 날아가 성벽에 부딪힌다. 짙게 피어오르는 모래 먼지와 부스스 떨어지는 벽돌.

'됐어!'

순간, 온몸에 희열이 솟았다. 그동안 닿지 않았던 아델에게 마침내 한방 멕인 것이다.

"와! 아저씨!"

"바, 방금 뭐야?"

"방금 움직임 본 사람?"

"난, 못 봤어."

관중이 더 늘었다. 나는 팝콘을 튀기고 있는 주변 사람들을 뒤로하고 다시 창을 골라잡았다. 곧이어 입가에 흐르는 피를 닦으며 걸어 나오는 아델.

"아델, 괜찮냐?"

"방금 공격은 좋았다, 담건호."

"운이 좋았지."

"운이라…… 아니, 운이 아니다. 이건 말도 안 되는 재능이다."

아델이 고개를 저으며 반박했다.

"배운지 겨우 한 달도 안 된 비기너가 나에게 공격을 성공시키다니. 그것도 정통으로. 게다가 자세는 어떤가. 10년 차 베테랑이라 해도 믿을 만한 수준이야. 전투 감각도 날로 성장하고 있고. 도대체 그대 같은 괴물이 어떻게 존재할 수 있는 건지…… 정말 믿을 수 없군."

그는 진심으로 감탄하고 있었다. 내 스킬 '아레스의 본능'을 모르니까 하는 반응이기도 했다.

"잔말 말고 은채한테 힐링이나 받고 와."

나는 씨익 웃었다. 기분이 좋아졌기 때문이다. 드디어 뭔가 제대로 실력이 는 느낌이었다.

"이제부터 진짜 시작이니까."

나는 창을 한 번 털어냈다. 이제 아델의 밑천까지 털어먹을 시간이 왔다.

시간은 빠르게 흘렀고, 날은 금세 어두워졌다. 나는 그동안 아델과 열 번 정도의 대련을 하면서, 조금 전 그 공격이 운이 아니었다는 것을 입증해 냈다.

"대단하군, 대단해! 담건호."

대련을 마친 아델은 흥분을 감추지 않았다.

"말도 안 되는 속도로 발전하고 있어. 오늘 괜찮았던 유효타만 다섯 개라니! 대견하구나."

"하악, 하악. 아델, 넌 지치지도 않냐."

온몸이 땀으로 절어 있는 나에 비해 아델은 여유로웠다. 오히려 평온해 보이기까지 했다.

확실한 실력 차였다. 인정할 건 인정해야 했다. 아직까지 아델과 나 사이에는 넘을 수 없는 벽이 존재했다.

아델이 바닥에 주저앉아 있는 나를 바라보며 빙긋 웃었다.

"담건호, 이 정도 속도면 내 동생도 넘볼 수 있겠다."

"동생?"

아델에게 동생이 있었나?

"그래. 기억은 드문드문 하지만, 동생은 가문에서 인정하는 불세출의 천재였지."

"천재라……."

"그래, 천재. 최연소 스피어 마스터이자, 왕국 기사단장까지 올랐었으니까."

스피어 마스터? 왕국 기사단장?

「몬스터즈」에서 설정해 놓은 아델의 배경인가보다. 그럼 남자로서 이 질문을 안 하고 넘어갈 순 없지.

"그래서, 동생이랑 너랑 싸우면 누가 이기는데?"

"말할 것도 없이 동생이다."

"오호, 그래?"

"물론."

"아쉽네. 그러면 창술은 동생한테 배웠어야 하는 건데."

내 농담에 아델이 고개를 저었다.

"아니. 아마 가르치는 실력은 내가 한 수 위일 거다."

"에이, 그런 게 어딨냐?"

"정말이다. 동생이 바로 내 제자였거든. 창술에 대한 이론으로는 가문에서도 날 따라올 자가 없었다."

베르트랑 창술에 대한 자부심이 느껴지는 대답. 확실히 그렇긴 했다. 아델에게는 무언가 장인들만이 가지고 있는 분위기가 있었다.

"건호 씨."

잠깐의 휴식으로 심장이 안정되었을 때쯤, 빈서율이 다가왔다.

"네, 서율 씨."

"단원들은 전부 취침하고 있는데, 오늘도 날 새실 거예요?"

"아."

해는 아까 떨어졌고, 빈서율은 아델 때문에 나와 있었다. 일행들이 평소보다 이른 시간에 잠자리에 든 것은 나 때문이다.

두 번째 메인 퀘스트의 시작은 내일 오전. 일행들에게 무슨 일이 있어도 수면을 취할것을 명령했기 때문이다.

"오늘은 저도 잘 겁니다."

그간 잠도 없이 훈련에만 집중했다. 아직까지 괜찮다지만, 메인 퀘스트 때 어떤 일이 있을지 모르는 일. 이제는 정신적으로 충분한 휴식을 취해야 한다.

내 대답에 빈서율이 미소 지으며 티슈와 물을 내밀었다.

"잘 생각하셨어요. 자리 해놨으니까 씻고 푹 쉬세요."

"오, 자리까지? 고마워요."

침낭을 쓰는 건 이번이 처음이다. 성벽 위에 설치된 캐노피. 그 안에 들어 있는 여섯 개의 침낭. 가장 왼쪽에 있는 게 내 건가 보다.

"그리고 오늘 불침번은 우리끼리 돌기로 했으니까, 괜히 안 나오셔도 되구요."

"아, 그럴 필요까진 없는데."

"아니에요. 그동안 훈련한답시고 도맡아 하셨는데, 오늘만큼은 우리가 하게끔 해주세요."

헐, 전부 맡은 것까진 아니고 그냥 근력 운동할 때만 내가 섰던 것뿐인데. 그게 효율적이니까.

뭐, 어쨌든 해준다는데 거절할 내가 아니다.

"그럼 오늘은 좀 편히 쉬겠습니다."

"좋은 생각이에요!"

[곧 거대한 위험이 아라둔 왕국을 덮칩니다. 그에 대한 충분한 대비를 해주세요.]

[남은 시간 08:14:00]

'남은 시간은 약 8시간.'

내일부터 약 7만 명과 경쟁해야 한다. 살짝 긴장되고 떨려온다. 내가 과연 할 수 있을까? 이 수많은 사람들 중 최고의 자리에 오를 수 있을까?

'아니지. 내가 아니면 누가 해.'

나는 침낭에 누워, 다시금 마음을 굳게 다잡았다.

잊지 말자. 이 세상에 나보다 「몬스터즈」를 잘 아는 유저는 없다.

정신 차리자. 이 빌어먹을 곳에서 생존하기 위해서는 절대 도태되면 안 된다.

'그러니까 빨리 잠이나 자자.'

거의 눕자마자 의식이 사라져갔다. 육체는 멀쩡해도 나름 많이 피곤했었나 보다.

다음 날 아침, 빈서율이 준비한 아침을 먹고 마지막 정비를 했다. 각자 혹시 모를 상황에 대비해 비상식량을 나눴고, 가용 가능한 몬스터를 전부 소환했다.

'휴식이 좋긴 하네.'

나 역시 성벽 밑을 바라보며 몸을 풀었다.

확실히 몸이 가벼워졌다. 뭉쳐 있던 근육이 풀렸고, 쌓여 있던 피로감이 눈 녹듯 사라졌다. 겨우 잠 한 번에 이 정도라니, 실로 대단한 회복력이었다.

"이제 곧 시작이네요."

"서율 씨."

빈서율 역시 간만에 오래 잤는지 개운해 보였다. 퀘스트까지 남은 시간은 약 5분. 일행들은 한곳에 모인 채 비장한 표정으로 마음을 다잡고 있었다.

"오늘은 많이 북적북적하죠?"

"그렇네요."

바깥에서 사냥했던 사람들 역시 성벽으로 모인 지 오래. 마치 거대한 이벤트라도 준비하듯, 북적거리는 7만 명의 인원들이 장관이었다.

빈서율이 그 광경을 지그시 쳐다보며 말했다.

"참 신기해요."

"뭐가요?"

"저기 있는 사람들도 그렇고, 우리도 그렇고……. 불과 며칠 전까지만 해도 평범했잖아요. 그런데 이런 말도 안 되는 상황에 처해 있다니……."

다양한 몬스터들과 방어탑.그리고 그것을 소환해 위험에 대비하는 사람들. 저들 중 그 누구도 이 빌어먹을 현실을 부정하고 있지 않았다. 그저 우리처럼 현 상황에 적응하고 있었다.

'도망친다고 살아남을 수 있는 게 아니니까.'

이미 그런 자들은 생존하지 못했을 거다. 「몬스터즈」의 세계는 잔혹하고 냉정하다. 절대 너그럽지 않다.

삐걱! 삐걱!

성문 닫히는 소리가 들려왔다. NPC 문지기들이 도르래를 돌리고 있는 것이다.

"이제 다들 위치하세요!"

"네!"

언제 센티했냐는 듯 다시 씩씩하게 답하는 그녀. 마침내 달릴 때가 왔다.

[남은 시간 00:00:00]

[거대한 위험이 나타납니다!]

두두두두!

땅이 뒤흔들리기 시작했다. 푸르렀던 하늘이 순식간에 붉어졌다. 곧이어 성벽 밑 곳곳에서 터져 나오는 빛.

[근처에 '고블린 아처'(★★) 3개 중대가 소환됩니다.]
[근처에 '고블린 공성병'(★) 2개 중대가 소환됩니다.]
[근처에 '오우거 전사'(★★★) 1개 소대가 소환됩니다.]
[근처에 '라이칸슬로프 투사'(★★) 1개 소대가 소환됩니다.]
[근처에 '오크 마법사'(★★) 2개 소대가……]

끝없이 솟아오르는 메시지들. 어느새 성벽 주변에 몬스터들이 바글바글 끓기 시작했다. 그 수량만 봐도 성벽 위의 7만 명은 아득히 넘길 숫자였다.

다음 메인 퀘스트가 도착한 것은 그때였다.

[메인 퀘스트 ② 3. '집단 방어전']
[거대한 위험이 도착했다. 일주일의 시간 동안 아라둔 왕국의 성물을 지켜라.]
[제한 시간 168:00:00]
[성공 시:+10,000골드]
[실패 시:사망]
[Tip 아라둔 국왕이 지정해 놓은 포인트를 더 빠르게 쌓고 싶다고요? 강한 몬스터를 잡아보세요.]

-크아아아!

-쿠륵쿠륵!

몬스터들이 달려오기 시작했다. 하늘에는 놈들의 화살과 마법이 빗발쳤고, 아래에는 공성 사다리차 수백 대가 움직이고 있었다.

지잉! 지잉! 콰과강!

설치되어 있는 철탑과 에너지 포 역시 공격을 시작했다.

순식간에 갈려 나가는 전열의 몬스터들. 그러나 없어진 전열은 후열에서 곧바로 채워진다. 채워지는 속도가 갈리는 속도보다 압도적으로 빨랐다. 점차 성벽 쪽에 달라붙는 적들.

"다들 준비하세요!"

원거리가 아닌 이상 벌써부터 싸울 수는 없다. 저 사다리차가 붙고 나서부터 진짜 전쟁은 시작이다.

"다들 근접전이 시작되면 아델과 저를 최대한 보조해 주셔야 합니다!"

할아버지의 몬스터 뒤에 숨은 우리. 한참의 시간이 흐르자, 적들의 화살 세례가 끝났고 곧이어 제대로 된 공성전이 시작됐다.

[국왕이 명령합니다.]

[성벽의 모든 방어 타워의 근거리 사격이 제한됩니다.]

[성벽의 모든 방어 타워가 표적을 전환합니다.]

"지금이에요!"

나는 일행들에게 소리쳤다. 국왕의 통제가 떨어졌다는 것은 적 무리가 거의 다가왔다는 소리. 괜한 오인사격으로 아군이나 성벽에 피해가 갈까 봐, 포탑의 근거리 사격을 제한시키는 거다.

나는 서은채의 버프를 받은 후, 다가오는 놈들의 파도에 몸을 집어 던졌다. 지금부터 최대한 많은 놈들을 잡아야 한다.

서걱! 서걱!

창이 호선을 그렸다. 솟구치는 피와 함께 떨어지는 놈들의 머리.

[크리티컬!]

['고블린 워리어'(★★)를 처리합니다!]

[크리티컬!]

['고블린 워리어'(★★)를 처리합니다!]

베기의 자세가 물 흐르듯 매끄러웠다.

'좋아. 통한다.'

-키룩! 키룩!

또 다른 고블린 워리어들이 검을 내질렀다. 목표는 내 목. 그러나 어림도 없다. 안 그래도 작은 체구의 고블린이다. 게다가 검과 창의 거리 싸움은 무조건 창이 유리.

스각! 서걱! 퍼걱!

창과 동시에 몸을 핑그르 돌리자, 가죽 베이는 소리와 대갈통 으깨지는 소리가 들려온다. 좋아, 이렇게 또 세 마리.

-키루루!

순간, 미묘한 살기가 느껴졌다. 본능적으로 자세를 낮추고 주변을 살폈다. 아니나 다를까, 가까이 붙은 고블린 아처 중 한 마리가 정확히 나를 향해 화살을 조준하고 있었다.

'저 개새끼가.'

쐐우우웅! 퍼억!

그러나 놈은 화살을 쏘지도 못한 채 절명했다. 뒤에서 쏘아진 볼트가 놈의 머리통을 박살 낸 것이다. 빈서율의 석궁이었다.

'나이스 샷!'

그녀는 뒤에서 한창 전투 중인 나와 아델을 엄호해 주고 있었다.

'든든하네.'

빈서율뿐만 아니라, 뿔하피도 싸우면서 시시각각 내 쪽을 바라봤다. 혹시나 주인이 다칠까 걱정하는 거다. 귀엽긴.

채앵! 퍼억! 콰앙!

난전이 계속됐다. 꽉꽉 들어차는 적들만큼, 아군들의 몬스터도 만만찮았다. 나는 정신없이 베고 찌르며 곁눈질로 아델을 확인했다.

'대단하군.'

과연, 4성 몬스터의 위용은 끝내줬다. 마치 물 만난 물고기라도 되듯 전장터를 누비는 아델.

'나 역시 질 수 없지.'

나는 입술을 깨물었다. 우리 쪽에 붙은 사다리차에만 고블린 수백 마리가 존재한다. 다 경험치들이자 포인트들. 누구보다 빠르게 잡아내야 한다. 아무에게도 뺏길 수 없다.

[지금부터 정산된 포인트가 시야 우측 상단에 제공됩니다.]

[개인 순위]
[1위 -담건호:251점]
[2위 -유현동:212점]
[3위 -빈서율:211점]

[집단 순위]
[1위 -으르렁:1,511점]
[2위 -MVP:1,422점]
[3위 -소수정예:1,222점]

나는 계속 싸우며 우측 상단을 힐끗거렸다.

'내가 1등, 빈서율이 3등, 집단도 3등.'

시작이 좋았다. 물론, 별 중요한 성적은 아니다. 아직은 시작이라 격차가 없는 것일 뿐, 하루만 지나도 어느 정도 견적이 나온다.

'200점 이상인 사람은 전부 초반 방어 타워 빨이야.'

아마 레벨3까지 찍은 인원들일 거다. 고블린 몇 마리 해봐야 티끌만큼도 안 오르니까. 난 레벨 4라 초반을 선점한 것뿐이고.

-크아아아!

-쿠르르륵!

지금은 고작 1일 차. 내 기억에 의하면, 날이 갈수록 몬스터들의 난이도가 오른다. 그때부터 본격적으로 격차가 벌어질 거다. 특히 타워 레벨이 3인 자와 아닌 자의 격차도 더욱 벌어지겠지.

'그렇다고 방심하면 안 돼.'

지금 난이도도 쉬운 건 아니다. 아래 널린 3성 몬스터만 수만 마리. 과연 7만 명짜리 퀘스트다웠다.

"죽어!"

창을 올려 긋자 고블린 한 마리가 옆으로 비스듬하게 갈라졌다.

"뒈져!"

그대로 창대를 빼 연달아 찔러댔다. 꼬치에 꽂히듯 쉽게 뚫리는 고블린들.

이렇듯 여러 마리의 몬스터를 잡으면서도 나는 지속적으로 눈알을 굴렸다. 주변을 상황을 체크하기 위해서다.

"너무 깊이 들어가지 마!"

나는 아델을 향해 소리쳤다. 전투에 심취한 아델이 사다리 차 위까지 올라가 있었기 때문이다.

"떨어지면 그대로 죽는 거야! 시간은 많으니까 욕심부리지 마!"

빈서율이 그 목소리를 들었는지 즉시, 아델을 뒤로 물러 세웠다. 그래, 항상 조심해야지. 전투는 오직 성벽에 갓 올라오는 놈들을 상대로만 해야 한다.

우지끈-

보란 듯이 사다리차가 부서진 것은 그때였다. 누적된 하중으로 인한 나무 축의 파손 때문인 것 같았다. 역시 그럼 그렇지.

"아, 안 돼!"

"내 몬스터!"

다른 집단 인원들이 안타까운 비명을 질렀다. 위에 있는 몬스터들이 자연스럽게 성벽 밑으로 낙하했기 때문이다. 곧이어 솟아오르는 먼지와 함께 순식간에 소멸되는 몬스터들.

'저 밑은 무저갱과 같지.'

떨어지는 즉시 저승행. 살아남을 확률은 거의 없다. 혹자는 빠르게 '소환 해제'하면 되지 않느냐 물을 수도 있지만…… 저번에 해본 결과, 전투 중에는 불가능하다.

전투는 지속됐다. 하지만, 전투가 계속될수록 마음속이 답답해져 갔다.

'이게 창의 한계인가?'

[개인 순위]

[1위 -담건호:281점]

[2위 -유현동:263점]

[3위 -주예린:261점]

개인 순위가 아까부터 눈에 밟혔다. 빈서율은 아래로 추락했고, 나도 격차가 점점 좁혀지고 있었다.

'제기랄.'

7만 명의 벽? 절대 그것 때문만은 아니었다.

'두 가지 때문이야.'

먼저 근거리라는 점. 성벽을 끼고 운신의 폭이 제한되다 보니 원거리에 비해 많은 몬스터를 잡을 수가 없었다.

다음은 범위 공격이 없다는 점. 지금 같은 공성전에서는 1:1 능력보다 다수를 상대로 할 수 있는 스킬이 더 필요했다.

"건호 씨!"

작은 몸집을 이리저리 굴리며 석궁을 쓰던 그녀가 나에게 달라붙었다. 그녀 역시 나와 같은 생각을 하고 있었나 보다.

"점점 순위가 떨어지고 있어요. 아무래도 터가 별로 안 좋은 거 같은데, 옮겨야 할까요?"

그것도 맞다. 하필 우리 쪽에 붙은 사다리차가 무너진 것도 한몫했다. 그 많은 경험치들을 처리하지 못한 채로 성벽 밑으로 보내줘야 했으니까.

"기다려 봐요!"

난 달라붙은 고블린의 목을 쳐내며 머리를 굴렸다. 무언가 방도를 찾아내야 한다.

'제길, 나도 처음 겪어보는 상황이라.'

7만 명과 함께하는 메인 퀘스트라니. 지금은 나도 뉴비나 마찬가지. 고인물로서의 특권을 발휘할 수 없는 상황이었다.

-끼아아아!

그때였다. 성벽 하늘 위에서 빨간 익룡의 울부짖음이 들려왔다. 거세게 진동하는 대기. 피부를 저리게 하는 엄청난 위압감.

"헉! 저, 저게 뭐죠?"

"드, 드래곤?"

"드래곤이야? 정말?"

사람들의 눈이 휘둥그래졌다. 빈서율도 놀랐는지 온몸이 굳은 상태였다.

'저건 뭐야 또.'

나 역시 눈살을 찌푸렸다. 곧이어 입을 커다랗게 벌리는 익룡. 순간 소름 돋을 만큼 거대한 살기가 느껴졌다.

[경고! 경고! 경고!]

[근처에 강렬한 힘이 집중합니다!]

"저, 저거 우리한테 쏘려는 거예요?"

"잠깐만요!"

"네?"

"잘 봐봐요, 서율 씨. 위에 누가 보여요."

자세히 보니까 보였다. 빨간 익룡의 목 위, 작게 보이는 점.

"서, 설마 저거 사람이에요?"

"정황상 그런 거 같은데요."

거리 때문인지 스킬 사용도 제한된다. 어쨌든 확실한 건, 저 익룡의 입이 성벽 쪽을 향해 있지 않다는 것.

'그 말은, 아군이란 뜻이지.'

얼마 지나지 않아, 익룡의 입에서 화염이 쏟아져 나왔다.

-콰가가가가!

천지를 진동하는 굉음. 넘실거리는 불줄기가 순식간에 적들을 뒤덮었고, 수천 마리의 몬스터들이 한 번에 불타올랐다.

화르르륵!

불과 5초도 흐르지 않아 시커먼 재로 변해 버리는 적들. 매캐한 검은 연기가 피어오르고 살 타는 냄새가 코를 진동시켰다.

'미친, 뭐 저딴 몬스터가.'

실로 말도 안 되는 위력이었다. 당한 건 적인데, 열기가 여기까지 느껴져 왔다. 화염 저항이 있는데도 말이다.

[띠링-]

[개인 순위가 뒤바뀝니다.]

[집단 순위가 뒤바뀝니다.]

'뭐라?'

나는 신속히 눈을 돌려 전광판을 확인했다.

[개인 순위]

[1위 -주예린:420점]

[2위 -담건호:281점]

[3위 -유현동:264점]

'미, 미친?'

단 한방에 전세가 역전되어 버렸다.

'저게 뭐야.'

주예린? 저 몬스터의 주인인가? 곧이어, 성벽 쪽으로 다가오는 빨간 익룡. 그 위에 앉아 있는 한 여성의 모습이 보이기 시작했다.

"자, 잠깐!"

옆에서 들려오는 빈서율의 외침. 응? 무슨 일이지? 하고 옆을 보니, 그녀가 넋 나간 표정을 짓고 있었다.

"세, 세상에. 언니?"

뭐야. 아는 사람이었어?

빈서율뿐만이 아니었다. 대다수 사람들이 전투 중인 것도 잊은 채 입을 떡 벌렸다.

"마, 말도 안 돼."

"무슨 드래곤을 몬스터로 부려? 저건 사기 아니야?"

"순위가 순식간에 바뀌었어."

"이름이 주예린?"

"자, 잠깐. 주예린이라고?"

"어? 얼굴 봐봐. 진짜 주예린인데?"

"헐, 진짜?"

주예린? 유명인인가?

몇몇 사람들이 알아보는 것 보니 유명인인 것 같은데, 난 전혀 모르는 얼굴이다.

휘이잉-

거친 날갯짓과 함께 성벽 위를 스쳐 가는 빨간 익룡과 그 위에 탄 여성. 나는 기회다 싶어 재빨리 심연의 눈동자를 사용했다.

[이름:주예린]

[나이:29]

[집단:없음]

[레벨:16 (Exp 23,070/100,000)]

[등록 몬스터:3/3]

'픽시'(★★), '케이'(★★★), '레드 드래곤 아그니스'(★★★★★)

[보유 스킬:1/3]

'포르투나의 기적'(S급):1년에 한 번, '최상급 몬스터 소환 이용권'을 이용 시 태생 5성 몬스터를 확정 소환한다.

[능력치]

힘25, 민첩25, 체력25, 화염 저항2

[보유 골드]

13,500골드

'미친, 벌써 5성이라고?'

어쩐지, 말도 안 되는 위력이더라니. 태생 5성이라면 충분히 그럴 만했다.

'게다가 저 사기적인 스킬은 또 뭐야?'

포르투나의 기적. 1년에 한 번 5성을 확정으로 지급해 준다니, 그것만으로도 성능은 이미 S급 스킬을 아득히 뛰어넘는다.

'드래곤은 저 스킬로 뽑은 거겠네.'

콰가강!

브레스를 다 뿜어낸 익룡이 근처 성벽 위를 날아다니며 꼬리를 휘둘러댔다. 그 한 방, 한 방에 목제 사다리차들이 힘없이 부서져 내린다.

키에에에! 키에엑!

우수수 성벽 밑으로 떨어지는 고블린들.

사람들이 그 장면을 넋 놓고 바라보며 숙덕거렸다.

"와, 세상에. 누군가 했더니 주예린이었다니……. 세상 참 좁아."

"주예린? 도대체 주예린이 누군데 다들 그렇게 놀라? 뭐, 프로게이머야? 아니면 BJ?"

"헐, 모르냐? 배우잖아. 배우! 그것도 주연급!"

"아, 그래? 난 드라마 그런 거 잘 안 봐서."

아, 연예인이었나?

그래도 꽤 많은 사람들이 알아보는 것 보니, 나름 메이저급인가 보다. 그나저나 분명 빈서율이 언니라고 외쳤었는데?

"서율 씨, 아는 사람입니까?"

호기심이 생겨 물었다.

S급 스킬. 5성 몬스터. 게다가 집단도 없다. 거기에 예사롭지

않은 몬스터 컨트롤까지. 무언가 고인물의 냄새가 났다. 게다가 지금 시기에 S급 캐릭터 스킬이라면, 얻을 수 있는 루트가…….

'갓 컴퍼니가 튜토리얼 끝나고 줬었던 특전밖에 없지.'

적어도 내가 알기로는 그렇다. '몬스터' 전용 S급 스킬이면 몰라도 '캐릭터' 전용 S급 스킬은 오직 시련의 탑에서만 얻을 수 있는 특별한 보상이었으니까.

"……아"

한동안 주예린을 넋 놓고 바라보던 빈서율. 그녀가 제정신을 찾으며 말을 잇는다.

"혹시 기억하세요? 저번에 말했었던 과 언니요. 몬스터즈 플레이한다던……."

"아, 그때 편의점에서 말했던?"

기억난다. 세상이 이렇게 변하기 전, 빈서율이 「몬스터즈」라는 게임에 관해 어느 정도 알았던 이유. 그저 교대 알바생이었던 나에게 관심을 보였던 이유. 그래. 같은 과 친한 언니가 나와 같은 게임을 즐겼다고 했었지.

그 사람이 유명 연예인이었구나. 이건 좀 신기한데.

"네, 그 언니예요. 예린 언니도 건호 씨만큼 게임 오래 한 거로 알고 있는데."

"그래요?"

"아마 서비스 종료 때까지 했던 거로 알아요. 엄청 몰입해서 하느라 팬들도 다 알 정도였거든요."

역시, 주예린은 고인물이었다. 그것도 나와 같은 10년 차 고인물. 그렇다면 나, 아니, '비운' 캐릭터와 알았던 사람일 확률도 있다. 그 당시 플레이하던 유저가 142명 정도밖에 안 됐었으니까.

'제기랄.'

물론, 중요한 건 그딴 게 아니다. 이대로 계속 가다간 주예린에게 포인트에서 뒤처질 수밖에 없다. 특히 고인물이라면 더 그렇다. 태생 5성급에 고인물이면 이대로 점수 굳히기에 들어갈 테고, 도저히 정상적인 방법으로는 따라잡을 수가 없게 될 테니까.

'상황을 타개할 방법을 찾아야 해.'

갑자기 위기감이 확 느껴졌다. 1등을 놓칠 수도 있겠다는 생각이 들었기 때문이다.

'그건 절대 용납 못 하지.'

국왕의 알현. 어떤 보상인지 정확히 알 수는 없지만, 무려 7만 명이 함께하는 메인 퀘스트의 1등 보상이다. 범상치 않을 거란 확신이 있었다.

이건 고인물로서의 감각이요 기본적인 상식이기도 했다. 원래 어려울수록 보상은 더 달콤한 법이니까.

'절대 포기할 수 없어.'

총 7개의 채널. 1서버에서 단 7명만이 얻을 수 있는 보상.

또, 이건 자존심 문제이기도 했다. 이 세상에 나보다 「몬스터즈」를 잘 알고 있는 사람은 없다고 확신하니까. 개발자 말고는…….

“서율 씨!”

“네.”

“잠깐 어디 좀 다녀올 테니, 열심히 잡고 있어 봐요.”

“네, 네?”

“랭킹권은 계속 유지하려고 노력해 보시구요. 제가 빠지는 만큼 팀원 서폿 더 받아낼 수 있을 테니까.”

사실, 아까부터 확인했던 장면이 있다.

성벽 밖. 북서쪽 2㎞ 정도 즈음에 무리 짓고 가만히 서 있는 언데드류 몬스터들. 지금은 고블린과 오크들이 공격해 오느라 멍때리고 있지만, 아마 5~6일 차 때쯤이면 저놈들의 차례가 올 거다.

‘시간이 흐를수록 난이도가 점점 높아지는 메커니즘이니까.’

그리고 저 몬스터들은 분명 지금 잡는 고블린, 오크 따위보다 포인트를 월등히 더 많이 줄 거다.

‘본래는 이 방법까지는 안 쓰려고 했지만.’

잡으러 가 봐야지.

사실상, 굉장히 위험한 방법이다. 아무리 언데드류 몬스터가 패턴이 쉽다 해도, 저 많은 수량을 혼자 잡을 수는 없는 거니까.

‘그래도 유령마랑 서은채만 있으면, 불가능한 것만은 아니야.’

모든 병력의 어그로가 성벽 쪽으로 끌려 있다. 그 상황에서 저기 멍때리는 곳까지 잠입만 할 수 있다면 충분히 각이 보인다.

‘은신 스킬이랑 천사족이 있으니까.’

다른 사람은 절대 못 한다. 시도조차 못 한다. 이건 오직 나만이 가능한 일이다. 저 언데드 족의 치명적인 약점을 알고 있는 나만이.

'도전해 볼 만해.'

나는 내가 아는 정보를 이용해, 저 언데드 몬스터들을 전부 독식할 생각이었다. 그렇게 해야만 주예린과의 점수 격차를 좁힐 수 있을 거다. 아니, 압도적으로 넘길 생각이었다.

'도망칠 생각은 없어.'

무모한 방법이라 욕해도 별수 없다. 내 성격이 이런 걸 어쩌란 말인가. 난 절대 「몬스터즈」 내에서 누구에게 지는 걸 웃으며 넘어갈 수 없다. 어떻게든 이겨 먹어야 직성이 풀린다.

"자, 잠깐만요! 어디 가시려고요?"

내가 갑작스레 전쟁터에서 발을 빼려 하자, 빈서율이 다급하게 물어왔다.

"대화는 나중에. 지금은 우선 전투에만 집중하세요. 저한테 신경 끄시구요. 나중에 다 설명드리겠습니다."

"네? 그래도……."

"이건, 명령입니다."

"아, 알겠어요."

빈서율에겐 굳이 말하지 않았다. 이번 작전은 위험한 일. 저번 고스트 중대장 때처럼 따라오겠다고 우기면 귀찮아진다. 그녀가 지금 해야 할 일은, 최대한의 랭킹을 유지하는 것.

개인 랭킹 경쟁은 지금 너무 빡세다. 주예린이 너무 압도적이기도 하고. 그래도 최대한 노력은 하고 있어야 한다. 그래야 나중에 단체 랭킹이라도 보탤 수 있다.

서걱! 푸숙!

나는 성벽 위에 올라와 있는 고블린들을 빠르게 베어내며 서은채가 있는 방향으로 이동했다.

"은채야."

"네! 아저씨!"

그녀는 할아버지의 탱커 몬스터와 아델을 힐링하느라 바쁜 상태였다. 그래도 이번 작전엔 그녀가 꼭 필요했다. 팀에겐 미안하지만, 별수 없지. 내가 데려간다.

"그만하고 잠깐, 따라와 봐."

"지금요? 알겠어요."

나는 서은채를 데리고 성벽 안쪽으로 들어왔다.

외벽과 달리 비교적 안전한 곳. 치열한 전쟁터에서 잠깐 비껴져 있는 곳. 그곳에는 여러 사람들이 모여 앉아 있었다. 두려움에 덜덜 떨며 아무것도 하지 않은 채 앉아만 있는 자들. 바로 낙오자들이었다.

그저, 전쟁 또는 메인 퀘스트가 두려워 싸움을 피하려는 자들. 성벽 위에서 펼쳐지는 전투가 무서워 아무것도 하지 못하는 자들.

'이 버러지 같은 놈들.'

내가 욕하는 이유는 분명했다. 퀘스트를 실패하면 모두가 죽는 상황이니까. 한 사람의 손이라도 더 거들어야 할 때, 그저 두렵다는 이유로 피신해 있는 자들이니까.

'쯧, 자기 목숨은 적어도 자기가 지켜야지.'

이건 순위 문제가 아니라 생존이 달린 문제다. 저들이 참여하지 않음으로써, 7만 명 전원이 목숨을 잃을 수도 있다는 말이다.

"아저씨, 갑자기 무슨 일이세요?"

나를 따라 자리를 옮긴 서은채가 물어왔다.

"은채야, 잘 들어."

"네."

"우리는 지금부터 어떤 연습을 할 거야."

"연습이요?"

"그래."

지금은 자잘한 포인트에 신경 쓸 때가 아니다. 어차피 포인트는 저 언데드 몬스터들만 독식할 수 있다면 충분히 얻는다. 현 1위인 주예린을 가볍게 제칠 정도로.

문제는 목숨이 걸린 작전이라는 거다. 작전 간 조금의 실수라도 벌어진다면 목숨을 장담하지 못한다. 많은 연습이 필요했다. '유령마 켈피'도 수족처럼 길들여야 하고, 은신의 효과도 확인해야 한다. 또, 우발 사항에 대비한 작전까지 락드릴을 이용해 확실히 짜놓고 가야 한다.

"우리가 1등 하기 위해서는 네 힘이 필요해. 정확히는 네 유지넬의 스킬이."

"알겠어요. 제가 뭘 도우면 되죠?"

"이리와 봐."

나는 그녀를 켈피에 태웠다. 뒤에 탈 그녀도 유령마에 적응은 해야 할 테니. 은신이 제대로 먹히나 확인도 해봐야 하고.

“일단, 은신 연습부터 해보자.”

“넵.”

그렇게 특수작전을 위한 긴급 훈련이 시작됐다.

“그렇지!”

“잘했어요?”

“그래, 딱 그 타이밍! 정확히 내 신호에 맞춰서 스킬을 쓰는 거야.”

“알겠어요.”

우리는 무려 하루 동안 연습했다. 최소한의 휴식만 취했고 나머지는 오로지 연습에 투자했다.

“1초라도 늦으면 안 돼. 실수하면 어떻게 된다?”

“다 뒈지는 거다.”

“그렇지.”

언데드 몬스터의 치명적인 약점, 아니, 나만이 아는 그 치명적인 버그를 서은채에게 공유했고, 우리는 철저하게 반복 숙달했다.

‘통할지는 모르겠지만.’

그건 문제없다. 안전 대책을 마련해 놓고 확인해 보면 되는 거니까.

"재들은 어제부터 뭐 하는 거야?"

"그러게, 전쟁도 안 하는 것 같은데 계속 말 타고, 창만 휘두르네."

"그럴 거면 그냥 전투하는 게 낫지 않아?"

"나도 몰러."

낙오자들은 앉아서 훈련하는 우리의 모습을 쳐다봤다. 처음엔 귀찮아서 자리를 피했는데, 이제는 너무 많아서 그냥 무시하는 중이다.

"서은채, 준비됐지?"

"네. 가요. 잡으러."

우리는 다시 성벽 위로 올랐다.

치열하게 싸우는 적과 아군. 고작 하루 지났다고 고블린 무리는 한 마리도 보이지 않았고, 라이칸슬로프와 오크 위주로 보였다. 내 목표인 언데드 몬스터 무리도 본래 있던 자리보다 좀 더 가까이 붙어 있었다.

'순위가 어떻게 됐으려나.'

나는 전광판을 확인했다.

[1위 -주예린:14,820점]

[2위 -문태준:7,620점]

[3위 -빈서율:6,405점]

…….

[2,031위 -담건호:3,240점]

[집단 순위]

[1위 -으르렁:32,335점]

[2위 -MVP:28,120점]

[3위 -링:22,111점]

'오?'

빈서율이 나름 선전 중이었다. 그래도 3위까지 치고 올라가다니, 역시 포커싱은 한사람에게 할 때 효과적이다.

'그리고 역시나.'

주예린이 압도적이었다. 아마 7만 명 중 5성 뽑은 사람은 주예린 혼자일 거다. 2등과의 점수 차만 봐도 안다. 이건 킹리적 갓심이다.

"진짜 준비됐어? 긴장 풀고. 연습한 대로만 하면 돼."

"네, 아저씨!"

나는 켈피를 소환했다. 그 후, 뒤에 서은채를 태우고 은신을 걸었다.

'감히 내 앞에서 랭킹을 매긴다고?'

마음에 들지 않는다. 내가 랭킹권에 없는 순위 차트라니. 고작, 2,031등이라니.

"그럼 가자!"

나는 두 발로 켈피의 배를 가볍게 차며 말했다.

"다 뒤집어 버리러."

다시 한번 순위 차트를 뒤집을 때가 왔다. 그것도 압도적인 차이로.

"이랏!"

푸히힝!

유령마 켈피가 콧김을 내뿜으며 힘차게 성벽을 달렸다.

-키아아아!

콰르릉! 쾅!

여전히 치열하게 싸우는 몬스터들. 성벽 위아래로 몬스터들이 발 디딜 틈 없게 가득 차 있다.

'한 번에 뚫고 나가야 해.'

나는 몬스터들을 요리조리 피해 달리는 켈피 위에서 성벽 아래를 주시했다.

'우선, 도약할 만한 장소를 찾는다.'

켈피의 '도약'. 전방 100m 내, 지정한 곳으로 순간이동 할 수 있는 기술. 이 치열한 공간을 단숨에 벗어날 수 있는 나름 쓸 만한 스킬이다.

'저기!'

성벽 아래. 빈 공간을 찾은 나는 곧바로 잡은 고삐를 뒤흔들었다. '도약' 스킬을 써야 한다는 내 의지와 맞물려, 자동반사적으로 튀어나가는 유령마.

스르륵-

온몸이 사라지는 기묘한 느낌과 동시에, 순식간에 시야가 뒤바뀌었다. 주변을 확인하니 정확히 내가 찍었던 그 장소였다. 그야말로 눈 깜짝할 사이에 벌어진 순간이동.

다그닥! 다그닥!

켈피는 뛰던 가속도 그대로 앞으로 치달렸다.

'나이스 컨트롤.'

만족스러웠다. 숨 쉬듯 자연스럽게 성공했으니까. 하루 동안 켈피와 교감하며 연습한 효과였다. 켈피는 내가 원하는 방향으로 계속 달려 나갔다. 은신은 어느새 레벨 6이라, 20분 동안의 투명 효과를 받는다.

크르르륵! 쿠륵쿠륵!

성벽을 향해 다가가는 오크와 오우거 무리들. 그들은 힘찬 투레질만 할 뿐, 우리를 전혀 눈치채지 못한다.

'조심히 가자. 건들면 안 되니까.'

운전을 잘해야 한다. '은신' 상태에서 적을 건들 경우, 공격으로 판정되어 스킬이 해제된다. 만약, 이곳에서 은신이 풀리기라도 한다면…….

'윽, 생각만 해도 끔찍하네.'

그냥 즉사다. 저 흉포한 놈들의 이빨에 갈기갈기 뜯기겠지. 그래도 다행인 건, 성벽에서 멀어질수록 놈들의 밀집도가 덜하다는 것. 켈피는 마치 총알 피하기 게임이라도 하듯 방향을 이리저리 꺾으며 내달렸다. 누군가가 이 모습을 볼 수 있다면,

신기에 가깝다며 지폐 다발을 던질지도 모른다.

'사실상, 가장 공들여 훈련한 게 지금의 이 운전이니까.'

우리는 계속 달려 나갔다. 오크 무리에 이어, 더 상위 종의 몬스터들이 나올 때까지.

'점점 숨이 막혀 오는군.'

위압감들이 장난이 아니었다. 이제 간간이 4성짜리 정예 몹들도 보였고, 필드 보스급 몬스터도 보였다. 허리를 뒤 감고 있는 서은채의 손에도 점점 힘이 들어갔다. 내가 긴장하자, 그녀도 따라 긴장하는 걸 거다.

'정신 차려야지.'

이번 작전에 서은채의 역할이 중요하다. 과한 긴장은 실수를 만드는 법. 난 슬쩍 뒤를 돌아 서은채와 눈을 마주쳤다. 그와 동시에 그녀의 팔을 잡고 힘을 살짝 줬다. 훈련 간 그녀에게 알려줬던 수신호.

별다른 뜻은 없다. 그냥 날 믿고 긴장하지 말라는 격려의 의미였다.

'우린 할 수 있어.'

내가 고개를 끄덕이자, 그녀 역시 고개를 마주 끄덕인다. 서은채의 창백했던 안색이 다시 혈기를 되찾는다.

'좋아, 기특하네.'

이제 언데드 군단이 있는 곳까지 얼마 남지 않았다. 은신이 풀리기까지는 약 5분. 그전에 목적지까지 도달해야만 한다.

다그닥! 다그닥!

계속 달려 나가는 켈피.

'신기하네.'

은신 효과 때문인지, 말발굽 소리에도 주변 몬스터들이 발견하지 못했다. 그렇게 조금을 더 달리자, 점점 공기가 습해지는 게 느껴졌다. 온 세상에 그림자가 드리운 것처럼 어두워졌고 뭔지 모를 오싹한 느낌이 들기 시작했다.

'……언데드 군단.'

저 멀리 놈들이 보였다.

3성 '스켈레톤' 수백. 4성 '듀라한' 수십. 4성 '데스나이트' 수십. 그리고 5성 '리치' 한 마리.

'하- 리치까지 있다고?'

이건 미친 수준이었다. 7만 명급 대규모 이벤트이기에 가능한 난이도. 비록 수량이 고블린이나 오크들처럼 많은 건 아니라지만, 확실히 초반에 나올 법한 몬스터들은 아니다.

그나마 다행인 건 놈들이 두 무리로 나뉘어 있다는 것. 그리고 한 무리당 대략 1,000마리 정도 되어 보인다는 것.

'그래도 무시할 수는 없지.'

한 마리, 한 마리가 모두 정예 몹이었다. 아무리 7만 명이 모여 있다 해도 요놈들이 합세하면 꽤 고생할 거다.

'일단, 리치가 있는 쪽은 피하자.'

이제 시간이 없었다. 은신까지 남은 시간은 대략 1분. 빠르게 판단을 내린 나는 방향을 왼쪽으로 틀었다. 오른쪽에 리치가 있었기 때문이다.

'다행히 두 무리 간 거리가 꽤 되네.'

각 몬스터에겐 인식 범위라는 게 있다. 예를 들어 리치의 인식 거리는 200m. 그 정도 가까이 붙었을 때야 적으로 인식하는 거다. 그리고 두 무리 간의 격차는 안전할 정도로 충분했다.

'이제부터 온 신경을 집중한다.'

난 창과 고삐를 동시에 부여잡았다. 그리고 왼쪽 언데드 무리 중앙으로 신속히 이동했다.

달그락! 달그락!

언데드들의 뼈 부딪치는 소리가 소름 끼친다. 리치 때문인지, 날씨 때문인지 한기가 뼛속까지 쑤셔 들어온다.

그래도 춥진 않았다. 적당한 흥분, 적당한 긴장감으로 전신에 열이 올라왔기 때문이다. 뇌에서 아드레날린이 마구 분비되는 것 같았다.

'이제 10초.'

이제 정중앙. 나는 고삐를 당겨 제자리에 멈췄다.

꽤나 위험천만한 순간이다. 은신이 풀리는 즉시, 1,000마리의 언데드 무리가 살벌하게 달려들 테니까.

'5초.'

나는 서은채에게 손가락으로 수신호를 보냈다. 그녀가 고개를 끄덕인다.

'3초.'

깊은 심호흡을 했다. 피가 점점 빨리 도는 느낌이다.

'1초.'

심장이 터질 것 같았다. 시간이 느리게 흘러가는 것 같은 기묘한 느낌. 은신이 풀리는 것을 느끼는 순간, 나는 목청껏 외쳤다.

"지금이야!"

언데드들의 치명적인 약점. 우리가 하루 동안 수백 번이고 연습했던 그것. 이제 그것을 선보일 시간이 왔다.

「몬스터즈」 5년 차 때였을까. 갓 컴퍼니에서 남은 유저들을 대상으로 간단한 설문을 한 적이 있다.

〈적으로 만났을 때, 가장 까다롭다고 생각하는 몬스터의 종족은?〉

그중의 하나가 이 질문. 많은 고인물들이 설문에 참여했었다.

-기사족 아닐까? 밸런스 맞아서 까다롭던데.
-난 암살족에 한 표. 보호족 없으면 그냥 죽어야 하잖아.
-? 아직도 보호족 없는 흑우 있음? 당빠 언데드족이지!
-222 나도 언데드족 한 표. 딜이 너무 아픔.
-ㅇㅈ. 딜 패치 안 해주냐?

다양한 의견이 쏟아져 나왔다. 그리고 그중 상위권에서 항상 꾸준하게 언급되던 종족이 바로 이 언데드족이다.

'헛소리지.'

물론, 내 생각은 달랐다.

'언데드족만큼 쉽게 꿀 빨 수 있는 게 어디 있다고.'

멍청한 Ai, 막대한 경험치, 천사족만 있으면 호구. 이게 내가 생각하는 언데드족이었다.

'물론, 스치면 죽음이지만.'

뭐, 어차피 삶이 다 그런 거 아니겠는가. 원래 리스크가 큰 게 리턴도 큰 법이다.

"유지넬!"

은신이 풀리는 즉시, 서은채가 유지넬을 소환했다. 그녀와는 연습 간 이미 말을 맞춰놓은 상태.

그아아아! 구어어어!

그와 동시에, 넋 놓고 있던 1,000여 마리의 언데드 무리가 동시에 고개를 틀었다.

차갑게 가라앉는 공기, 짙게 느껴지는 적의.

놈들의 시선이 전부 이쪽으로 향했다.

그 즉시, 서은채가 힘차게 외쳤다.

"유지넬! 지금이야!"

번쩍!

[근처에 디바인 필드(Lv.1)가 펼쳐집니다. 필드 내 존재하는 모든 언데드족, 악마족, 마녀족, 흡혈족의 능력치가 저하됩니다.]

반경 100m까지 펼쳐지는 하얗고 투명한 원형 막. 모든 악을 정화한다는 유지넬의 디바인 필드였다.

그아아어!

달그락! 달그락!

그러나, 언데드 무리들은 아랑곳하지 않았다. 그저 계속 돌격해 왔다. 그래도 정예 몹들인데, 레벨 1짜리 필드 따위 무시하는 것이다.

'좀만 더 기다리자.'

이것은 의도한바. 아직, 필드 안에 모든 몬스터가 들어오지 않았다. 놈들을 효율적으로 사냥하기 위해서는 최대한 버텨내야 한다.

"꽉 잡아!"

난 창을 뽑아 든 채로 스켈레톤을 향해 달려들었다. 최대한 3성짜리와만 싸우며 버텨야 한다. 듀라한이나 데스나이트와의 정면승부는 아직까지 내게 무리다.

첫 번째 격돌. 켈피의 가속을 이용해 스켈레톤의 머리통을 한 번에 박살 냈다.

[크리티컬!]

['스켈레톤 병사'(★★★)를 처리합니다!]

켈피도 가만히 있지 않았다. 이리저리 뛰어다니며 뒷발로 놈들과 싸웠다. 나는 정신없이 꽉 잡고 있는 서은채에게 말했다.

"내가 싸우는 동안, 넌 주변을 봐줘!"

"놈들이 필드 안에 전부 들어올 때까지! 맞죠?"

"어, 유지넬은 이제 필요 없으니까 소환 해제하고!"

"넵."

어차피 유지넬의 용도는 디바인 필드가 끝. 디바인 필드는 '공격 판정'으로 들어가지 않는다. 따라서 다음 작전을 위해서는 역 소환해두는 게 편하다.

달그락! 달그락!

지금, 이 순간에도 검을 뽑아 달려드는 스켈레톤들. 나는 그들과 어울려 싸웠다. 다행히 아직 데스나이트나 듀라한과의 거리는 있다.

'제발 빨리.'

「몬스터즈」에서 오직 나만이 아는 놈들의 약점이 있다. 아니, 버그가 있다. 조건이 까다로울 뿐, 방법은 생각보다 간단하다.

우선 천사족의 디버프용 범위 스킬을 펼친다. 그다음 범위 내에 있는 모든 몬스터의 어그로를 받는다. 그리고 그 범위 내에서 순식간에 사라진다.

그렇게 되면 놈들의 AI가 꼬인다. 마지막에 인식했던 곳으로 멍청하게 계속 몰려드는 것이다. 디버프의 능력치 저하가 놈들의 뇌를 건드는 건진 몰라도 한번, 이 상태에 들어가면 죽을 때까지 그런다.

'그다음부터는 뭐, 식은 죽 먹기지.'

창으로 하나하나 찔러 죽이면 되니까.

여기서 중요한 것은 필드 밖으로 한 번에 사라져야 한다는 점. 그렇지 않으면 다시 어그로가 잡힌다. 이것 역시 5년 차 즈음 운 좋게 발견했었던 버그인데, 이건 연옥 슬라임 때와 달리 누구에게도 밝히지 않았다. 언데드족 꿀은 나만 빨아야 했으니까.

물론, 혹자는 이렇게 말하는 사람이 있을 수 있다.

조건이 쉬워 보이는데? 다른 고인물들도 알 법한 조건인데?

노노, 그건 아주 크나큰 착각이다. 얼핏, 쉬워 보일 수 있어도 스킬의 넓은 범위 내에서 순식간에 사라져야 한다는 점. 파티사냥이 국룰인 언데드족에게 솔플로 도전하는 미친 짓을 해야 한다는 점. 설령 솔플로 도전한다 해도 여러 마리의 소환수를 부려야 하기 때문에, 이런 상황이 나오기 힘든 점. 이 세 가지 때문에 많은 고인물들이 이 버그를 알지 못했다. 나 역시 합체족을 키우지 않았으면 평생 몰랐을 테고.

"아저씨!"

서은채의 외침이 들려온 것은 그때였다. 신호인가? 마침, 스켈레톤 하나를 박살 낸 나는 재빨리 주변을 둘러봤다. 몬스터들이 전부 필드 안으로 들어와 있다.

'좋았어, 지금이야.'

나는 창을 고쳐잡고 말의 허리를 걷어찼다.

'버그의 재료는 간단해.'

'도약' 그리고 '디바인 필드'. 옛날에는 다른 스킬을 사용했었는데, 지금은 이걸로도 충분했다. 도약은 이미 쿨다운이 차 있는 상태.

'다시 한번 해보자 켈피!'

목표는 디바인 필드 밖. 연습했던 대로 편하게!

스르륵-

또 한 번 시야가 뒤바뀌었다. 필드 밖. 나는 유령마의 고삐를 당겨 세웠다. 단숨에 놈들의 포위에서 벗어난 것이다.

"허억, 허억."

참았던 호흡이 터져 나왔다. 약, 25분. 쉴 틈 없었던 질주가 인제야 끝났다. 이미 무겁게 느껴졌던 놈들의 적의는 사라진 상태. 서은채가 펼쳐놓은 필드 안에는 멍청하게 부딪치는 언데드들이 있을 뿐이었다.

"서, 성공이에요?"

"그런 것 같은데?"

"하아."

그녀도 참았던 숨을 내쉬었다.

"고생했어."

뒤를 보니 성벽은 아직도 치열하다. 작게 보이는 주예린의 드래곤 역시 보인다.

'이제 한 무리 성공.'

나는 우선 저것들부터 처리하기로 했다. 이마에 흐르는 땀을 닦고 다시 필드 안으로 들어갔다.

구어어! 그어어어!

주위를 둘러봤다. 내가 들어와도 멍때리며 한곳을 향해 걷는 놈들. 역시, 버그는 통했다.

푸숙! 푸숙!

나는 놈들에게 다가가 창을 찔러 넣었다. 천천히. 그러면서도 확실하게.

[크리티컬!]

['듀라한'(★★★★)을 처리합니다!]

['스켈레톤 병사'(★★★)를 처리합니다!]

['데스 나이트'(★★★★)를……]

[레벨이 올랐습니다!]

손쉽게 죽는 놈들. 그리고 들어오는 막대한 경험치와 포인트.

기다려라, 주예린.

이제 역전의 시간이 왔다.

Chapter 4

파각!

창을 휘둘렀다. 그러자 스켈레톤이 박살 났다.

푸숙!

이번엔 듀라한이다. 놈의 약점은 심장에 있는 핵. 집중해서 뚫어야 한방에 뒈진다.

'얼마 남지 않았네.'

그저 기계적으로 휘두르고 찔렀다. 비효율적인 공격 없이, 모두 적의 핵이나 머리통만 깔끔하게 부쉈다. 일말의 긴장감도 없었다. 그래, 어찌 보면 훈련과 비슷했다.

"와! 아저씨!"

"왜."

"벌써 거의 8배 차에요! 이건 사기야!"

"사기는 무슨."

창을 휘두르며 우측 상단 전광판을 힐끗 확인했다. 그러자, 아까부터 완전히 뒤바뀌어 있는 순위가 보인다.

[개인 순위]

[1위 -담건호:123,460점]

[2위 -주예린:15,130점]

[3위 -문태준:8,010점]

[4위 -빈서율:7,705……]

[집단 순위]

[1위 -소수정예:156,465점]

[2위 -MVP:31,130점]

[3위 -으르렁:30,630점]

압도적인 점수 차. 개인 순위와 집단 순위를 모조리 휩쓸어 버렸다.

'빈서율이 아쉽게 4위로 밀리고 있지만.'

그래도 생각보다 잘 해주고 있다. 일단 차이를 벌려 1등을 확정시켜 놓기만 하면, 빈서율을 3위로 끌어올리는 것 정도야 일도 아니니까.

'역시, 언데드는 꿀이야.'

솔직히 놀랐다. 고작 두 언데드 무리 중 한 무리만 사냥했을 뿐인데 이 정도 포인트 차이라니.

'요놈이 마지막이군.'

어느새 남은 것은 스켈레톤 한 마리. 나는 흐느적거리는 놈의 머리를 창대로 가볍게 박살 냈다.

후드득- 떨어지는 뼈다귀.

나는 흐르는 땀을 털어내며 주변을 둘러봤다.

곳곳에 산산이 조각나 있는 하얀 백골. 뻥-! 가슴이 뚫려 있는 듀라한들. 투구가 아작난 채로 머리가 박살 난 데스나이트들.

[레벨이 올랐습니다.]

[모든 상태 이상을 회복합니다.]

[축하합니다. 20레벨을 달성합니다.]

[등록 몬스터 칸이 개방됩니다.]

[캐릭터 스킬 보유 칸이 개방됩니다.]

드디어 20렙을 달성했다. 그리고.

[★★1서버 최초로 20레벨에 도달하여 '앞서가는 자' 업적을 달성하였습니다. 당신의 위대한 업적을 응원합니다.★★]

[특수 보상:최상급 랜덤 스킬 박스 1개]

'좋네.'

역시 언데드족의 경험치는 엄청났다. 솔직히 두 번째 메인 퀘스트 만에 레벨 20을 달성할 줄은 몰랐는데.

'이번 업적 보상도 나쁘지 않아.'

아니, 확실히 좋다. S급 스킬을 확정으로 주는 몬스터 전용 스킬 박스. 마침 '엔트로피'가 3성을 찍으면서 딱 스킬 칸 하나가 비었었는데, 나이스 타이밍이었다.

'이번엔 바로 까보자.'

어차피 이제 '엔트로피'와는 끝까지 갈 생각이다. 내 주력이기도 했고 이미 '아누비스의 손길'(S급)을 박은 상태였으니까. 게다가 '합체족'은 희귀종이라 더 좋은 게 나오리란 보장도 없고, 결국은 버그로 강해지는 거기 때문에 태생 등급이 그다지 중요하지 않다.

'암, 우리 엔트로피는 S급 스킬로 도배해 줘야지.'

나는 받은 스킬 박스를 곧바로 꺼냈다. 곧이어 허공에 나타나는 영롱한 박스 이미지.

[최상급 랜덤 스킬 박스를 확인했습니다.]

[상자를 개봉하시겠습니까?]

'제발, 부탁이니까 쓸 만한 거.'

사실상 S급 스킬은 대부분 쓸 만하지만, 그래도 나와 어울리는 스킬이 나와줬으면 하는 바람이다. 요컨대, 광역 힐링이나 광역 버프 같은 스킬은 현재 나한테 그다지 쓸모없으니까.

"개봉한다."

번쩍-

[빰빠바~]

'오, 이건 무슨 스킬이지?'

굉장히 파괴적이면서도 강력할 것 같은 그런 이름인데. 어디 보자.

[스킬:디스트럭션 쇼크웨이브]

[등급:S급]

[특성:액티브(Lv.1)]

[모든 것을 말살하는 파멸의 힘을 한 번에 방출한다.]

[범위 내, 모든 적에게 기본 대미지×1,000%의 피해를 입힌다. 1시간에 1번 사용 가능.]

크으. 뭔가 이름만큼이나 깔끔하고도 아름다운 설명이다. 역시 S급답게 Lv.1임에도 준수한 능력치.

든든한 느낌이 든다. 부족했던 무언가 채워지는 그런 느낌. 좋은 스킬을 얻었으니 이제 실험해 봐야 하는데.

"은채야."

내가 부르자 주변을 경계하던 서은채가 다가왔다.

"넹."

"슬슬 준비하자."

"다음 무리 또 잡으실 거죠?"

"그래야지, 쿨다운도 다 찼을 테니까."

디스트럭션 쇼크웨이브. 1시간에 1번 쓸 수 있는 스킬. 광역 스킬인 것 같은데, 실험은 역시 언데드에게 하는 게 제격이다.

'차라리 잘됐어.'

한 마리, 한 마리 죽이느라 버거웠는데, 마침 딱 필요한 스킬이 나와줬다.

"켈피."

나는 유령마를 소환해 다시 서은채를 태웠다.

푸르릉.

기분 좋은 콧김을 내뿜는 켈피.

"이번엔 리치만 조심하면 될 거야."

"리치요?"

"응, 놈은 태생 5성이거든. 그냥 태생 5성도 아니고 필드 보스급 태생 5성."

"저번에 봤던 그 레드 드래곤처럼요?"

"아니, 아마 걔보다 더 셀 거야."

"히익."

주예린의 몬스터가 아직 제대로 성장한 건 아니니까. 어쨌든 지금 놈의 존재는 우리에겐 재앙과 마찬가지.

"상황 봐서 '정화'나 '홀리 쉿'을 쓸 각도 재봐야 해. 일단은 어그로를 끌 때까지 최대한 버텨야 하니까."

"이거, 너무 위험한 거 아니에요?"

"걱정 마. 정 위험하면, 더 빨리 내빼면 되니까."

전 단계에서는 모든 몬스터를 디바인 필드에 담으려고 조금 무리했었다. 만약, 정말 위험한 순간이 온다면 모두 들어오기 전에 도망치면 된다.

'남은 녀석들이 좀 까다롭겠지만.'

나는 그녀와 다시 작전 회의를 했다. 시간이 흘렀고, 세부 비상계획까지 완벽히 수립하고서야 출발했다.

'어차피 이미 격차는 벌어졌어.'

이제 주예린이 날 이길 확률은 극소수. 괜히 시간 아끼려고 무리할 필요 없다. 그냥 천천히. 그리고 확실하게 하면 된다.

다그닥- 다그닥-

우리는 이전과 같이 은신을 건 상태로 내달렸다.

다시 무거워진 공기, 급격히 낮아진 온도.

리치와 거리가 가까워질수록 점점 숨이 막혀왔다.

'집중해야 해.'

서은채에게는 걱정하지 말라 했지만, 사실 굉장히 아슬아슬한 상태다.

고작, 레벨 20. 무려 재앙급 필드 보스를 상대하기엔 한참이나 부족한 스펙이다. 초긴장할 수밖에 없는 상황이었다.

얼마 지나지 않아 무리 중앙에 도착했다. 다행히 리치와의 거리는 벌어져 있다.

'생긴 거 봐라.'

실제로 보는 현실의 리치. 시커먼 해골바가지가 로브를 쓰고

둥둥 떠 있는 모습은 기괴하면서도 소름 끼치는 모습이었다.

키이아아!

놈이 고개를 이쪽으로 돌린 것은 그때였다. 놈의 서슬 퍼런 눈과 마주쳤다.

'흡.'

나는 깜짝 놀라 숨이 멎을 뻔했다.

'저거 뭐야, ×발.'

무언가 불길했다. 은신이 걸려 있긴 하지만 무언가 기척을 느끼는 것 같았다. 원인 모를 오싹한 느낌. 서은채도 그 모습을 봤는지, 허리를 잡고 있는 팔에 힘이 잔뜩 들어가 있었다.

'바로 시작해야 해.'

나는 감각적으로 행동했다. 그냥 직감이었다. 뇌리에서 더 이상 머뭇거리면 안 된다며 경종을 땡땡- 울려왔다.

탁! 탁!

난 내 배 위에 있는 서은채의 손등을 두 번 쳤다. 그러자 그녀도 머리로 내 등을 두어 번 쳐왔다. 시작 신호였다.

"간다!"

나는 곧바로 옆에 있는 스켈레톤의 대가리를 박살 냈다. 이제는 부드럽게 부서지는 해골바가지.

파스슥!

[크리티컬!]

['스켈레톤 병사'(★★★)를 처리합니다!]

그 즉시, 은신이 풀렸다.

곧이어, 몰려드는 살기와 시선, 그리고 느껴지는 리치의 강렬한 적의.

번쩍!

이윽고, 뒤에서 빛이 터져 나왔다.

[근처에 디바인 필드(Lv.3)가 펼쳐집니다. 필드 내 존재하는 모든 언데드족, 악마족, 마녀족, 흡혈족의 능력치가 저하됩니다.]

서은채의 디바인 필드였다. 이전 무리에게 사용하며 레벨업을 했는지, 범위가 조금 늘어 있다. 대충 반경 50m 정도 더 증가한 것 같다.

그건 다행이었다. 놈들을 필드 안에 가두는 시간이 더 줄어들 테니까.

다만-

"조금만 버텨! 꽉 잡아!"

"알겠어요!"

이제부터가 중요했다. 도약의 범위는 전방 100m. 놈들과 싸우면서 50m를 더 이동해야만 한다.

"이랏!"

내가 다리로 켈피의 배를 찰 때였다.

[경고! 경고! 경고!]

[감당할 수 없는 힘이 집중합니다.]

'이런, ×발.'

뒤를 돌아보니 리치가 두 손을 들며 주문을 외우고 있다. 익숙한 모션.

'안 돼! 저건 블리자드야!'

블리자드. 영하 150도의 거센 눈보라. 짧은 시간 노출 시 모든 생물의 동작을 멈추게 하는 리치의 필살기이자 궁극기다.

'하필!'

많은 스킬 중에 저거란 말인가. 저 기술이 펼쳐지면 지금으로써 방도가 없다.

"뭐, 뭐예요?"

"최대한 빨리 나가야 해!"

나는 켈피의 허리를 강하게 박찼다. 놈이 스킬을 쓰기 전에 디바인 필드에서 벗어나야 한다. 일단, 버그를 먹여 타깃을 잃게 하면 스킬도 취소될 거라는 판단이었다.

"꺄악! 아저씨!"

서은채의 비명이 들린 건 그때였다. 즉시, 옆을 바라보니 어느새 말을 탄 데스나이트 한 마리가 따라붙었다. 놈은 서은채가 약하단 것을 판단했는지 곧바로 그녀에게 검을 휘둘러왔다.

까앙!

나는 긴급히 창을 휘둘러 막았다.

'와, 미친.'

손이 저릿했다. 하마터면 창을 놓칠 뻔했다. 버그로 잡았을 땐 몰랐는데, 이놈 힘이 장난이 아니다.

까앙! 까앙!

놈이 집요하게 따라붙는다. 나는 손아귀가 찢어질 것 같은 느낌을 참으며, 놈과의 거리를 벌렸다.

'얼마 남지 않았어!'

굳이 놈과 싸울 필요 없다. 도약 사정거리만 나와주면 되는데!

[경고! 경고! 경고!]

[감당할 수 없는 힘이 몰아칩니다.]

'헉, 벌써?'

기온이 급격히 낮아지기 시작했다. 잦은 움직임으로 올라 있던 열이 한 번에 파스슥- 식을 정도로.

그와 동시에 거센 눈보라가 몰아치기 시작했다.

"제기랄! 서은채! 작전 C로 넘어가!"

"꺄악! 네, 넵! 유지넬!"

서은채가 힘겹게 유지넬을 소환했다. 거친 맞바람 때문에 켈피의 속도도 많이 죽어가고 있었다.

"유지넬! 홀리 쉿!"

홀리 쉿. 무작위로 대상의 기술을 취소하는 스킬. 그게 '블리자드'를 취소할 거란 보장은 없지만, 뭐라도 해봐야 했다.

그래도 희망이 없는 건 아니다. 「몬스터즈」 Ai 메커니즘 상, 침묵 스킬은 대부분 시전 중인 스킬에 걸리니까.

[알 수 없는 힘이 개입합니다.]
[감당할 수 없는 힘이 사라집니다.]

"어? 아저씨! 먹힌 거 같아요!"
"나이스! 잘했어!"
역시!
예상은 했지만, 운도 좋았다. 겨우 '홀리 쉿'으로 '블리자드'를 막다니, 유지넬의 활용도가 나쁘지 않다. 서은채는 신속하게 유지넬을 소환 해제했다. 이 역시 작전 C의 일부.

['리치'(★★★★★)가 분노합니다.]
[강력한 살기에 노출됩니다.]
[모든 능력치가 20% 감소합니다.]

키아아아아!
리치의 분노가 저릿하게 느껴졌다. 지금이 기회. 빨리 이곳을 벗어나야 한다.
'이제 남은 거리는 10m 정도.'
도약 사정거리까지, 대략 2초 남았다. 나는 온 신경을 앞에만 집중했다. 바로 뒤에 데스나이트 두 마리가 따라붙었지만,

신경 쓰지 않았다.
'지금은 오로지 도약…… 도약……'
순간이동은 고도의 집중력이 필요하다. 실수로 위치가 틀리게 되면, 버그 걸기에 실패하는 것은 둘째치고 땅이나 나무, 건물 등에 끼일 수도 있다.
'위치는 고정했고.'
이제 남은 시간은 1초.
켈피의 고삐를 꽉 붙잡았다.
'간다.'
스르륵-
몸이 사라지려고 할 때였다.
후우웅!
왼쪽 가슴에 불타오르는 듯한 통증이 느껴졌다. 기도를 거쳐 역류하는 피.
"커, 커헉!"
시야를 아래로 내리니 가슴에 시커먼 검날이 튀어나와 있었다. 제기랄, 따라오던 데스나이트가 검을 던졌나 보다.

['리치'(★★★★★)의 저주에 노출됩니다.]
[일정 시간 동안 회복 능력이 대폭 저하됩니다.]

'……빌어먹을.'
일단 도약은 성공했다. 시야가 뒤바뀌는 것을 느꼈으니까.

다리에 힘이 풀린 나는, 그대로 낙마했다.

"커허억!"

하늘을 향해 피 분수가 뿜어졌다. 제기랄, 아팠다. 너무 아팠다. 아무래도 땅에 떨어지면서 칼이 더 깊숙이 틀어박힌 것 같았다.

'일단, 버그는 걸린 것 같은데.'

그 상황에서도 난 안전을 확인했다. 피가 쏠렸는지 시야가 붉어져 있었지만, 일단은 상황 파악이 먼저였다.

간신히 고개를 돌렸다. 디바인 필드 속에는 언데드들이 전부 내가 있었던 방향을 향해 멍청하게 걷고 있었다.

물론, 리치도 예외는 아니었다. 버그는 성공이었다.

"아저씨! 아저씨!"

서은채가 말에서 곧장 뛰어내렸다. 그와 동시에 유지넬을 소환했다.

"어떡해! 괜찮으세요?"

"커헉!"

"꺄악! 유지넬! 빨리 아저씨 좀 치료해 줘 봐봐!"

"허억, 자, 잠깐."

나는 재빨리 그녀를 말렸다. 지금 치료하면 ×될 수도 있다는 판단이었다.

"네? 왜, 왜요!"

"……칼."

그리고 다급히 내 가슴에 박혀 있는 데스나이트의 묵색 검을 가리켰다. 지금 보니, 다행히도 심장 부근은 아슬아슬하게 비껴간 것 같다.

"……뽑아줘."

"제, 제가요?"

그럼, 여기서 누가 뽑겠니.

나는 대답하지 않고 허리를 세웠다. 그러자 서은채가 뒤에서 칼의 손잡이 부분을 잡았다. 부들부들 떨고 있는지, 가슴까지 떨림이 느껴져 왔다.

"……한 번에."

제발.

본래라면 조심히 빼야 하지만, 지금은 그럴 수 없다. 괜히 내버려 뒀다가 피가 응고되기라도 하면, 유명 드라마에 나오는 가슴에 칼 꽂은 도깨비처럼 될 수도 있다. 차라리 출혈이 심하더라도, 한 번에 빼고 치료하는 게 더 나을 거다.

"그, 그럼 갈게요?"

"……빨리."

그 순간, 뽑혀 나오는 칼.

푸확!

"끄아악!"

절로 비명이 터져 나왔다. 단호한 결심으로 한 번에 빼준 건 고맙지만, 이거 생각보다 너무 아프잖아? 다시 한번 입에서 피가 왈칵 튀었다.

"꺄악! 유지넬 빨리!"

[유지넬이 '힐링'을 사용합니다. '리치'의 저주로 인해 회복이 대폭 감소합니다.]

제기랄.

천사족의 손길에서 나온 빛이 상처 부위에 닿기 전에 아스라든다. 거의 치료가 안 되는 거다.

'×발. 리치새끼, 뼛따구새끼.'

속에서 온갖 쌍욕이 들끓었다. 그냥 얌전히 버그에 쳐 걸릴 것이지, 무슨 놈의 저주를 하필 이만 거로 걸어.

"끄으으……."

힐링이 계속 들어왔지만, 별 효과는 없다. 제기랄. 눈물이 핑-돌 정도로 아픈데도 할 수 있는 게 아무것도 없었다.

나는 그냥 하늘을 바라보고 누웠다. 그냥, 이 자세가 제일 편할 것 같았다.

아. 점점 시야가 어지러웠다. 아무래도 피를 많이 흘렸나 보다.

"유, 유지넬! 정화라도! 빨리!"

[유지넬이 '정화'를 사용합니다.]

['정화'의 숙련도가 낮아 사용이 제한됩니다.]

무려 재앙급 필드 보스의 저주다. 고작 4성짜리 스킬로 풀릴 만한 게 아니란 거다.

"어, 어떡해. 흐흑."

서은채가 무언가를 가슴 위에 덮어 눌렀다. 보아하니, 찢긴 천인데. 아무래도 지혈하는 것 같았다. 아니, 무언갈 하는지 이젠 보이지도 않았다. 의식이 혼미해져 갔으니까.

빌어먹을. 잘 풀리나 싶더니, 결국 이렇게 되는구나. 설마 개죽음은 아니겠지?

걱정됐지만, 걱정할 수는 없었다. 곧바로 의식을 잃었으니까.

의식이 들었다. 창밖에 보이는 어두운 하늘. 시선을 돌리자 붉게 변해 있는 매트리스가 보인다. 낡은 상가 건물의 한 방이었다.

'어떻게 된 거지?'

고통은 여전했다. 등과 가슴이 욱신거렸으며 온몸에 열이 들끓고 있었다.

'죽진 않았네.'

오른쪽을 보니, 서은채가 고개를 떨군 채 졸고 있었다. 그녀가 날 옮겼나 보다. 그리고 지금까지 간호했겠지.

어떻게, 잘도 이런 곳을 찾았네. 왼쪽에는 천사족 유지넬이 땀을 뻘뻘 흘리며 계속 빛을 욱여넣고 있었다.

[유지넬이 '힐링'을 사용합니다. '리치'의 저주로 인해 회복이 대폭 감소합니다.]

반복되는 메시지. 그래도 계속되는 힐링 덕에, 상태가 더 악화된 건 아닌 것 같았다. 죽을 듯 아픈 건 똑같았지만…….

'그래도 정신은 멀쩡해.'

정신이 점점 또렷해졌다. 아마, 서은채의 지혈 덕분이리라.

그어어! 구어어어! 달그락! 달그락!

멀지 않은 곳에서 언데드들의 소리가 들려왔다. 아무래도 멀리 이동하진 않은 것 같다.

"흡- 스릅."

침 흘리던 서은채가 정신을 차렸다. 그러더니, 곧 눈이 휘둥그레졌다.

"헉, 깨셨어요?"

"어."

"몸은 어떠세요?"

"뒈질 거 같아."

"저는 그대로 안 일어나시는 줄 알고 얼마나 걱정했는데……. 거의 이틀가량 누워 계셨어요."

"뭐?"

나는 깜짝 놀랐다. 벌써 이틀이 지났으면, 이벤트는…….

"아, 걱정 않으셔도 돼요. 아직 1등이에요."

후우, 다행이었다.

오른쪽 전광판을 대충 확인해 보니 이틀이 흐른 지금에도, 아직 1등을 뺏기지 않았다. 버그에 걸린 언데드들이 밖에 더 있으니, 아직 문제없다.

집단 순위 역시, 아직 압도적인 1위였다. 내 예상대로 흘러간다면 이젠, 더 이상 보상에 대한 걱정은 하지 않아도 된다.

'문제는 이거지.'

난 고개를 들어 가슴을 바라봤다. 아직까지 구멍이 뚫린 채로 아물지 않고 있다. 유지넬의 힐링 덕분인지 지혈은 됐지만, 고름이 생긴 채로 썩어가고 있었다.

'하- 리치 새끼. 지독하네.'

끔찍한 저주였다. 이걸 해결할 방법은 하나.

"은채야."

"네."

"나 좀 부축해 봐."

"네?"

그녀가 되묻자, 난 고통스러운 표정으로 말했다.

"놈들을 잡으러 가야겠어."

"히익-그 몸으로요? 말도 안 돼요!"

"나을 수 있는 방법은 지금으로서 하나밖에 없어."

"서, 설마……."

"그래, 레벨업."

정확히는 레벨업의 '모든 상태 이상 회복' 효과다. 아마, 죽지만 않으면 다시 최상의 컨디션으로 회복할 수 있을 거다.

"그거 잡으려면 한 마리, 한 마리 다 찔러 잡아야 하잖아요. 레벨업하다가 골로 가실 거예요."

"아니, 생각이 있다."

"생각이요?"

"해볼 게 있어."

디스트럭션 쇼크웨이브. 이번에 새로 얻은 스킬. 애초에 실험해 보려 했었는데, 상황이 잘 맞아떨어졌다.

나는 서은채의 부축을 받아 언데드들에게 이동했다. 놈들은 여전히 버그에 걸린 채로 뭉쳐 있는 상태.

"잠깐, 여기까지만 이동하자."

"아직 먼데요?"

100m 즈음 근처에서 나는 자리에 섰다. 안전은 확실히 기하는 게 좋다.

"가까이 가면 위험해. 리치에겐 광역 스킬이 있거든."

"헉?"

"저번엔 '홀리 쉴' 때문에 무사했지만, 보통 놈 주변에 일정 시간만큼 있으면 광역 스킬을 날려. 그건 버그라 해도 장담 못 해."

"그, 그럼 어째요? 저거 다 잡아야 하잖아요."

"기다려 봐."

나는 창을 꺼냈다.

'스킬부터 사용해 본다.'

우선은 실험이 먼저다. 해결이 안 되면, 대책은 그다음에 세우면 된다.

어떤 공격 방식이려나? 에너지 포처럼, 힘을 쏘아내는 방식이려나?

"잠깐, 어깨 좀 빌릴게."

"넵."

배가 욱신거려서 도저히 본래 자세를 취하긴 어려웠다. 그래서 왼손으로 내 무게를 지탱한 후 창을 올렸다.

'버겁네.'

생각보다 상태가 더 좋지 않았다. 팔을 들어 올리는 것조차 힘들었으니까.

이마에 식은땀이 맺혔고 온몸이 부들부들 떨렸다.

'그래도 해야 한다.'

S급 스킬이라면. 광역 스킬로 저 몬스터들을 한 번에 쓸어 담을 수만 있다면, 분명 레벨업을 할 수밖에 없다.

나는 겨우 창을 들어 올린 채로 스킬을 활성화했다.

['디스트럭션 쇼크웨이브'를 가동합니다.]

"허억?"

순간, 나는 헛숨을 들이켰다. 온몸에서 막대한 기운이 느껴졌기 때문이다.

'뭐, 뭐지?'

기운은 시간이 지날수록 강해졌다. 피부가 뜨거워지고 시야가 밝아졌다.

'이게 디스트럭션…… 그러니까, 파멸의 힘인가?'

오른쪽 손아귀에 힘이 들어갔다. 그러자 기운이 천천히 손아귀를 따라 창으로 이동했다.

어느새 샛노랗게 변한 창. 그리고 그곳에서 느껴지는 엄청난 기운. 마치 모든 것을 집어삼킬 것만 같은 그런 섬뜩한 느낌이 들었다.

'이걸 어쩌라는 거지?'

솔직히 좀 당황스러웠다. 스킬을 발동하면, 그냥 뭔가가 쏘아질 거라 생각했지 이런 식으로 발현될 줄은 몰랐다. 난 몬스터가 아니라 캐릭터니까.

이제 기운이 가득 찼다. 창은 눈부실 정도로 빛났고 손아귀는 터져나갈 듯 아파 왔다. 이젠 정말 뭐라도 해야 할 것 같았다.

'그냥 내질러 볼까?'

문득, 든 생각이었다. 범위 공격이니까 뭐라도 하면 튀어 나가지 않을까?

나는 서은채에게 떨어졌다. 그 후, 창을 고쳐 들고 간신히 자세를 잡았다. 죽을 만큼 힘들었지만, 정신력으로 버텨냈다.

'목표는 저놈들.'

전방 100m 앞. 언데드들이 한 방향으로, 마치 기차놀이라도 하듯 뭉쳐져 있다.

'군침 도네.'

저게 경험치랑 포인트가 몇이야.

"아, 아저씨. 도대체 이게."

"새로 얻은 스킬이야. 일단, 잠깐 물러서 봐."

"괘, 괜찮겠어요?"

"참으면 돼. 빨리!"

나는 일단 서은채를 뒤로 물렸다. 범위가 정확히 어디인지, 어떤 스킬인지 제대로 모르는 상태에서 그녀와의 최소한 안전거리는 확보해 둬야 한다. 위험할 수도 있으니까.

"크앗!"

기합을 힘껏 내질렀다. 그리고 억지로 창을 찔러냈다.

수우우욱!

순간, 몸에서 무언가 빠르게 빠져나가는 느낌이 들었다. 몸속에 가득 차 강렬하게 휘몰아치던 그 에너지가 단숨에 앞으로 쏘아져 나갔다. 그리고.

쿠콰가가!

천공을 찢어발기는 굉음이 울려 퍼졌다.

흔들리는 땅. 마치 눈앞에 모든 것을 지우는 해일처럼 쏟아져 나가는 황금빛 충격파.

['듀라한'(★★★★)을 처리합니다!]

['스켈레톤 병사'(★★★)를 처리합니다!]

['듀라한'(★★★★)을 처리합니다!]

['스켈레톤 궁수'(★★★)를 처리합니다!]

['데스 나이트'(★★★★)를…….]

[레벨이 올랐습니다!]

[모든 상태 이상을 회복…….]

그리고 미친 듯이 솟구치는 메시지들.

"무, 무슨!"

서은채가 기함했다. 나 역시, 눈 앞에 펼쳐진 광경을 보고 입을 떡 벌렸다.

'무슨 이딴 스킬이.'

말도 나오지 않았다. 목표한 지점에 보이는 커다란 크레이터. 그리고 흔적도 남기지 않고 사라진 언데드들. 커다란 수로라도 판 듯 일직선으로 뒤집혀 있는 땅.

키이이이!

오직, 리치만이 한기를 내뿜으며 멀쩡히 살아 있었다.

그렇다 해도 이건…… 레드 드래곤의 브레스보다도 더 충격적인 장면이었다.

"와- 이건, 진짜 사기 아니에요?"

"동감하는 바다."

인정할 수밖에 없었다. 어느새 몸은 전부 다 회복되어 있었다. 언제 다쳤냐는 듯 멀쩡했다. 그나저나 사기라고 하니까 아까 개인 순위가 다시 떠올랐다. 난 다시 한번 전광판을 확인했다.

[개인 순위]

[1위 -담건호:251,230점]

……

이로써 완벽하게 격차를 벌렸다. 게다가 1시간마다 이런 스킬을 쓸 수 있다면, 나 또한 주예린 부럽지 않게 격차를 유지할 수 있을 터.

'이제는 명실상부 랭킹 1위네.'

걱정할 필요도 없다.

지금 걱정해야 할 것은.

'저 리치.'

재앙급 필드 보스. 과연, 그 강력했던 스킬에도 너무 태연한 듯 멀쩡해 보인다. 역시 재앙급 필드보스다웠다.

'저건 절대 포기할 수 없지.'

아무리 강하다 한들, 버그에 걸려 있지 않은가. 게다가 다른 잡 언데드들은 이미 다 죽은 상태. 1:1, 아니, 2:1이라면 어떻게든 방법이 있을 거다.

다음 날 아침.

"후우."

나는 건물 밖으로 나와 심호흡을 했다. 리치를 잡기 전 우선 내 몸 상태부터 확인해 볼 생각이었다.

일단, 편하게 숨은 쉬어진다. 팔다리와 각종 관절을 움직여 봤다. 역시, 제대로 움직인다.

다음은 왼쪽 가슴을 바라봤다. 피로 물든 옷 사이 찢어진 구멍. 그러나, 상처와 고름은 온데간데없이 깔끔하다.

'역시 레벨업 만한 게 없지.'

모든 상태 이상 회복. 거기에 완벽한 치유까지. 그뿐이랴, 재앙급 필드 보스의 저주까지 털어냈다.

'저렙이라 다행이야.'

이건 오직 초보일 때만 누릴 수 있는 특권이다. 탑 고층쯤 가면, 대부분 만렙을 찍기 때문에 누릴 수 없는…… 뭐, 그런 거다.

나는 회복한 근육을 풀어주며, 상태창을 확인했다.

빈서율이 한 번에 뽑았던 몬스터들. 그리고, 팀에서 벌었던 잔여 20,000골드까지……. 전부 내가 소유하고 있다 보니 실로 엄청나다.

'쩝, 딱히 등록할 놈은 없어 보이네.'

부족한 칸은 일단 내버려 두기로 했다.

'등록'은 한 번 하면, 되돌릴 수 없기에 신중해야 한다. 괜히 쓰레기를 사용한답시고, 아까운 재료를 날릴 수도 있는 거니까.

나는 창을 들고 남은 시간을 확인했다.

[제한 시간 41:30:00]

'남은 시간은 약 이틀.'

벌써 다섯 번째 아침이 밝았다.

멀리 있는 성벽을 보니, 아직도 치열하게 싸우는 중.

이제 빠르게 리치를 정리하고 복귀해야 한다. 혹여나 성물이 무너지기라도 하면 그건 진짜 개죽음이다.

부스럭!

뒤에서 서은채가 문을 열고 나왔다. 피곤에 찌들었었던 그녀의 안색이 다시 활기로 가득했다. 어젯밤 잠을 푹 자뒀기 때문이다. 이틀 동안 날 간호하느라 고생했는데, 차마 바로 리치를 잡자고 할 수는 없었다. 물론, 나 역시 회복을 떠나 스트레스 관리가 필요하기도 했고.

"아저씨, 이제 리치만 잡으면 되는 거죠?"

"그래."

"위험하진 않을까요?"

"당연히 위험하지."

아무리 버그가 걸렸다 해도 태생 5성. 즉, 재앙급 필드 보스다. 놈이 직접 표적으로 인식할 때보다는 덜하겠지만, 지금으로선 간단한 광역 스킬에 스치기만 해도 위협적일 거다.

그 공포스러운 눈빛, 감당할 수 없는 스킬들, 귀찮게 하는 저주까지.

'싸우고 싶을 리 없지. 나도 사람인데.'

그러나 강해질 수 있을 때 강해져야 한다. 느껴졌다. 아니, 확신했다. 놈을 잡으면, 또 업적 보상이 튀어나올 거란 걸. 본래 게임에서는 지금 시기에 절대 혼자 잡을 수 없는 몬스터니까.

업적 보상은 곧 최초 보상. 즉, 유일한 보상이기에, 선점할 수 있을 때 꼭 선점해야 한다.

'게다가 방법이 없는 것도 아니고.'

나는 켈피를 소환했다. 서은채를 뒤에 태웠고, 나 역시 앞에 올라탔다.

"뒤에서 보조만 잘 해줘. 상대는 나 혼자 할 테니까."

"근데, 또 저주 걸리면 어떡해요? 유지넬로는 못 풀잖아요."

"그건 걱정 마."

"왜요?"

"단일 대상 스킬은 표적이 있어야 사용할 수 있으니까. 놈은 버그에 걸린 상태라 표적을 타겟팅 할 수 없어. 그냥 일정 범위 안에 들어갔을 때, 광역 스킬 쏘아대는 게 다일 거야."

"아, 그럼 아예 가까이 가지 말고, 그때 멀리서 쓰셨던 그 기술만 계속 쓰시면 되지 않아요?"

'디스트럭션 쇼크웨이브'를 말하는 거다.

"그건 광역 스킬이라, 별다른 피해를 못 줄 거야. 저번에 못 봤어? 맞아도 타격 적은 거."

"그, 그런가요?"

"게다가 쿨다운이 1시간이야. 그런 방식으로 놈을 잡으려면 기본 하루는 걸릴 거다. 그것보다 더 좋은 방법이 있어."

"좋은 방법이요?"

"응, 얻는 거지"

"얻어요? 뭘요?"

"냉기 저항."

사실, 리치를 볼 때부터 떠오르는 게 있었다.

시련의 탑을 오르다 보면 자연스럽게 생기는 능력치가 있다.

화염 저항, 냉기 저항, 전기 저항, 독 저항.

바로, 이 4가지 원소 저항이다. 캐릭터가 혹한의 환경이나 스킬을 견딜 수 있게 해주는 필수 능력치.

'지금이 딱 기회야.'

버그 걸린 리치. 그리고 그 리치의 블리자드. 냉기 저항을 획득하기 딱 좋은 환경이다.

'음, 블리자드 정도면…….'

딱, 레벨 4까지. 아마 그 이상은 안 될 거다. 그 이상 키우고 싶으면, 블리자드보다 더 혹한의 환경을 견뎌내야만 한다. 연옥에서 화염 저항을 레벨2까지밖에 키우지 못했던 이유와 같다.

나는 리치와 일정 거리 벌린 상태에서 서은채를 내려줬다.

혼자서 놈의 블리자드를 유도할 생각이었다.

'방법은 간단하지.'

리치의 인식 거리는 100m., 블리자드의 사정거리는 반경 200m. 먼저 놈의 인식 거리까지 붙어, 광역 스킬을 끌어낼 생각이다.

"은채야, 여기서 기다리고 있어."

"넵!"

서은채를 기준점으로 삼고, 켈피의 허리를 박찼다.

다그닥! 다그닥!

이어지는 고속 질주. 역시 100m쯤 붙었을 때부터, 놈의 살기가 짙어진다.

'추워.'

놈의 근처에 가는 것만으로도 으슬으슬 떨려온다. 안 그래도 겨울인데, 온도가 더 낮아지는 거다. 켈피도 추운지 푸들푸들 떤다.

키이이이!

리치가 고개를 돌린 건 그때였다. 굳은 로브에 달린 고드름. 놈의 주둥이에서 나오는 냉기 서린 입김. 그리고 서슬 퍼런 눈빛까지 자세히 보인다.

'아씨, 적응 안 되네.'

다시 봐도 정이 안 가는 생김새다.

"이랴!"

난 고삐를 당겨 멈춰 섰다. 아마, 곧 있으면 신호가 올 거다.

[경고! 경고! 경고!]

[감당할 수 없는 힘이 집중합니다.]

'왔다.'

리치의 모션을 보니, 처음부터 블리자드다.

'좋았어. 이틀 동안 쿨다운 좀 찼다 이거지?'

난 세워둔 기준점인 서은채를 바라봤다. 블리자드가 시전되는 즉시, 저곳으로 '도약'을 쓸 생각이다.

[경고! 경고! 경고!]

[감당할 수 없는 힘이 몰아칩니다.]

'오케이!'

허공에 생기는 서리, 급격히 낮아지는 기운, 거세게 몰아치는 바람.

스르륵-

블리자드가 시전되는 즉시, 난 곧바로 서은채의 옆으로 이동했다.

싸아아아- 콰아아아-

휘몰아치는 강풍.

딱 30㎝ 눈앞에 눈보라가 몰아치고 있다. 신기하게도 딱 저 '블리자드' 필드 안만 온도가 급강하하고, 여기는 멀쩡하다.

"후우."

나는 깊게 숨을 내뱉었다.

"저, 정말 여기에 들어갈 거라고요?"

"어, 내가 신호하면 내 손을 잡고 꺼내주기만 하면 돼."

"……."

"그다음은 유지넬로 상태 이상 치료해 주면 되고."

내 말에 서은채가 질린 안색으로 쳐다봤다. 맞다. 내가 하려는 것은 바로 자해. 이곳에 몸을 던졌다 얼어 죽기 직전에 나오기를 반복할 생각이었다.

'어차피 조삼모사야.'

혹여, 시련의 탑에 오를 것을 대비하는 거다. 그곳에 오른다면 어차피 겪어야 할 고통. 기회가 될 때 미리 겪어놓는 게 낫다.

"그럼 간다."

나는 옷깃을 찢어 입에 여물고 그대로 눈보라 속에 걸어 들어갔다.

"……!"

순간적으로 얼어붙는 육체, 그리고 귀싸대기라도 올려치듯 때리는 강풍. 머릿속에 온갖 쌍욕이 스쳐 지나갔다.

따가웠다. 너무 시릴 듯 아파왔다. 나갈까? 이건 나가야 해. 라는 생각이 계속 뇌리를 울렸다.

'조금만 더.'

나는 그 자리에 누워 팔만 바깥으로 빼냈다. 혹시 손가락까지 얼어 신호를 못 보낼까 봐.

"끄으으으."

점점 몸에 감각이 사라지기 시작했다. 영하 150도. 극한의 추위. 그렇게 2분 정도가 흘렀을 때. 나는 긴급히 손가락 탭을 쳤다. 그와 동시에 끌려 나가는 몸뚱어리.

"허억! 유지넬! 정화!"

서은채의 목소리가 울렸다. 순간 따듯한 공기가 폐를 감쌌다. 분명, 겨울인데도 이렇게 따듯할 수가 없었다. 땡땡 얼어 죽어가던 몸이 서서히 풀리기 시작했다.

'아직 얻지 못했어.'

겨우, 이 정도로 냉기 저항을 얻을 거란 생각은 하지 않았다. 앞으로도 수십, 수백 번은 더 해야겠지.

'우선 원상태로 복귀하는 데 얼마나 걸리는지 체크하자.'

완전히 회복해야, 효율적으로 자해할 수 있다. 아마 냉기 저항 레벨이 오를수록 더 오래 버틸 수 있을 거다.

"아저씨, 저도 할래요."

서은채가 돌발발언을 한 것은 그때였다. 오, 지금 내 모습을 보고도 한다는 말이 나온다고?

동상 때문에 몸이 탱탱 부어올라 있고, 피부색은 벌써 푸르죽죽하다.

"넌, 냉기 저항 1단계부터 천천히 올리는 게 좋을 텐데."

내가 하는 방식은 충격요법이다.

웬만한 인내력으로는 절대 버틸 수 없다. 정신적인 측면에서, 저 레벨부터 차근차근 올리는 게 안전할 거다.

"어차피 해야 하는 일이잖아요. 번갈아 가면서 해요."

"뭐, 그래라."

원한다면 못 해줄 것도 없지.

그렇게 웃지 못할 기행이 시작됐다.

['냉기 저항'(Lv.1)을 습득합니다.]

'드디어!'

성공이었다. 나름 짧은 시간에 얻어냈다. 곧이어 시간이 흐르자, 서은채도 비명과 환호를 동시에 내질렀다.

"꺄악! 나이스!"

'은채도 성공했나 보네.'

그녀도 얻어내는 데 성공한 거다. 내가 할 말은 아니지만, 그녀는 참을성이 대단했다.

"이, 이제 리치 잡는 거죠?"

서은채의 눈가가 전부 얼어 있었다. 속눈썹에는 고드름도 살짝 져 있다. 고통스러운 그 순간순간마다 눈물을 흘린 거다. 그런데도 꿋꿋이 견뎌서 결국은 얻어냈다. 그건 기특했다.

'물론 아직 멀었지만.'

그러나 나는 그녀에게 절망스러울 수도 있는 대사를 던질 수밖에 없었다.

"그럴 리가."

"……?"

"이제 시작인데?"

"……!"

나는 오늘 Lv.4까지 올려놓을 생각이었다.

다음날 낮 드디어 냉기 저항 Lv.4에 도달했다.

"흐어어어."

서은채는 곤죽이 된 상태로 쓰러져 있었다. 온종일 추위와 함께 싸우며 밤을 새우느라 피곤한 거다. 물어보니 그녀도

Lv.4에 도달했단다.

나 역시 창을 휘두른 것은 아니지만 피로가 몰려왔다.

'……죽겠구먼.'

고통스러운 순간이었다. 많은 생각과 분노가 떠오르는 시간이었다. 내가 왜, 도대체 왜. 이런 고통을 받아야 하는가.

폰 게임에서는 느껴보지 못했던 새로운 종류의 고통과 도전들. 이유도 모른 채 생존을 위해 싸워야 하는 순간들.

'그냥 죽을 걸 그랬나.'

앞으로의 일정을 생각하니, 차라리 그게 더 편해 보였다.

'아니, 정신 차려야지.'

헛생각을 하다니. 아무래도 정신적으로 너무 피폐해져 있었나 보다.

'피로를 해소하는 데는 창이 최고지.'

나는 다시 창을 들었다. 그리고 눈보라 속으로 걸어 들어갔다. 아마, 이게 4번째 블리자드의 끝물이었을 거다.

'이젠 견딜 만하네.'

Lv.3 때와는 확실히 달랐다. 피부가 약간 싸늘한 정도. 오래 버티면 더 추워지겠지만, 어쨌든 지금은 미칠 듯 춥다는 생각이 안 든다.

'그럼 이제 끝이지.'

종아리에 힘을 줬다. 창을 든 손아귀에 힘을 꽉 쥐었다. 그리고 땅을 박차며 돌진했다.

키이이이!

각 잡고 달리니 200m쯤은 금방이었다. 눈앞에는 리치가 두 손을 든 채로 중얼거리고 있었다. 쯧, 내가 이렇게 붙어 있는데도 별 반응이 없다.

"뒈져라, 멍청한 Ai."

나는 놈의 바가지에 창을 찔러넣었다. 내 기억에 리치의 핵은 뇌 쪽에 존재한다.

까앙!

예상처럼 튼튼했다. 그러나 상관없다. 대미지가 들어가는 게 느껴졌으니까.

까앙! 까득!

아랫배에 힘을 주고 연달아 찌르고 베었다. 이렇게 때리는데도 놈은 멍청하게 두 손만 들고 있다. 나를 못 찾는 거다.

'원래 같았으면 절대 못 잡는 거였는데.'

새삼 버그의 위력을 깨닫는다.

까앙! 까앙!

점점, 놈의 방어도가 약해지는 게 느껴졌다.

'좀 그만 뒈져라, 제발.'

빨리 끝내야만 했다. 놈의 방어력처럼 내 체온 또한 낮아지기 시작했으니까. 아무리 냉기 저항 Lv4라 해도 블리자드는 블리자드인가 보다.

'슬슬 한계인데.'

점점 움직임이 느려져 간다. 혈액도 근육도 조금씩 얼어가는 게 느껴졌다. 그러나 멈추지 않았다. 쇼크웨이브도 쓰고,

아델에게 배웠던 연계기도 써가며 미친 듯 찔러넣었다.

'제발, 제발!'

혀끝을 깨물었다. 고통을 줘서라도 몸의 혈기를 빠르게 돌리기 위함이었다.

푸슉! 쩌적-

'헛.'

놈의 바가지에 틈이 생긴 것은 그때였다.

끼이이이!

고통스럽게 비명 지르는 리치. 그리고 바가지 사이에 보이는 핵.

'됐어!'

나는 온 힘을 다해 그곳을 향해 창을 찔러넣었다.

빠각!

손끝에 전해지는 놈의 기운.

끼아아아아아아!

놈이 절규하더니 검은 연기로 화했다. 당연히, 눈보라도 멈췄다. 그와 동시에 기분 좋게 떠오르는 메시지.

[크리티컬!]

['리치'(★★★★★)를 처리합니다!]

[레벨이 올랐습니다!]

[레벨이 올랐습……]

[모든 상태 이상을 회복합니다.]

[아이템 '마력 증폭의 지팡이'(A급)을 획득하였습니다!]

그리고-

[★★1서버 최초로 '리치'를 처리하여 '혹한을 극복한 자' 업적을 달성하였습니다. 당신의 위대한 업적을 응원합니다.★★]
[특수 보상:최상급 몬스터 소환 이용권 1개]

업적까지. 완전 깔끔했다.

6일 차 낮. 성벽 위.
빈서율은 시시각각 목숨의 위협을 느끼며 싸우고 있었다.
짹짹! 끼룩! 끼룩!
입에 한가득 볼트를 물고 다가오는 새들. 서지호의 '짹짹'(★★)과 '끼러기'(★★★)였다.
"고마워."
빈서율은 쏟아낸 볼트 중 세 개를 동시에 집어 장착했다.
이제는 익숙한 손놀림. 그리고 그 즉시, 아델을 위협하는 '다크엘프 전사'(★★★)의 미간을 조준한다.
피잉! 푸숙!
단박에 대가리를 으깨버리는 볼트. 그러나 아델에게 곧바로 또 다른 놈들이 붙는다. 다시 위기에 처하는 아델.

'제길.'

사실 아까부터 손가락이 떨렸다. 아니, 팔 전체가 부들부들 떨려왔다.

'너무, 힘들어.'

온 근육이 비명을 지르고 있었다. 여태껏 잠이라고는 하루에 2시간 정도. 그것도 쪽잠을 합친 수준이 그랬다.

쌓여 있는 피로. 잠깐 정신을 놓치면, 절로 감겨 있는 눈. 이러다 미칠 것 같았다. 조금이라도 좋으니 자고 싶었다.

그러나 멈출 수는 없었다. 눈 앞에 펼쳐진 지옥도 때문이었다. 벌써 수천의 사람이 죽어 나갔다. 랭킹 4위인 그녀가 싸움을 멈추면, 더 많은 사람이 죽어 나갈 거라 생각했다.

"다들 정신 차리고, 탱커 뒤로 붙게!"

"서율 씨! 힘내시오! 내 보호족을 아델에게 붙여줄 터이니!"

"왼쪽! 왼쪽에 지원 좀 해줘요!"

"꺄아악! 막아! 막으라고!"

처절한 외침이 오갔다. 분명 4일 차까지만 해도 여유로웠다. 5일 차 때까지만 해도 견딜 만했다. 가끔씩 등장하는 주예린이 힘써줬으니까.

'저놈의 다크 엘프들.'

문제는 5일 차 밤에 등장한 저놈들이었다. 저 씹어먹어도 시원찮을 놈들이 서쪽 성벽, 수많은 사람의 목숨을 앗아갔다.

다른 쪽 성벽의 상황은 모르지만, 아마 마찬가지일 거다. 주예린의 표정만 봐도 안다.

'……언니.'

주예린. 그녀와는 2일 차 낮에 만났다. 빈서율은 주예린과의 만남을 생각하며 잠깐 회상에 잠겼다.

2일 차 낮.

화르르르-

빨간 용이 브레스를 뿜었다. 수백의 몬스터들을 단숨에 재로 만들어 버리는 강력한 불줄기.

'됐어. 여기는 정리했고.'

주예린은 정신없었다. 생존자들의 수준들이 너무 낮은 것도 있었지만, 두 번째 메인 퀘스트의 난이도가 너무 높은 것 때문이었다.

'성물 기둥이 무너지면 다 죽어.'

그게 문제였다. 본인이 신경을 쓰지 않으면 어느 한 곳이라도 뚫릴 것처럼 위태로웠다. 허공에서 눈대중으로 봐도 태생 5성을 뽑은 자들이 하나도 없었으니까. 본인을 제외하고는…….

'특전이 사기긴 했지.'

로딩 중 「갓 컴퍼니」의 쪽지와 함께 받은 그 특전. '포르투나의 기적'(S급). 세상에, 1년에 한 번 5성 몹을 확정으로 뽑을 수 있다니……. 「몬스터즈」 플레이 당시에는 듣도 보도 못했던 스킬이었다.

그래서 뽑은 게 바로 이 레드 드래곤. '아그니스'(★★★★★)였다.

드래곤 브레스의 쿨타임은 1시간. 그 때문에 그녀는 1시간마다 동서남북 돌아다니며, 약해진 부위에 계속 지원 사격을 가했다.

'그나마 서쪽은 괜찮아.'

이유는 모르겠지만 뭔가 방어 타워도 많았고, 안정적이었다. 그래서 서쪽은 가끔씩만 지원했다.

덕분에 얻어낸 무난한 1등, 아니, 압도적인 점수 차로 선두를 지켜냈다.

[개인 순위가 뒤바뀝니다.]

[집단 순위가 뒤바뀝니다.]

갑자기 떠오르는 메시지.

'뭐지? 갑자기?'

주예린은 당황했다. 누군가에게 이렇게 빠른 시일 내에 따라잡힐 그런 점수 차가 아니었는데……. 주예린은 신속히 눈을 돌려 전광판을 확인했다.

'시, 십이만 점?'

말이 되나? 온종일 쉼 없이 브레스로 휩쓸고 다녀도 겨우 15,130점인데, 벌써 십 이만 점이라고?

'담건호라…….'

분명 그녀와 같은 고인물일 텐데, 들어본 적 없는 이름이었다.

하긴, 「몬스터즈」 시절에는 본명이 아닌 아이디를 사용했으니까.

'어떻게 한 거지? 설마?'

주예린은 북서쪽을 바라봤다. 사실 예전부터 눈에 띈 이질적인 존재들. 성벽 사방을 뒤져봐도 가장 위험해 보이는 놈들.

'언데드족?'

의식할 수밖에 없었다. 저것들은 절대 지금 시기에 나와서는 안 될 종족들이었으니까.

'지금 전력으로는 힘들지.'

아마, 못 막지는 않을 거다. 무려 7만 명이 힘을 합쳤으니까. 그러나 엄청난 피해를 입을 거다. 그만큼, 언데드족은 까다롭고도 강했다.

'에이, 설마. 저걸 혼자서.'

절대 불가능한 일이다. 본인의 레드 드래곤이 있다 해도 저 놈들을 상대로 솔플은 도저히 못 한다.

'일단, 그건 그렇다 치고.'

주예린의 눈에 익숙한 글자 두 개가 눈에 띄었다.

'빈서율…… 그리고 소수정에?'

먼저 빈서율. 흔치 않은 성과 이름이다. 정말 좋아했던, 친한 동생의 이름인데, 랭킹 4위에 올라 있었다. 동명이인이겠거니 생각했다.

그래도 관심이 생겼다. 랭킹 4위 정도면 분명 찾다 보면 눈에 띌 터, 한 번 만나보기로 했다.

다음은 '소수정에'. 정말 정감 가면서도 익숙한 이름이었다.

「몬스터즈」 10년 차 고인물이면 절대 모를 수가 없는 그 집단의 이름. 고작 다섯 명의 인원으로 탑 93층을 공략했으며, 그 당시 날고 기던 모든 고인물들이 합심해도 이길 수 없었던 그 절대자 집단 '소수정예'. 그리고 그 집단의 리더 '비운'.

'……설마.'

점수 차를 보면 담건호, 그 사람이 100% 소수정예인데…….
설마, 진짜 그 사람일까?

사실, 본인이 '연옥 슬라임'(★★)까지 잡아가며, 여태껏 집단에 들지 않았던 이유. 오직, 그 사람. '비운'을 찾기 위해서였다.

'……그 사람이라면.'

이 지옥 같은 난이도에서도 절대 죽을 리 없었다. 분명 살아 있을 거다. 어떤 상황이 들이닥쳐도 여유로운 사람. 얼굴은 모르지만, 넷상으로 무려 5년을 함께해 왔던 사람. 랭킹 4위임에도 불구하고, 랭킹 1~3위 오빠들을 상대로 믿음을 얻어낸 사람. 아니, 무과금으로도 랭커를 할 수 있다는 것을 보여준 사람. 그리고 무엇보다 그녀 랭킹 5위 '모찌'의 신뢰를 받아낸 사람이다. 그 사람과 함께라면 안전할 것 같았다. 불안감이 사라지고 포근할 것 같았다.

'확신할 수는 없지만.'

그 사람이 집단명을 다시 '소수정예'라 지을 거란 보장도 없다. 또, '소수정예'라는 이름. 게임에선 흔한 길드나 단체의 이름이다. 아직 밝혀진 건 하나도 없다.

'일단, 서율이부터 확인해 보자.'

사실, 아까부터 눈에 띄는 무리가 보였다. 서쪽 성벽에서 창을 휘두르고 있는 기사족. 그리고 그들을 서포트해 주는 집단까지. 주예린은 뭔가에 이끌리기라도 하듯 그곳으로 향했다.

다시 6일 차 낮.

“서율 씨! 뭐 하시오! 정신 차리시오!”

“허엽!”

빈서율은 회상에서 깼다. 아니, 잠에서 깼다. 회상은 개뿔. 본인도 모르는 사이에 수마의 유혹에 빠져 버렸다.

짜악!

그녀는 본인의 뺨을 힘껏 치며 정신을 차렸다. 허벅지를 꼬집으며 눈을 부릅떴다.

“저길 보시오!”

양종현의 다급한 외침이 들려왔다. 고개를 돌려 바라보니 주예린의 레드 드래곤이 이쪽으로 다가오고 있었다.

‘헉, 언니!’

문제는 그 뒤에 있는 놈들이었다. 주예린을 뒤쫓는 수십 마리의 몬스터들. 바로 ‘다크 엘프 라이더’(★★★★)들이었다. 조류족 ‘그리폰’을 타고, 공중에서 활을 쏘아대는 그들은 지금껏 등장한 몬스터 중에서 제일 까다로운 존재들이었다.

“서율아!”

주예린이 외쳤다. 그녀도 난감한 상황이었다. 이놈들이 다른 방향 성벽에 있는 생존자들을 저격해서 죽여대느라 본인이 몰고 다닐 수밖에 없는 그런 상황. 만약, 그대로 내버려 두면 금방 성벽이 무너질 것이다.

'브레스 쿨다운도 아직인데.'

주예린 입장에선, 그나마 상황이 좋은 서쪽 멤버들에게 도움을 요청할 수밖에 없었다.

크아아아아!

레드 드래곤 아그니스가 괴로운 듯 비명을 터뜨렸다. 벌써 놈들이 쏜 화살에만 수십 번을 맞은 상태.

"지원할게요! 디버프 좀 걸어주세요!"

"알겠소!"

빈서율이 서둘러 석궁을 조준했다.

피잉! 슈웅! 피잉! 슈웅!

'제기랄!'

비행 속도가 너무 빠르고, 거리도 멀었다. 게다가 집중할 수 있는 여건도 아니었다.

크르르르! 캬아아아!

놈들이 벌써 근처까지 붙었기 때문이다. 놈들은 영리했다. 탱커와 딜러의 차이를 명확히 이해하고, 딜러부터 저격하려고 한다.

'너무 많아.'

눈물이 핑 돌았다. 느껴졌다. 점점 본인이 죽음과 가까워지고 있다는 것을.

'그래도 해야만 해.'

사라진 건호 씨와 서은채를 생각해서라도.

전광판에 새겨진 건호 씨의 포인트.

[1위 -담건호:251,230점]

저 숫자만 봐도 알 것 같았다. 건호 씨가 혼자 얼마나 위험한 곳에서 고생하고 있을지.

그냥 느껴졌다. 우리가 지금껏 살아 있을 수 있는 이유. 6일차 낮까지 버틸 수 있었던 이유.

'다 건호 씨 덕이겠지.'

안 보이는 곳에서 혼자 무시무시한 놈들을 상대하고 있는 걸 거다. 예린 언니가 노력하고 있는 만큼, 그 사람도 노력하고 있는 걸 거다. 그래서 포기할 수 없었다.

"끄아아악!"

"사, 살려! 커헉!"

곳곳에서 비명 소리가 울려 퍼졌다. 이젠 정말 열세였다. 주예린의 드래곤도 피를 철철 흘리며 비틀거리고 있었다.

"다들 싸우세요! 도망치지 마세요!"

빈서율이 목청껏 외쳤다. 그렇게라도 안 하면 미쳐 버릴 것 같아서. 정말로 포기해 버릴 것 같아서.

"꺄아악!"

그 시각. 주예린의 입에서 비명이 터져 나왔다. 어깻죽지를 비집고 나온 놈들의 화살. 참을 수 없는 고통이 느껴졌다.

'다, 끝났어…….'

상황이 좋지 않았다. 물러설 곳도 없고, 도망칠 곳도 없었다. 뒤에 따라붙은 약 30마리의 '다크 엘프 라이더'들은 그냥 공포 그 자체였다. 그나마 브레스로 반은 죽였기에 망정이지, 아니었으면 벌써 고슴도치가 되었을 거다.

크르르르…….

아그니스가 낮게 울부짖었다. 드래곤의 심정이 느껴졌다. 투기가 꺾여 있었다. 더는 싸우기 힘들다 토로하는 거다.

'레벨을 좀 더 올려놨어야 하는 건데.'

주예린은 절망했다. 이제는 정말 힘들었다. 다 놓아버리고 싶었다.

'그 사람.'

그 사람만 있었다면…… 이 상황을 어떻게든 해결해 줄 수 있었을 텐데……. 라는 생각이 들 때였다.

"……?"

끼아아! 끼이이이!

흉포하게 따라오던 놈들의 그리폰들이 갑자기 급정거했다. 살기 어린 눈빛으로 따라오던 놈들의 표정에서 당혹감이 느껴졌다.

'뭐, 뭐야?'

재빨리 주변을 확인했다.

다그닥! 다그닥!

그제야 들렸다. 그리고 보였다. 저 성벽 밑에 유난히 눈부시게 빛나는 사람이, 아니, 창이. 샛노란 기운을 가득히 응축해 위험해 보이는 그 창.

'성벽 아래에 사람이 있다고? 서, 설마?'

담건호. 그자인가?

주예린은 투명색 말을 타고 질주하는 그 남자를 자세히 쳐다봤다. 갈기갈기 찢어져 형체를 알아볼 수 없는 옷. 그 사이로 튀어나올 듯 성난 근육. 그리고 각져 있는 사내다운 외모.

'……저, 저자가 담건호?'

빈서율이 입이 닳도록 말했던 집단 '소수정예'의 리더. 이번 공성전 최대의 공을 세운 자. 달려오던 사내는 무심한 듯 창을 휘둘렀다. 방향은 그녀의 뒤. 놈들이었다.

슈우우우웅! 콰가가가가!

세상을 집어 삼킬듯한 노란 웨이브가 허공을 갈랐다. 그리폰들이 날뛰며 도망가기 시작했다. 다크 엘프 라이더들도 당황한 듯 온몸이 굳은 상태였다.

두근! 두근!

심장이 쿵쿵 뛰었다. 절망이 사라지고 알 수 없는 희망이 차올랐다. 이제는 무언가, 버텨낼 수 있을 것 같았다. 주예린은 드래곤의 목덜미를 꽉 잡은 채로 그 광경을 멍하니 쳐다봤다.

콰아아아!

흔적도 없이 사라진 놈들.

"와아아아아!"

순간, 함성이 터져 나왔다. 이 광경을 지켜본 사람들은 주예린뿐만이 아니었다. 성벽 위에 있는 모든 사람들이 그 시원한 쾌감을 맛보고 있었다.

"가자!"

"살 수 있다!"

"죽이자! 개새끼들!"

이미 경쟁 따위는 잊은 지 오래였다.

오직, 살기 위해서. 인류를 지키기 위해서.

그들은 전쟁에 참여했다. 몬스터를 독려했다.

스르륵-

한바탕 사기를 진작시키고 단숨에 성벽 위로 순간이동 하는 사내. 그 모습을 보던 주예린은 가슴속에서 뭔가가 들끓어 올랐다.

Chapter 5

스르륵-

나는 켈피의 '도약'을 통해 일행들이 있는 성벽 위로 한 번에 이동했다. 이제는 거의 완벽에 가까운 컨트롤이었다.

"거, 건호씨!"

"자네! 어딜 갔다가 이제!"

"아직 적들이 많소! 집중해야 하오!"

성벽에서 날 반갑게 맞이하는 일행들. 그러나 상황은 아직도 위태로워 보였다.

채앵! 까앙!

아델은 '다크 엘프 전사'(★★★)들을 상대로 고전하고 있었고-

크르르르! 크허엉!

할아버지는 일행을 지키기 위해 곰족을 앞세우며 고군분투

하고 있었다.

'일단 주변 정리부터.'

후우웅!

나는 창을 한 바퀴 돌린 후, 달려 나갔다. 전보다 더 가볍게 느껴지는 창이 손에 익은 듯 찰지게 감긴다.

"버프 할게요!"

그와 동시에 뒤에서 들어오는 서은채의 축복.

[요정족 '쉐핀'(★★★)의 축복을 받습니다.]

[공격속도가 200% 증가합니다.]

[이동속도가 200% 증가합니다.]

'좋았어.'

세상이 딱 두 배 정도 느려 보인다. 그만큼 내가 빨라졌다는 거겠지. 자, 그럼 가보자! 켈피!

휘이잉! 푸욱! 푸욱! 휘이잉! 퍼걱!

먼저, 켈피의 가속도를 받아 아델 주변에 있는 잡놈들을 단 번에 걷어냈다.

['다크 엘프 전사'(★★★)를 처리합니다!]

['다크 엘프 투사'(★★★)를 처리합니다!]

['다크 엘프 전사'(★★★)를 처리합니다!]

“무, 무슨?”

깜짝 놀라는 아델.

그럴 만도 하지. 본인과 비등했던 내가 갑자기 너무 강해졌으니까. 사실, 창술 실력이 늘었다기보단 내 능력치가 너무 뻥튀기됐다. 리치를 잡아 폭렙하느라, 벌써 레벨이 27이다. 아델과 대련할 당시 레벨 20을 넘기지 못하고 있었으니 말 다 했지. 거기에 ‘아누비스 손길’(Lv.6) 효과로 타격 시 350%의 피해가 추가된다.

‘완전히 미친 거지.’

그냥 때려도 서버 랭킹 1위의 딜링인데 거기에 3.5배라니. 능력치 빨로만 하면 아델도 내 한참 밑이라는 거다.

‘그래도 창술은 배워야겠지만.’

가문의 천재라던 동생도 가르쳤던 스승이라지 않는가. 그의 기술은 분명히 도움이 되고 있었다.

“이랏!”

주변 정리를 하는 데는 얼마 걸리지 않았다. 일단 주변에 보이는 다크 엘프 녀석들만 걷어내니, 다른 생존자들도 여유를 되찾고 방어를 시작했다. 서은채는 내 등 뒤에서 유지넬을 통한 힐링 봉사를 지속했다.

“버티자! 얼마 남지 않았다!”

“싸우자! 힘내자! 이기자!”

생면부지의 중년인들이 외쳤다.

“당신이 담건호요? 아마 그러겠지. 어쨌든! 정말 고맙소!”

"다 죽어라! 옘병할 새끼들!"

전투 분위기는 나름 밝았다. 왜인지는 모르겠지만 이들은 미친 듯 환호하며 나를 반겼다. 그리고 내가 이곳을 떠났을 그 당시보다 더 적극적으로 싸웠다. 마치 이제는 전장에 익숙해진 광란의 전사들처럼.

나는 다시 고삐를 돌려 일행들이 있는 곳으로 이동했다. 그곳에는 많이 피곤해 보이는 일행들이 기다리고 있었다. 난 그런 그들을 향해 말했다.

"그간 고생 많으셨습니다."

"거, 건호 씨. 어떻게 된 거예요?"

"형, 누나! 괜찮아?"

일행들이 달라붙었다. 많은 것이 궁금한 눈빛이었다. 흐음, 이야기하자면 긴데…….

생소한 목소리가 들린 것은 그때였다.

"당신이 담건호 인가요?"

응?

처음 보는 여자? 아니, 그때 한 번 봤었지.

'……주예린.'

공성전 랭킹 2위. 유명한 연예인이라던 그녀. 관리를 받아왔어서 그런지 확실히 예쁘긴 했다. 그녀는 다 죽어가는 레드 드래곤을 성벽에 내려두고 나를 빤히 올려다봤다.

그래서 대답했다.

"네, 그런데요?"

빈서율의 언니, 10년 차 고인물, 나와 같은 특전 스킬을 가지고 있는 그녀.

'과연 아이디가 뭐였을까?'

내가 아는 사람일 수도 있을 텐데…….

혹여 대화를 나눠보지 않았어도, 그쯤 되면 서로의 아이디는 한 번씩 들어봤을 테니까.

"우선, 이 드래곤. 치료부터 좀 해야겠어요!"

뒤에 있는 서은채가 켈피에서 폴짝- 뛰어내렸다. 그래서 나도 유령마를 역소환시켰다. 아직까진 그게 편했다.

주예린은 그런 서은채를 호기심 어린 눈빛으로 바라봤다.

"네가 그 은채구나?"

"네?"

"아, 서율이한테 들었거든."

"아, 넵! 언니. 실물이 훨씬 예쁘시네요. TV에서 자주 봤는데……."

"하핫, 그러니?"

호오.

아무래도 주예린과 빈서율이 이미 교류한 것 같았다. 생각보다 더 많이 친했나 보다.

'이거, 그럼 괜찮은데?'

집단도 없겠다. 10년 차 고인물이겠다. 태생 5성짜리 몬스터도 있겠다. 영입각이 날카롭게 선다.

물론, 주예린이 들어오려면 안전장치로 '네르갈의 계약'은 해야겠지만…….

"앗, 언니. 유지넬의 마력이 잘 안 통하는 거 같아요."

천사족 유지넬이 땀을 뻘뻘 흘리고 있었다. 아무래도 등급과 레벨이 낮다 보니 태생 5성에게까지는 안 먹히는 것 같았다.

"이걸 써봐."

나는 그런 그녀에게 지팡이 하나를 내밀었다.

['마력 증폭의 지팡이'(A급)]

특징:마법형

마법형 필드 보스를 잡았을 때 0.001% 확률로 등장하는 희귀 아이템입니다. 캐릭터 혹은 인간형 몬스터만이 사용할 수 있습니다.

공격형 or 치유형 스킬 효과가 150% 증가합니다.

공격형 or 치유형 스킬의 레벨이 기존보다 3 증가합니다.

"이, 이게 뭐예요?"

"리치 잡고 나온 지팡이. 유지넬한테 줘."

사실, 아까 리치를 잡은 후, 제대로 정산하지도 못한 채 곧바로 성벽으로 내달릴 수밖에 없었다. 멀리서 보이는 성벽이 너무나도 위태로워 보였기 때문이다.

'어차피 나한테는 쓸모없는 아이템.'

마법형 몬스터가 없을뿐더러, 합체족을 사용하는 나는, 저 지팡이보단 그냥 이 쇠창이 훨씬 낫다.

'미안했는데 잘 됐어.'

생각해 보니 그 많은 몬스터를 먹는데 서은채와 파티도 하지 않았다. 그 많은 경험치를 나 혼자 처먹은 거다. 게다가 그녀의 보살핌이 없었으면 분명 가슴에 구멍이 뚫린 채 죽었을 것. 그녀에게 아이템 하나 못 줄 것도 없었다.

"저, 정말요?"

"응. 그냥 쥐여주면 돼. 그다음 힐링해 봐. 먹힐 거야."

"넵!"

계산이 맞았다.

번쩍!

평소보다 강한 빛을 터뜨린 유지넬의 힐링이 드래곤에게 천천히 먹혀들어 가고 있었다. 그 모습을 지켜보던 주예린은 서은채에게 감사의 인사를 표한 후, 나에게 다가왔다.

분위기가 있어서일까. 걸음걸이가 우아해서일까. 아니면, 저 거대한 드래곤의 주인이어서일까. 일행들은 그 모습을 그냥 넋 놓고 지켜보고만 있었다.

다시 짧은 침묵.

곧이어 그녀의 붉은 입술이 열렸다.

"……당신이 언데드족을 잡은 거죠?"

"네."

"……어떻게."

"그건 사업 비밀입니다."

진짜다. 이건 「몬스터즈」 때부터 나만 알고 있던 비밀이다. 이제는 서은채도 알게 됐지만…….

"아. 그, 그렇군요."

"그나저나, 주예린 씨라고 했나요?"

"아, 네!"

내가 그녀의 질문에 대답했으니, 이젠 내 차례다. 인생은 기브 앤 테이크니까. 이제, 슬슬 영입각을 세울 때도 됐고.

"그쪽은 왜 집단에 가입하지 않은 겁니까?"

"헉, 그걸 어떻게……."

"뻔하잖아요. 단체 '없음' 점수랑, '주예린'이라고 적힌 점수랑 똑같던데."

"……아."

바본가? 그나저나, 그녀는 아까부터 자꾸 넋 놓고 날 바라봤다. 뭔가 살짝 얼이 빠져 있는 느낌? 내가 계속 주시하자, 곧 정신을 차린 그녀가 화들짝 놀라며 고개를 꾸벅 숙인다. 왜 저러지?

"아, 죄송해요. 그냥…… 찾는 사람이 있었어요."

"찾는 사람?"

"네, 망해 버린 이 세상에서 제가 의지할 만한 단 한 사람이요."

그 찾는 사람이랑 집단이 없는 거랑 대체 무슨 관계지? 내가 이해할 수 없는 표정으로 묻자, 그녀가 서둘러 부연했다.

"아, 그 사람이 속해 있는 집단에 들어가고 싶었어요. 원래 「몬스터즈」 때부터 계속 그래왔었고……. 계속 의지해 왔었고……. 아! 혹시 제가 하나 질문드려도 될까요?"

이젠 다시 그녀의 턴. 오케이, 기브 앤 테이크. 인정한다.

"뭐, 그러세요."

"혹시, 지금 쓰고 계신 몬스터 합체족인가요? 창을 쓰시던데."

"네, 맞습니다."

"여, 역시……."

뭐야. 이 여자. 혹시, 날 아나?

순간, 나도 모르게 주먹을 꽉 쥐었다. 그 당시, 나 비운 하면 전체 랭킹은 4위였지만 PvP 공식 랭킹은 1위. Pk 순위도 1위였다. 그 말인즉슨, 적이 많다는 거다. 게다가 그 당시 고인물들 중 합체족을 즐겨 쓰는 사람은 오직, 나 하나뿐이었다. 즉, 그것만으로도 내 정체를 유추하기 쉽다는 말.

"소수정예라는 집단 이름. 합체족을 쓰고, 저 레벨에 혼자서 언데드족을 처리할 정도의 게임 이해도. 단원들의 말도 안 되는 성장 속도……."

주예린이 계속 중얼거렸다. 들어 보니, 내가 재앙급 필드 보스인 리치를 처리했다는 것까지는 모르는 것 같았지만…… 어쨌든.

제기랄. 저 여자가 이미 내 정체를 알아챈 것 같다. 쩝, 나랑 원수만 아니었으면 좋겠는데. 아닌가? 원수면 뭐 어쩔 거야. 그땐 게임이었고 지금은 현실인데…….

곧이어, 그녀가 시선을 맞췄다.

"당신…… 혹시……."

꿀꺽-

일행 중 한 명이 침을 꼴깍 삼켰다.

잠깐의 침묵 후, 그녀의 말이 이어졌다.

"비운…… 오빠, 맞아?"

곧이어, 내 눈이 휘둥그레졌다.

뭐? 오빠?

나는 당황했다.

'……오빠라고?'

10년 차 고인물 142명. 그중 여성 유저가 내 기억에 아마 29명인가 됐었던 것 같다. 그리고 그 29명 중 나에게 오빠라고 부르는 사람은…….

'단 한 명.'

소수정예의 멤버이자 마법 딜러를 맡던 여성. 랭킹 5위 '모찌'뿐이었다. 문득, 그녀와 채팅했던 몇몇 장면들이 불현듯 떠올랐다.

[모찌:내 나이는 알아서 뭐 하려고. 그냥 내가 더 어려. 오빠.]

[모찌:오빠들 또 모여?]

[모찌:헤헤, 전 오늘도 일 때문에 바빠서요.]

[모찌:아, 일 너무 고되다. 증말 ㅠ]

[모찌:몰라, 직장 생활이 다 그렇지 뭐.]

약 5년의 만남 동안, 나와 같이 단 한 번도 모임에 참여하지 않았던 그녀. 그런 그녀가 연예인이었다니. 그것도 대부분 사람들이 알아보는 탑급 여배우. 게다가 그 모찌의 친한 동생이 빈서율이었다고? 하하-참, 세상 좁다.

"……그럼 주예린 씨가 모찌?"

"와, 역시! 오빠 맞구나!"

조심스럽게 바라보던 그녀가 내 대답에 활짝 웃었다. 반갑다는 듯이. 하얗고 가지런한 치아를 보이며.

"뭐, 뭐야. 둘이 아는 사이였어요? 그것도 게임에서?"

빈서율이 황당하다는 듯 물어왔다.

그러나, 난 대답하지 않았다. 머리가 복잡했기 때문이다.

'진짜 소수정예 멤버들.'

랭킹 1위, 매우큰사람. 랭킹 2위, 토실토실. 랭킹 3위, 곱창사랑. 랭킹 4위, 비운. 랭킹 5위, 모찌. 그들과는 지금이 아니더라도 언젠가는 만날 거라 생각해 왔다. 아군으로든, 적으로든.

그러나, 그때와 지금은 상황이 많이 다르다.

'그때는 그저 게임이었잖아.'

목숨을 걸지 않았었다. 캐릭터든, 몬스터든. 죽어도 다시 부활할 수 있었으니까. 물론, 누구보다 믿음직스러운 멤버들이었다. 그건 부정할 수 없다. 날 신뢰했고, 누구보다 손발이 잘 맞았으며, 남들이 보면 환상적이라 할 정도의 팀워크를 자랑했다.

'그렇다고 지금 그들을 믿을 수 있느냐?'

그건 다른 문제라 생각했다. 그런데 주예린의 말을 들으니 또 마음이 복잡해진다.

'날 찾아다녔다고?'

그녀는 자신이 알고 있는 정보를 이용해서, 그리고 특전을 이용해서 어느 정도의 힘을 구축했다. 그런데도 자신의 집단을 만들지 않고, 오직 나를 찾아다녔단다. 그것이 의미하는 바가 무엇일까?

"와, 오빠. 진짜 반갑다. 실물로 보니까 엄청 잘생겼네?"

내가 대답이 없자, 주예린이 살갑게 다가왔다. 그래서 대충 떠오르는 대로 대답해 줬다. 머릿속이 복잡했기 때문이다.

"응, 너도 상상보단 많이 예쁘네."

"와, 정말?"

내 솔직한 대답에 이상하게 빈서율이 인상을 찌푸린다. 어라? 서은채는 드래곤의 힐링을 멈춘다.

얘들 갑자기 왜 이래?

뭔가 싸늘해진 분위기.

나는 주변을 돌아다봤다. 어쩐지 조용하다 했더니, 이미 대다수 적군 몬스터들은 정리된 상태다.

'확실히 생존자들도 성장하긴 성장했나 보네.'

다크 엘프랑 언데드족만 조져놓았다고 이렇게 승기를 잡아내다니……. 아, 그 정도면 다 조져놓은 건가?

[메인 퀘스트 ② 3. '집단 방어전']

[일주일의 시간 동안 아라둔 왕국의 성물을 지켜라.]

[제한 시간 16:00:00]

남은 시간도 16시간인데, 벌써 남아 있는 몬스터가 없다. 더 리젠될 몬스터도 없는 것 같고.

어쨌든, 나는 고개를 다시 주예린에게 돌렸다.

"그럼 모찌, 아니, 주예린이라 부르면 되나?"

주예린과 따로 더 대화를 해보기 위해, 상황을 정리하려 할 때였다. 갑자기 땅이 쿠르르- 흔들리기 시작했다.

"꺄악!"

"뭐, 뭐야!"

당황하는 사람들. 순간, 무언가 엄청난 기의 파동이 온 지역을 훑고 지나간다. 소름 돋는 느낌과 섬뜩한 살기. 그리고 곧 이어, 근래 들어 가장 두려웠던 그 메시지가 뜨기 시작했다.

[방어전의 모든 몬스터가 처리되었습니다.]

[삐빅-]

[비정상적인 접근 방식으로 난이도가 상승합니다.]

'뭐, ×발?'

자동으로 욕이 튀어나왔다.

왜? 또 뭐가 튀어나오려고? 이 씨이벌, 개새끼들아! 이제 제발 좀 그만 냅둬라. 응?

쫘아아악!

그러나 부탁을 들어줄 리 없었다.

공간을 찢는 소리가 들렸고.

[근처에 악마족 '아스모데우스'(★★★★★)가 소환됩니다.]

황소의 머리를 한 흉측한 악마 한 마리가 튀어나왔다.

"저, 저건?"

"……아스모데우스?"

아스모데우스라……. 그 섬뜩한 이름을 보는 순간, 나 그리고 주예린은 절망적인 표정을 지을 수밖에 없었다.

'아스모데우스'(★★★★★).

불길하고도 끔찍했던 그 이름. 그 악명 높은 이름을 내 어찌 잊을 수 있으랴.

-전 「몬스터즈」 여기서 접겠습니다. 다들 수고하세요^^.

-잣망겜이 또 사람 하나 보내는구나.

-근데 이거 클리어 한 사람 있기는 함?

-있긴 하지; 근데 우린 못하지;

-이거 만든 운영자 데려와서 시켜봐야 함. 한번 뒈질 때마다 유리병으로 대가리 한 대씩 후드려 까 줘봐야 죄송합니다! 죄송합니다! 외치면서 패치를 하지.

초창기. 많은 랭커들에게 '통곡의 벽'이라 불리던 존재. 게임에 대한 깊은 절망감을 안겨줬던 존재. 여기서 주의할 점은 보통 '유저'가 아닌 '랭커'들의 입에서 터져 나온 불만이라는 것.

그렇다. 놈은 시련의 탑. 그것도 무려 10층에서야 등장하는 보스였다.

'■■■라고 했던가? 또, 그놈의 개입일까?'

「갓 컴퍼니」가 경고했던 존재. 내 존재를 의식한다고 했던 놈.

'눈에 띄지 말라 했었지.'

그러나, 이미 너무 눈에 띄어버렸다. 혼자 언데드족과 리치를 잡아 점수를 독식했고, 시간이 다 지나기도 전에 모든 몬스터들을 궤멸시켰다.

'아무리 그래도 ×발, 이게 말이나 되는 일이냐고.'

욕지거리가 나오지 않을 수 없었다. 아직, 1층을 깨지도 않았는데, 하물며 탑이 나오지도 않았는데, 벌써 10층 보스라니…… 도가 너무 심했다.

-랭커분들. 10층 어떻게 깨야 함? 난 보스 얼굴 본 적도 없음.

-음……. 내가 대충 유형을 살펴봤거든? 근데 이번 층은 여러 명이 공략할수록 불리한 것 같아.

-그게 무슨 말임?

-'아스모데우스' 만나기 전 나오는 몹들 있잖아. 걔네 죽이는 걸 최소화해야 하거든.

-잉? 왜?

초창기. 갓 탑을 오르는 자들이 했던 질문들이 떠올랐다. 물론, 나는 저 대답의 진의를 알고 있다.

놈은 네크로맨서형. 즉, 시체가 많을수록 강해지는 타입이니까.

-쫄따구 죽여봐야 이득 될 게 없어. 더 센놈으로 다시 살아나거든.

-흠, 그럼 어떻게 깨야 하는데?

-솔로, 혹은 최소 듀오로 가야지.

-그렇게 적게?

-응, 최소한의 인원으로 바로 보스를 잡는 거야.

-? 둘이서 10층 쫄따구 잡지 말고 보스한테 달려가야 한다고? 그게 가능함?

-그러니까, 그게 ×같은 거지.

나와 주예린의 안색이 창백해진 이유였다. 왜! 하필! 그 많고 많은 시련 중에 '아스모데우스'가 튀어나온 거냐고.

절망스러운 상황이다. 최악의 상황이다. 왜냐? 성벽 위 그리고 아래 수만 마리의 시체가 널려 있었으니까.

쿠구구구-

흔들리는 땅과 함께, 흉측한 악마 한 마리가 튀어 올랐다. 강력한 에너지의 파동에 바닥에 있는 돌멩이들이 허공에 떠올랐다.

[경고! 경고! 경고!]

[주변에 감당할 수 없는 존재가 출현했습니다!]

"뭐, 뭐예요. 또?"

빈서율이 눈살을 찌푸렸다. 엄청난 존재감. 숨 막힐 정도로 살 떨리는 압박감. 나 역시, 미간을 찌푸렸다.

'……이 정도였다니.'

한숨이 나왔다. 폰 게임에서는 몰랐는데, 현실로 보는 아스모데우스의 존재감은 그야말로 압도적이었다.

['아스모데우스'(★★★★★)의 살기에 노출됩니다! 모든 능력치가 20% 감소합니다!]

쿠그그그-

[경고! 경고! 경고!]

['아스모데우스'(★★★★★)가 '레이즈 데드'를 사용합니다. 강력한 악마의 힘이 지상에 도래합니다. 죽은 자들이 일어납니다.]

구아아아! 그아아아!

끔찍한 소리. 성벽 밑 그리고 위에서, 그동안 죽였던 고블린과 오크 수천 마리가 일제히 일어났다.

"다들 전투 준비해!"

나는 목청껏 외쳤다. 그와 동시에 마음을 다잡고 창을 꺼내 들었다. 남은 시간은 아직 16시간. 놈을 저대로 두면 큰일이다.

"오빠"

주예린이 달라붙어 내 옷깃을 다급하게 잡은 것은 그때였다.

"미쳤어? 지금 레벨에 혼자 가면 그냥 즉사야!"

역시, 그녀는 내가 뭘 하려는지 알고 있었다. 난 반말로 편히 말하는 그녀를 바라봤다.

모찌라 불러야 할까. 예린이라 불러야 할까. 넷상에서는 친했는데, 막상 얼굴을 마주하니 어색하다. 뭐, 일단 지금은 그게 중요한 게 아니니…….

"주예린, 네가 여기를 맡아라."

"정말 갈 거라고?"

"지금으로선 방법이 없잖아."

놈이 사용하는 기술 '레이즈 데드'. 죽은 자들을 더 강화시켜 일어나게 하는 사기 중의 사기 스킬이다. 다만 다행인 건, 놈의 소환술은 단계적으로 이루어진다는 점. 특히, 오래된 시체부터 살리는 특징이 있다.

"그, 그래도!"

"저놈 기억나지? 지금은 다행히 고블린, 오크 무리만 소환했지만 저대로 내버려 두면 곧 다크 엘프 무리까지 소환할 거야. 그뿐이면 다행이게? 내가 죽였던 언데드족이랑 리치도 살려내겠지."

"헐, 미친. 리치도 죽였었어?"

"어쨌든, 놈이 고등급 몬스터들을 소환하게 되면 그땐 다 ×되는 거야. 그때 가선 어떻게 할 도리가 없어. 이건, 내가 가야만 해."

시련의 탑 10층의 공략법. 그건, 바로 놈과의 1:1 근접전에 있다. 놈은 안전주의를 지향한다. 즉, 누군가 가까이 있을 때, 절대 '레이즈 데드' 스킬을 사용하지 않는다. 그 스킬을 사용하는 순간은 무방비하기 때문이다.

"그럼, 나도 갈래! 내 아그니스가 도움이 될 거야."

"아니, 기둥을 지킬 사람은 필요해. 최악의 상황이 온다는 가정 하, 네가 없으면 16시간은커녕 1시간도 못 버틸 거야."

"그치만……."

사실, 답이 없는 상황이긴 했다.

지금 내 스펙으로 놈과 1:1을 펼친다? 바로 죽음이다.

그렇다고 가만히 있는다? 놈은 편하게 그동안 죽여왔던 모든 몬스터들을 살려낼 테고, 그때 역시 죽는 것은 마찬가지다.

결국, 이래도 저래도 죽음. 그래도 그나마 가능성이 있는 건, 내가 놈에게 붙어 최대한 시간을 버는 거다. 은신도 있고, 도약도 있으니 어떻게든 되겠지.

"소수정예에 들어오고 싶다 했지?"

"어? 응……. 원래 원년 멤버였으니까."

"그럼 최대한 버텨내. 버텨내면 단원으로 받아주지."

"끄읍."

과거 '소수정예'의 모토 역시, 작전 간 절대 복종이다. 그리고 주예린, 그러니까 모찌는 지난 5년간 내 말에 토 한번 달지 않고 복종했던 그런 단원이었다. 어느 정도였냐면, 내 말 한마디에 6성짜리 몬스터들을 눈앞에서 갈아버린 적도 있다.

"알겠어, 리더. 죽지마!"

"넌 내가 아스모데우스한테 죽을 사람으로 보이냐?"

내 질문에 그녀가 장난스레 웃는다. 이제야 좀 어색함이 가

신다.

“헤헷, 그럴 리가. 겨우 아스모데우스 따위가 ‘비운’ 오빠를? 수백 고인물들이 비웃을걸?”

“그럼 간다. 믿고 맡길게.”

시간이 없었다. 또다시 펼쳐진 놈의 ‘레이즈 데드’ 다시 한번 고블린과 오크 수천 마리가 일어섰다.

“뿔하피!”

끼아아아!

반인반조. 뿔하피가 튀어나와 곧바로 날 태웠다. 역시, 혼자 갈 때는 켈피보다 뿔하피가 편하다.

휘우웅-

나는 허공에 뜬 채 아라둔 성을 내려다봤다. 다시 한번 벌어진 치열한 전투. 그리고 멀리서 계속 주문을 외는 ‘아스모데우스’

[제한 시간 15:49:30]

나는 남은 시간을 바라보며, 뿔하피의 어깻죽지를 꽉 부여잡았다. 그러자 빠른 속도로 비상하는 뿔하피. 곧이어, 아스모데우스가 있는 방향으로 활강했다.

‘후우, 정신 차리자.’

눈을 감았다. 그리고 거친 바람을 맞으며 심호흡했다. 폐에 활기가 가득히 들어차는 것을 느끼며 생각했다.

‘……어떤 새끼가 장난질을 치는진 몰라도.’

아직, 뭐가 뭔지는 모르겠다. 왜 자꾸 비정상적인 접근이 뜨는지. 왜 정체 모를 존재가 나에게만 관심을 주는지. 갓 컴퍼니와 놈이 어떤 관계인지. 다만, 확실한 건 내 존재로 인해 대전의 많은 인원이 피해를 보고 있다는 것.

'그냥 당해주진 않을 거야.'

항상 그렇듯, 어떻게든 막아낼 거다.

그리고 보란 듯이 살아남을 거다.

대전이라 생각할 수 없는, 빈 허허벌판. 그곳에 착지한 나는 뿔하피를 소환 해제했다. 그리고 곧바로 켈피를 소환했다.

'일단, 놈의 레이즈 데드부터 끊어야 해.'

놈의 인식 범위는 리치와 같은 200m. 거기까지 붙은 다음, 소환을 끊고 재빨리 도망쳐야 한다.

"이랴."

켈피의 허리를 박찼다. 달려 나가면서 전방을 바라봤다. 막대한 존재감을 뿜어내고 있는 놈이 보인다.

황소머리, 인간의 몸, 뱀 꼬리. 마치, 키메라를 연상케 하는 놈.

[크크크크크]

칠판을 긁는 듯 소름 끼치는 소리가 고막을 때렸다. 순간, 온 공간을 가득 채우는 강렬한 살기. 앞을 보니, 놈이 외우던 주문을 멈추고 날 쳐다보고 있었다.

'제기랄.'

스머드는 공포에 나도 모르게 창을 꽉-움켜쥐었다. 어느 정도였냐면, 음…… 리치가 귀여워 보일 정도였다.

"은신."

나는 곧바로 스킬을 통해 숨었다.

지금부터 해야 할 일은 간단했다. 놈의 스킬을 최대한 차단하면서도, 1:1로 맞붙는 것은 피한다. 뿔하피를 쓰던, 켈피를 쓰던 최대한 도망 다녀야 한다.

'그렇게 제한 시간만 버티면 돼.'

약 16시간. 그 동안만 버텨내면, 메인 퀘스트가 종료된다. 그와 동시에, 놈도 사라질 거다.

'지금으로서는 절대 못 잡으니까.'

놈과의 1:1? 10초는 버틸 수 있을까?

내 레벨 해봐야 겨우 27. 가지고 있는 몬스터도 6성이 아니다. 그야말로 달빛 앞 반딧불. 그 많은 고인물들을 울렸던, 시련의 탑 10층 보스에게 비빌 만한 스펙이 아니었다.

[크크크, 허튼 수를 쓰는구나.]

놈의 목소리가 들린 것은 그때였다. 오감을 불쾌하게 만드는 꺼림칙한 음성.

'뭐야?'

곧이어, 느껴지는 기시감. 무언가 좋지 않은 예감이 들었을 때였다.

[경고! 경고! 경고!]

[시스템 에러. 시스템 에러. 치명적인 버그가 존재합니다.]

['은신'이 파훼 됩니다.]

[지금부터 거동이 제한됩니다!]

순간, 시야가 일그러졌다. 그리고 뭔가에 끼인 듯 몸이 움직이지 않는다. 켈피 역시 마찬가지인 듯 낑낑댄다.

당황스러웠다. 내가 알기론 '아스모데우스'의 스킬 중 이런 건 없었으니까.

[크크큭, 역시 그대라면 이곳으로 올 줄 알았다.]

놈이 천천히 다가오기 시작했다. 제기랄. 이마가 축축했다. 식은땀이었다. 발버둥 쳐봐도 움직이지 않는다. 이대로라면 그냥 개죽음인데.

[그대여, 너무 긴장하지 말아라.]

놈이 대화를 걸어왔다. 분위기를 보아하니 곧바로 죽일 것 같지는 않았다.

[궁금한 것이 많을 테지.]

"말해줄 거 아니면 꺼져라."

[크크크큭, 역시 재밌어. 과연 대단한 투지. 주인님께서 관심 가질 만하구나.]

놈이 낄낄거리며 웃어댄다. 머리가 아파왔다. 내 마음대로 통제할 수 없는 이 상황 자체가 맘에 들지 않았다.

놈은 왜 날 죽이지 않는 걸까. 그렇다는 건 뭔가 원하는 게 있다는 소리? 또, 주인님은 뭐야?
"본론만 말해라. 황소 대가리."
[역시 영리하구나. 네게 용건이 있단 걸 캐치하다니.]
"잡소리 말고."
[사실, 그대에게 궁금한 게 있어서 말이야.]
"네놈이?"
[크크큭, 그럴 리가. 당연히 우리 주인님이시지.]
"네 주인이 누군진 모르겠지만, ×이나 까 잡수라 해."
왜 이렇게 날카롭게 대답했는지는 모르겠다. 짜증일까. 용기일까. 단, 한 가지 확실한 건, 내 성격이 많이 변했다는 것. 하긴, 그동안 생사를 넘나든 게 얼만데.
[쯧, 그렇게 비협조적이면 곤란하지.]
스르릉-
놈이 뾰족한 꼬리를 움직여 내 목젖에 가져다 댔다. 소름 끼치는 촉감이 느껴졌다.
"내가 겁낼 줄 아는 건가?"
[크큭, 그렇다면?]
"네놈은 날 죽일 생각이 없지. 고로 겁낼 필요도 없어."
이 정도쯤은 정신만 차리고 있으면 알 수 있다. 두려움에 뇌를 지배당하지만 않는다면, 누구라도 알 수 있는 상황이었다.
'그게 힘들겠지만.'
놈은 기회가 있음에도 날 죽이지 않고 있다. 고로, 나에게 다른 목적이 있단 것. 별 시답잖은 얘기만 나누다 홧김에 죽일 정도였으면 진즉에 죽였을 거다.

[크하하하, 과연! 좋다. 예의를 갖추지.]

놈이 꼬리를 내린다.

"예의?"

[별거 없다. 난 그저 주인님의 뜻대로, 그대에게 이 세계의 진실을 전해주고 싶을 뿐.]

뭐? 이 세계? 진실?

아지랑이 낀 듯 잘 보이지 않는 시야.

그 와중에, 아스모데우스의 모습이 어렴풋이 보인다. 한층 여유로운 말투로 날 상대했던 놈의 표정은 놀랍게도 진중하게 굳어 있었다. 마치, 일생일대의 중요한 작업을 하는 것처럼 신중해 보였다. 난 그런 그에게 물었다.

"지금 이 세계의 진실이라고 했냐."

[그렇다. 인간이여.]

"그래, 어디 들어나 보자. 도대체 이 빌어먹을 세계는 뭐지? 갑자기 왜 게임이 현실이 된 거냐."

울분이 터져 나오는 질문이었다. 정체도 모르는 자들에게 끌려와, 삶과 죽음의 사이에서 생존을 강요받았다.

수많은 사람들이 죽었고 강제로 이별을 맛봤다.

그뿐이랴? 생전 휘둘러 보지도 않았던 창을 사용해야 했고 살기 위해 매 순간 목숨을 걸어야 했다. 피와 땀을 흘렸고 끔찍한 고통도 겪었다.

내가 왜! 도대체 우리가 왜? 왜, 이런 고통을 느껴야만 하는

가! 이유라도 좀 알고 싶었다.

[미안하지만, 그대들을 이곳에 데려온 것은 우리들의 선택이 아니었다.]

"뭐라고?"

[우선, 그전에 하나 묻지. 그대는 「갓 컴퍼니」를 얼마나 신뢰하는가.]

"……갓 컴퍼니?"

놈들에 대해서도 아는 게 하나 없는데 신뢰는 무슨 놈의 신뢰. 나에게 좋은 특전을 넘겨준 것은 고맙지만 놈들 역시 도통 속내를 알 수가 없다.

'아는 거라고는.'

대표이사 레너드. 나에게 탑을 올라달라 부탁했던 존재. 그 놈의 존재뿐이다.

[그래, 지구에서 너희들에게 핸드폰 게임이라는 명목으로 「몬스터즈」를 전파했던 그들 말이다.]

"몰라, 적어도 너희들보다는 신뢰하고 있겠지."

지금까지의 추이로 봤을 땐 그랬다. 「갓 컴퍼니」는 내가 살기를 바라며 여러 가지 특전들을 쥐여준 반면, 놈들은 '비정상적 접근' 메시지나 띄어가며 날 죽이려 했으니까.

"적어도 「갓 컴퍼니」는 날 죽이려 하진 않잖아."

내 간단한 대답에 놈의 입술이 비틀어졌다.

[크크큭, 잘도 속고 있군.]

"속는다?"

[설마, 주인님이 그대에게 고작 그 정도 시련을 줬다는 이유로, 「갓 컴퍼니」를 믿는다는 건가?]

"믿는다는 말은 한 적 없다. 그리고 방금 시련이랬냐? 너희 족속들은 살인미수를 시련이라 부르나 보지?"

[……그대는 아무것도 모른다.]

놈의 황소 눈깔이 번뜩였다. 그리고 낮은 목소리로 말을 이었다.

[그대가 얼마나 특별한 존재인지 말이야.]

"……."

[우리 주인님께서는 과거, 오래전부터 그대를 주시해 왔지. 그리고 그대를 인정했어. 그대가 더 성장할 수 있도록 간섭력을 사용해 시련까지 줘가면서 말이야.]

그게 무슨 개소리야? 여태껏 펼쳤던 시련이 날 성장시키려는 목적이었다고? 그럼 저놈도 날 성장시키려는 목적이여야 하겠네?

"근데, 왜 하필 너냐?"

[……갑자기 그게 무슨 말인가. 인간.]

"네르갈이니 뭐니, 다른 탑의 보스들도 많을 텐데 왜 하필 너란 말이냐고."

시련의 탑에는 10층마다 보스가 존재한다. 그것이 탑의 메커니즘이다.

"그것도 최약체인 너말야, 너."

이거는 떠보는 거다. 놈의 '주인'이 누군진 모르겠지만, 느낌상 탑의 주인일 것 같거든. 레너드가 말했던 '■■■'인 것 같기도 하고. 아마, 놈의 반응을 살펴보면 알 수 있을 거다.

[……호오, 질문을 보니 그 짧은 시간에 많은 생각을 한 모양이군.]

"생각해 보니 이상하잖아. 지금 날 묶고 있는 스킬. 분명 네 스킬이 아니거든. 그 말은, 네놈의 주인이란 작자가 개입하고 있는 게 분명한데. 왜 직접 모습을 드러내지 않고 네가 대리인으로 나온 거지? 다른 이유가 있나?"

[역시, 대단해. 많이 근접했어.]

놈이 이죽거렸다.

[그러나, 그대가 잘못 알고 있는 것이 있다.]

"뭔데."

[그대가 알고 있는 그 탑의 '아스모데우스'와 현재의 나는 아예 다른 존재라는 것.]

"그게 무슨 헛소리냐."

[미안하지만, 사정이 있어 그 이상은 말해줄 수 없겠군.]

"뭐야, 갑자기. 네놈들도 간섭력이니 뭐니, 그것 때문이냐?"

[……잘 아는군.]

"……염병."

간섭력. 「갓 컴퍼니」의 쪽지에 쓰여 있던 그것. 두통이 일었다. 도대체가 말을 해주질 않으니 알 수 있는 게 있어야지. 짜증이 일었다.

[하여튼, 갓 컴퍼니는 그대가 생각하는 것보다 더 음흉하고도 음습한 존재. 너희 인류를 시련의 구렁텅이로 밀어 넣고 있

는 악당 중의 악당이다.]

놈이 단호하게 고개를 끄덕이며 말했다. 그래서 나도 단호하게 말해줬다.

"그래서 뭐?"

[응?]

"갓 컴퍼니가 악당인데 나보고 어쩌라는 거지? 뭐, 이제 와서 함께 손잡고 싸우기라도 하자는 건가?"

놈이 살짝 당황하는 기색이다. 쯧, 저게 날 뭐로 보고 약을 파나.

"개소리도 정도껏 해라."

[뭐라고?]

"죽이려고 할 때는 언제고, 갑자기 나타나서 시련이었다느니 그딴 잡소리 지껄이면 내가 믿어줄 줄 알았냐? 그래, 그럼 반대로 내가 묻자. 「갓 컴퍼니」에게 정의가 없다고 주장하는 네놈들. 그런 네놈들에겐 어떤 정의가 있지?"

[크크큭.]

"말은 그럴싸하게 하고 있지만, 내 눈에 네놈들이나 갓 컴퍼니나 다를 게 없어."

[크하하하.]

재미있다는 듯 웃는 아스모데우스. 곧이어 놈이 다가와 내 목을 잡았다. 강한 압력에 숨이 턱 막혀온다.

쯧, 그래 대화가 안 되니 폭력부터 쓰는 놈들. 그런 놈들의 말을 믿을 필요 없지.

"거기까지."

누군가의 목소리가 들린 것은 그때였다. 뭐야, 이번엔 또 뭔데? 몰아치는 상황에 머리가 지끈거린다.

[음?]

"후우, 여기까지 내려왔어? 참, 귀찮게도 한다."

[뭐, 뭐야. 네놈은! 어떻게 벌써!]

"닥쳐라. 고작 그딴 수법이나 처 부리고 있으니, 니들이 만날 싸움에서 지는 거다."

자세히 보니, 웬 시커먼 복장에 가면을 쓴 강인해 보이는 사내가 걸어오고 있었다. 그리고 그는, 가벼운 대나무 죽창을 들고 있었다.

'누구지?'

나는 심연의 눈동자를 활성화했다.

[Error! Error! Error!]

[능력 차가 과합니다.]

['심연의 눈동자'(EX급) 사용이 제한됩니다.]

'뭐야.'

스킬이 통하지 않는다.

[어, 어떻게 찾았지?]

"저 봐. 당황하는 거. 전형적인 사기꾼의 모습이지."

사내가 창을 한 번 떨쳤다. 그와 동시에 사라지는 안개. 그리고 숨 막힐 듯 조여왔던 포박이 사라졌다.

드디어 몸을 움직일 수 있었다. 답답함이 가셨다. 날 풀어준 건가?

[이건, 말도 안 돼! 분명 간섭력의 한계가 존재할…….]

"닥치는 게 좋을 거다. 그게 네 주인을 위하는 길이기도 할 테니."

[흐읍-]

정체불명의 사내가 창을 들었다. 그 순간 느껴지는 엄청난 존재감. 숨이 턱턱 막혔다. 모든 공간이 침묵에 휩싸였다. 저 멀리서 싸우던 성벽마저 조용해졌으니 말 다 했지.

그리고 더욱 놀라운 점. 그 까다롭고도 강력했던 아스모데우스가 덜덜- 떨고 있었다.

그 흉포하면서도 오만했던 놈이 저런 모습이라니.

'……누구지?'

사내는 천천히 나에게 다가왔다. 마치 태산이 움직이는 듯한 느낌. 그가 입을 열었다.

"담건호, 좀 전까지 놈이 지껄였던 헛소리는 잊어도 좋다."

담담하면서도 힘 있는 말투. 나는 궁금했다. 그래서 물었다.

"넌, 누구지? 날 아나?"

"쩝, 이게 이런 기분이었겠군."

"뭐?"

"아니다. 그냥 대충, 갓 컴퍼니 직원 중 하나라고만 알아둬라."

"갓 컴퍼니? 직원?"

혼란스러웠다. 그러니까 지금, 이 상황을 판단해 보자면…… 놈들의 상대인 「갓 컴퍼니」에서 놈들보다 더 센 상대를 보냈다는 건가? '아스모데우스' 정도는 한방에 찜 쪄먹을 수 있는 그런 존 재를?

도대체 「갓 컴퍼니」와 시련의 탑은 어떤 관계가 있는 걸까. 왜 내가 저들 사이에 끼어 있는 걸까.

"궁금하겠지. 하나, 알다시피 간섭력 때문에 대답해 줄 수 있는 게 제한된다. 이해해 줘라. 어차피 탑을 오르다 보면 자연스레 알게 될 터. 사실 나도 복잡해. 방금 알았거든."

"……."

나는 한마디도 뻥긋할 수 없었다. 사내를 뭐라 정의해야 할지 모르겠다.

「몬스터즈」에는 없었던 존재. 그러면서도 절대 이길 수 없을 것 같은 그런 엄청난 존재. 그저 덜덜 떨며 한마디도 못 뱉는 아스모데우스만 봐도 안다. 사내가 얼마나 위험한 자인지.

그리고 그는 무척이나 피곤해 보였다.

"담건호."

사내가 창을 들었다.

"집중해서 잘 봐라. 아, 그래. 그냥 갓 컴퍼니가 주는 또 하나의 특전이라 생각하는 게 편하겠다."

그리고 아스모데우스를 향해 찌르기 자세를 취했다.

'허?'

속으로 탄성을 질렀다. 그것은 놀랍게도 내가 알던, 아주 익숙한 자세. 베르트랑 창술의 자세였다.

두근!

가슴이 뛰었다. 알 수 없는 힘이 피어올랐다. 피가 거세게 들끓기 시작했다.

"이것이 바로."

[뭐, 뭐, 뭐, 뭐야! 자, 잠깐!]

아스모데우스가 비명을 질렀다. 하지만 사내는 곧바로 죽창을 찔렀다. 가벼우면서도 무거운, 그러면서도 완벽한 동작.

쿠웅!

심장이 내려앉는 느낌이 들었다. 그리고 보여지는 말도 안 되는 광경. 고작 창 한방에, 찌르기 한방에, 아스모데우스가 눈 녹듯 사라졌다. 없어져 버렸다. 곧이어, 사내가 대나무를 거두어들이며 말을 이었다.

"……이것이 바로, 찌르기의 극의. 섬창(殲槍)이다."

소름 끼칠 정도로 비정상적인 광경. 머리로는 이해가 안 됐지만, 가슴으로는 이해가 됐다. 창의 움직임이 무언가 익숙했다. 마치, 원래 내 것이었던 것처럼 친근했다.

[깨달음을 얻습니다.]

[아레스의 본능이 일어납니다.]

[신비한 힘이 간섭합니다.]

[캐릭터 스킬 '만류귀종'(S급)을 획득합니다.]

'……만류귀종?'

이건 뭐지? 아, 그러고 보니 여태껏 창술은 배웠는데 스킬이 없었구나.

"담건호."

곧이어, 그가 다시 말을 걸었다. 난 그저 창을 움켜쥔 채로 말없이 쳐다봤다. 궁금한 것이 많았지만, 무형의 기운이 입을 틀어막고 있었다. 그의 짓이 분명했다.

"조만간 또 볼 거다. 내가 해줄 수 있는 말은 그냥, 지금처럼 생존하라는 것."

"……."

"오직 자신만 생각해라. 누구도 믿지 마라. 저놈들이나 갓 컴퍼니나 다 개새끼들이니까."

이내 사내가 걸음을 옮겼다. 내가 멍하니 바라보는 사이, 그는 마치 원래부터 없었던 것처럼 사라졌다. 아무 소리도 내지 않고, 그저 안개처럼.

그래서 난 그가 누군지도 묻지 못했다.

[모든 적이 사라졌습니다.]

[축하드립니다. 조건을 만족합니다.]

[메인 퀘스트 ② 3. '집단 방어전'이 종료되었습니다.]

[생존자 전원에게 특수한 보상이 지급됩니다.]

[현재 채널:대전]

[채널 인원 총 50,231/71,658명]

[기본 보상:+10,000골드]

잠깐 넋을 놓는 동안, 떠오르는 메시지.
성벽에서 벌써 마무리 지은 건가?

[아라둔 국왕이 순위를 집계합니다.]
[남은시간 00:30:00]

[개인 순위]
[1위 -담건호:261,230점]
[2위 -주예린:106,110점]
[3위 -빈서율:31,540점]

[집단 순위]
[1위 -소수정예:341,201점]
[2위 -으르렁:108,110점]
[3위 -없음:106,110점]

마침내, 우여곡절 두 번째 메인 퀘스트의 여정이 끝났다.
우리 집단이 대다수의 포상을 휩쓴 채로.
사내가 사라진 후, 허허벌판에 덩그러니 남겨진 나.
"후, 이게 다 뭐냐."
정신이 하나도 없었다. 한차례 폭풍이 휩쓸고 지나간 듯 그저 멍했다.

이걸 뭐라 표현해야 할까. 그래, 너무 갑작스러운 전개였다. 그것도 전후상황을 하나도 파악하기 힘든 그런 막장 전개.

'일단은…… 퀘스트가 끝났으니 돌아가야겠지.'

아라둔 성문을 바라봤다. 퀘스트 클리어를 축하라도 하듯, 성문이 활짝 열렸고 폭죽과 빵빠레가 터지고 있었다. 저것도 시스템인가?

와아아아!

사람들의 함성 소리가 여기까지 들려왔다. 승리, 그리고 또 한 번의 생존에 기뻐하고 있었다.

그러나, 난 마냥 기뻐할 수 없었다. 머릿속이 복잡했기 때문이다. 다른 이들은 모르는 이 세상의 비밀. 그 비밀에 나 혼자 한 발짝 걸친 기분이었다.

갑자기 등장했던 악마 아스모데우스, 그리고 정체불명의 사내.

'그러니까 대충 정리해 보자면.'

먼저, 아스모데우스. 놈은 세상을 요지경으로 만든 게 본인들이 아니라 했다. 그러면서, 「갓 컴퍼니」를 깎아내렸다. 마치, 내가 그들과 척을 지기 바라는 것처럼.

다음은, 죽창을 들고 있던 사내. 본인을 「갓 컴퍼니」의 직원이라 칭한 그는, 아스모데우스의 언급을 전부 헛소리로 취급했다. 그러면서, 그 누구도 믿지 말라 했다. 두 집단 전부 개새끼니까, 그냥 생존에만 신경 쓰라 했다.

'참…… 뭐가 뭔지.'

「갓 컴퍼니」 직원이란 사람이 「갓 컴퍼니」를 개새끼라 칭하다니……. 뭐, 직장인이 자기 회사 욕하면서도 잘 다니는 거랑 같은 이치일까?

뭔가 이상했지만, 사실 큰 상관은 없다.

'달라질 건 없으니까.'

내 목표는 오직 하나. 생존. 그 외 누구의 말도 믿지 않는다. 오직, 나와 내 동료들의 살길만 모색하면 된다.

다만 짜증 나는 건, 예전보다 기분이 더러워졌다는 거.

"제기랄."

스테이터스나 확인해야겠다.

[이름:담건호]

[나이:30]

[집단:소수정예]

[레벨:27 (Exp 120,000/1,300,000)]

[보유 몬스터:52]

…….

[등록 몬스터:3/4]

'연옥 뿔하피'(★★), '엔트로피'(★★★), '유령마 켈피'(★★★★)

[보유 스킬:4/4]

'심연의 눈동자'(EX급), '아레스의 본능'(S급), '네르갈의 재판'(S급), '만류귀종'(S급)

[능력치]

힘59, 민첩48, 체력59, 화염 저항2, 냉기 저항4

[보유 아이템]

실전용 강철 창.

최상급 몬스터 소환 이용권 1개.

[보유 골드]

52,800 골드

'……만류귀종.'

정체불명의 죽창 사내가 남겨두고 간 스킬. 그가 고작 대나무 쪼가리를 찔러넣는 것을 목도했다는 이유만으로 스킬이 생성되어버렸다.

두근!

어떤 스킬일까.

[스킬:만류귀종]

[등급:S급]

[특성:패시브(Lv.1)]

[어느 절대자가 펼친 창술의 극의를 보고 큰 깨달음을 얻었다. 모든 줄기와 물결, 흐름은 결국 한곳으로 모이게 되는 법. 한 가지 무술만 파도, 무(武)의 극의를 볼 수 있게 해준다. 한 가지 무술의 습득력을 향상시켜 준다.]

[무술 지정:'베르트랑 스피어'(B급)]

'……허.'

딱, 나를 위한 스킬. 사실 고민했었다. 방대한 「몬스터즈」 세계관에서 베르트랑 가문의 창술이 최강일 리 없는데, 이 창술만 고집하다 그 틀에 갇혀 버릴까 봐.

봐라. 고작 B급 창술이지 않은가. 그러나 이 스킬만 있으면, 베르트랑 창술만 파도 결국 극의를 볼 수 있게 해준단다. 한계를 뚫을 수 있게 해준단다.

'그때 그 찌르기, 섬창(殲槍).'

온몸에 전율이 이는 힘. 심장을 저릿하게 만드는 압도적인 기술.

'과연, 나도 그 사내처럼 할 수 있을까?'

아마, 만류귀종 스킬의 레벨을 올리다 보면 답이 나올 거다.

다그닥- 다그닥-

켈피를 타고 달리다 보니, 얼마 있지 않아 일행들 앞에 도착했다. 그들은 성벽 위에 모여 있었다. 석궁을 정비하던 빈서율이 나를 먼저 확인하고 벌떡 일어났다.

"건호 씨!"

"헉, 자네, 어떻게 된 건가! 정말 혼자 아스모데우스를 처리한 건가?"

"괜찮으시오?"

나머지 일행들도 날 반겼다. 난 다가오는 그들을 일일이 확인하고 인사했다. 모두 무사해서 다행이었다.

그리고.

"나 버텨냈어. 약속 지켜, 오빠."

모찌, 주예린 역시 일행들과 함께 있었다. 일행들은 어떻게 아스모데우스를 처리한 건지 물어왔지만, 굳이 답하지 않았다. 나도 알지 못하는 정보를 시시콜콜 나열하고 싶지 않았기 때문이다. 귀찮기도 했고.

"어쨌든 다들 고생하셨습니다. 이제 큰 줄기 하나가 끝났네요."

마침내 스케일이 컸던, 두 번째 메인 퀘스트가 끝났다. 남은 것은 국왕의 보상. 빈서율의 대리 뽑기. 그리고 주예린의 입단이다.

나는 내친김에 주예린을 불렀다.

"주예린."

"응. 리더."

마치 이미 '소수정예'의 멤버로 입단하기라도 한 듯 웃으며 말하는 그녀. 나 역시 마주 웃어줬다. 음, 약속은 약속이니까…….

"입단 축하해."

"응, 고마워."

"혹시 모르니까, 입단은 보상받고 하자."

"아, 혹시 보상 겹칠까 봐?"

집단 '소수정예'는 단체 1위, 집단 '없음'은 단체 3위. 가만히 있으면 두 개의 보상을 받을 수 있는데, 굳이 먼저 입단시킬 필요는 없다. 알아서 잘 계산하겠지만, 괜히 오류라도 발생하면 크나큰 손해니까. 버그라고 따질 곳도 없고.

"잘 알고 있네."

"오케이! 알겠어."

그렇게 우리는 잠깐의 휴식을 취했다. 지속된 전쟁으로 피로와 배고픔이 쌓였던지라, 가볍게 배를 채웠다. 오래간만에 먹는 빈서율과 서은채의 요리는 끝내줬다. 어째 갈수록 실력이 느는 느낌이었다.

그리고 시간이 더 흘렀을 때.

[남은시간 00:00:00]

[아라둔 국왕이 포상을 결산합니다.]

[축하합니다! 개인 순위 1위를 달성하셨습니다!]

[특수 보상:국왕 알현, 최상급 랜덤 스킬 박스×3]

[축하합니다! 집단순위 1위를 달성하셨습니다!]

[보상은 집단장이 대표로 받습니다.]

[특수 보상:레벨업 주문서 ×30]

[잠겨 있던 '터' 짓기 제한이 해제됩니다.]

[3시간 후, 새로운 메인 퀘스트가 시작됩니다.]

그와 동시에 날아오는 쪽지.

[국왕으로부터 쪽지가 도착했습니다.]

"열람한다."

-반갑소. 영웅 담건호여.
나는 아라둔 왕국의 국왕.
거대한 위협으로부터 우리 왕국을 지켜줘서 고맙소.
이번 공성전 일등 공신인 그대에게 자그마한 선물을 하나 준비했소.
그대 혼자, 나를 만나러 궁전으로 와주시오.
경비병들에게 초대장을 보여주면 안내해 줄 것이오.
그럼 조만간 보도록 하지.

'으음.'

쪽지의 내용은 심플했다. 역시 예상대로 국왕이 선물을 준비했다. 그리고 그 선물을 받고 싶으면, 직접 찾아오라는 건데.

'기대되네.'

무려 7만 명짜리 퀘스트의 1등 보상. 채널이 총 7개니까 1 서버에서 총 7명만 받을 수 있는 보상일 텐데, 나 역시 경험해 보지 못한 보상이라 설레는 감정이 들었다.

"다들 휴식하면서 기다리세요. 금방 다녀올 테니까."

남은 시간은 약 3시간. 후딱 받고 와야지.

나는 일행들에게 간단히 설명 후, 중앙으로 이동했다. 성문 내벽을 뚫고 지나자, 으리으리하게 지어진 황금 궁전이 보였다.

'돈이 많은 왕국인갑네.'

근처 문 앞에 경비병이 보였다.

"저기."

창을 들고 판금 갑옷을 입은 그는 꽤나 레벨이 높아 보였다.

"무슨 일인가."

딱딱하게 답하는 경비병. 나는 슬며시 초대장을 내밀었다.

그러자 각 잡힌 듯 경례를 올린다.

"충성! 실례했습니다! 아라둔의 영웅을 뵙게 되어 영광입니다!"

"아, 어디로 가면 될까요?"

"제가 모시겠습니다! 따라오십시오!"

깍듯하게 대답하는 경비병. 나는 그를 따라 왕궁 안쪽으로 이동했다.

끝없이 긴 복도, 화려한 문양이 새겨진 벽, 아름다운 그림들로 디자인된 천장, 고급 비단으로 수놓아진 카펫과 은은한 조명.

'……대단하네.'

평생 흙수저로 살아온 나에겐 나름의 충격이었다.

5분쯤 걸었을까, 커다란 문이 보였고 경비병이 다가가 열었다. 그러자 왕좌에 앉아 있는, 풍채 있는 모습의 국왕이 보였다.

[아라둔 왕국의 국왕을 알현합니다.]

[캐릭터 '담건호'의 육체에 아라둔의 축복이 깃듭니다.]

[힘 +1, 민첩 +1, 체력 +10이 영구적으로 증가합니다.]

'오, 이런 소소한 선물을?'

안 그래도 요즘 들어 훈련량이 부족해서 짜증 났는데……. 그 시간을 보상받는 느낌. 마치, 가뭄에 단비가 내리는 기분이었다.

"아라둔 왕국의 영웅이여. 왔소?"

곧이어, 국왕의 온화한 목소리가 들렸다.

"그렇습니다."

예법은 모르지만, 일단 정중히 고개를 숙였다. 분위기상 그래야만 할 것 같았다.

"그대는 우리 아라둔의 은인. 이번 전쟁에서 압도적인 공을 세운바, 내 먼저 감사의 인사를 올리리다."

국왕이 미소지으며 일어났다. 그러더니 나에게 고개를 숙이며 인사했다. 그래서 나 역시 마주 숙였다.

"그저, 보이는 대로 죽인 것일 뿐. 별일 아니었습니다."

"허허, 그게 별일 아니라니 겸손이 지나치시오. 아, 내 부족하지만, 성의를 준비했으니 괘념치 말고 받아주시오."

"저야 감사합니다."

고개를 세운 국왕이 옆 호위 기사에게 지시를 내렸다.

"여봐라."

"예, 전하."

"포상을 가져오너라."

"명을 받듭니다. 전하"

곧이어 가져오는 포상은 웬 푸른 종이 쪼가리였다. 나는 기사에게 그것을 건네받았다.

['왕국 보물 창고 이동 주문서'를 획득합니다.]

'오. 창고로 이동할 수 있는 건가 보네.'

척-

반듯이 돌아서는 기사.

"유구한 역사를 자랑하는 우리 왕국은 수많은 전설의 보물들을 가지고 있소. 그 주문서를 찢어 이동하면 그중 하나만 골라 가져나갈 수 있을 것이오."

전설의 보물이라. 들어가서 봐야겠지만, 범상치 않을 것 같은 느낌이 들었다.

"지금 바로 찢으면 됩니까?"

"그러시오. 아마, 크게 만족할 거요."

왕의 대답을 끝으로, 나는 재빨리 주문서를 찢었다. 「몬스터즈」의 고인물이었던 나도 처음 보는 보상. 빨리 그 보물들을 확인해 보고 싶었다.

['왕국 보물 창고 이동 주문서'를 사용합니다!]

시야가 뒤바뀌었다. 국왕과 그의 수하들이 사라졌고 눈앞에 나타난 것은 낯선 동굴이었다.

동굴은 컸다. 천장이 어렴풋이 보일 정도로 높았고, 통로도 셀 수 없이 많았다.

타닥! 따닥!

각 벽에서 타오르는 횃불이 주변 공간을 은은하게 비추고 있었다. 무언가 고풍스러운 느낌.

'저건 사파이언가?'

각 횃불 밑에 매달려 있는 빛나는 보석들. 과연, 이곳이 왕국의 보물 창고라는 것을 뽐내듯 동굴 역시 궁전 못지않게 으리으리했다.

'대단하네.'

그 자리에서 가만히 둘러보고 있자, 한쪽 통로에서 고블린 한 마리가 걸어 나왔다.

"케륵-"

뭐지? 웬 고블린? 사냥할 몹도 있는 건가?

즉시 창을 꺼내자, 고블린이 고개를 꾸벅 숙였다.

"케르륵, 왕국의 영웅이시여. 기다리고 있었습니다. 케륵-"

놀랍게도 고블린이 말을 했다.

"왕국의 자랑, 보물 창고에 오신 것을 환영합니다. 케륵, 창고를 이용함에 있어 안내사항이 있으니, 잘 들어주시길 바랍니다."

아, 안내자인가 보다. 하긴, 이렇게 큰 동굴에서 안내자 없이 보물을 고르려면 한나절로도 부족할 거다.

내가 말없이 고개를 끄덕이자, 고블린이 다시 말을 이었다.

"케륵, 보물은 종류별로 나열되어 있습니다. 각종 무기류, 장신구류, 보석류, 스킬북, 최상급 랜덤 박스 등 없는 것이 없지요. 케륵."

오, 스킬북에 무기류까지?

전부 호기심이 일었지만, 특히, 무기 쪽에 관심이 쏠렸다.

합체족을 사용하는 나는 남들보다 무기에 대한 의존도가

더 높기 때문이다.

"무기라고?"

"그렇습니다. 케륵, 검이면 검, 창이면 창, 망치면 망치, 활이면 활. 영웅께서 원하는 어떤 종류의 무기든 이곳에 다 있습니다. 케륵, 말씀하시면 해당 창고로 안내해 드리겠습니다."

"허어-"

감탄이 나왔다. 「몬스터즈」 세계에서 무기의 가치는 엄청나다. 저번 리치를 잡아 나온 '마력 증폭의 지팡이'처럼 대부분 드랍률이 꽝에 가깝기 때문이다.

'창 바꿀 때도 됐고.'

나는 들고 있는 창을 내려다봤다. 그동안의 고난을 알려주기라도 하듯, 이가 다 빠져 있었다. 주기적으로 닦았기에 녹은 슬지 않았지만, 조만간 부러질 것만 같은 창. 특히, '디스트럭션 쇼크웨이브'를 쓸 때 창에 무리가 많이 가는 것 같았다. 아마 대여섯 번 더 쓰면 박살 나지 않을까 싶다.

'아직은 대나무 쪼가리로 섬창을 날릴 수 있을 만한 수준이 안 되니까.'

지금 경지로는 무기 빨을 세우는 게 맞다. 그래, 고작 1,500골드짜리 실전용 강철 창으로 지금까지 사용해 왔으면 많이 버틴 거지.

"좋아, 그럼 일단 창이 있는 곳으로 안내해 줘봐."

"케륵, 창이라……. 좋은 선택입니다. 따라오시죠. 케르륵."

고블린이 앞장서 걸어나갔다. 나는 그 뒤를 따랐다.

곧이어 나타나는 검의 창고. 아마 창이 있는 곳으로 가려면 이곳을 지나가야만 하는 것 같았다.

'무기 쪽 보물들이 모인 곳인가 보네.'

나는 주변을 살폈다. 삐까번쩍- 자신을 뽐내고 있는 검들. 대충 보기만 해도 그 가치가 엄청나 보였다.

걸어가면서 무기에 손을 뻗으려 하자-

"조심하십시오. 케륵-"

고블린이 계속 걸으며 말을 꺼냈다.

"응?"

"이곳에서 가지고 나갈 수 있는 보물은 단 1개. 케륵, 건드는 즉시, 그 보물과 함께 본래 있던 곳으로 튕겨 나가니 신중하게 고르셔야 합니다. 케르륵."

와, 그런 시스템이라고? 일반 유저들이 무기의 정보를 보려면 그 무기와 접촉을 해야 한다. 그런데 그 접촉을 제한한다는 말은…….

'이것 역시 랜덤 뽑기라는 건가?'

뭐, 나와는 크게 상관없는 일이다.

난 '심연의 눈동자'로 모든 무기들의 등급을 다 확인할 수 있으니. 다만, 나 말고 다른 채널에서 1등 한 자들은 정말 외형만 보고 판단해야 할 거다.

'대충 봐볼까?'

나는 걸으며 대충 무기들을 쭈욱 확인해 봤다.

'와, 대부분 S급이네.'

그럼 아무거나 골라도 절대 손해는 아닐 거다. 사실상, 평생 게임해도 한 번 보기 힘든 아이템이 S급 무기니까.

아마, 탑 고층까지도 무난히 사용할 수 있을 거다. 재앙급 필드 보스인 리치를 잡아 극악의 확률로 나온 아이템이 A급이었으니 말 다 했지.

나는 계속 고블린을 따라 걸었다. 각종 장신구, 방패, 도끼, 지팡이 등의 무기 창고를 지나 마침내 창이 모여 있는 공간에 도착했다.

"케륵. 영웅이시여, 이곳입니다."

"오오, 고마워."

"그럼, 신중하게 골라보시길. 케륵."

동굴 방 하나를 가득 장식한 수많은 창의 향연.

두근두근!

가슴이 뛰었다. 하나하나 범상치 않아 보이는 창들. 과연 나와 맞는 짝이 누구일까 설렜다.

'이놈부터 볼까?'

나는 근처 황금빛을 내뿜는 창을 스캔했다.

['천둥새의 포효'(S급)]

특징:뇌(雷)속성

속성 대미지×500%

타격 시 20% 확률로 '체인 라이트닝'(B급)이 터집니다.

크리티컬 확률+20%

타격 시 대미지×250% 증가.
투창 후, 자동 회수 가능.

'캬.'

미친 스펙이었다. 그냥 때리는 것만으로도 스플래시가 터지고, 던진 다음에 회수할 수도 있단다.

'오, 이건 뭐지?'

또, 눈길을 끄는 창이 보였다.

하얗게 빛나는 성스러워 보이는 창.

['루의 축복'(S급)]
특징:빛(光) 속성
속성 대미지×600%
악한 종족을 상대할 때 추가대미지 +140%
착용 시 힘+5, 민첩+5, 체력+5 증가.
피격 대미지의 20%만큼 체력 회복.
타격 시 대미지×120% 증가.

'이것도 돌았네.'

특히 20% 체력 회복 스탯은 난전에서도 좀비처럼 끈질기게 버티며 싸우는 게 가능해지는 사기적인 능력이다.

'하- 이것들 중 하나만 골라야 한다니.'

고민이 될 수밖에 없었다. 좋지 않은 무기가 없었으니까.

너무도 아쉬웠다. 다 가지지 못해 아쉬운 게 아니라, 저 많은 수천 개의 창을 확인할 수 있는 시간이 한정적이라는 게 아쉬웠다.

[곧이어, 새로운 메인 퀘스트가 시작됩니다.]

[남은시간 01:33:20]

고작, 남은 시간은 1시간 반뿐. 메인 퀘스트가 시작되기 전에 골라야 한다.

나는 계속 눈을 굴렸다. 시간상, 창 전부를 확인할 수는 없다. 그래서 그냥 느낌대로 창을 스캔했다. 대다수가 지금 보던 것과 비슷한 S급, 그리고 간혹가다 A급 지뢰들도 섞여 있었다.

'저런 거 고르면 배 좀 아프겠는데.'

물론, A급을 골라도 대부분 무기가 S급이었단 사실조차 모르겠지만. 아니다. 아마, 애초에 보물로 무기를 고르는 사람이 나밖에 없을 거다. 보통, 몬스터들에게 줄 장신구나 버프형 보석류를 고르겠지.

'최선의 선택을 해야 해.'

앞으로 쭉 함께할 창이다. 「몬스터즈」 10년 경력이 말해준다. 앞으로 이런 좋은 기회를 얻을 확률은 거의 없을 거다.

'내 창술과 가장 잘 어울릴 만한 스펙의 창을 골라야지.'

사실, 부담스럽다기보단 욕심이 났다. 더욱더 쓸 만하고 좋은 창을 고르고 싶은 욕심. 당연하고도 합리적인 욕심이었다.

'어?'

그때였다.

두근!

심장이 뛰었다. 무언가가 끌어당기는 느낌이 들었다. 나를 부르는 기운이 아련한 향수처럼 다가왔다. 처음 느껴보는 기묘한 감각.

[스킬 '만류귀종'(S급)이 반응합니다.]

[스킬 '아레스의 본능'(S급)이 반응합니다.]

[스킬 '심연의 눈동자'(EX급)가 부름에 응답합니다.]

'뭐?'

갑작스레 뜨는 메시지와 함께-

지이잉-

진동 소리가 들려왔다.

응? 진동 소리라고?

'어디지?'

들려오는 곳으로 고개를 틀었다.

소리의 근원지는 동굴 끝 구석. 한 묵빛 창이 웅웅거리며 울고 있었다. 심플하고 단조로운 묵색의 창이었다.

'……저건.'

쳐다볼 생각조차 못 했었다. 멋들어지게 장식되어 있는 다른 창들에 비해 구석에 초라하게 방치되어 있었으니까.

나는 뭐에 홀리기라도 한 듯 그곳으로 다가가 정보를 천천히 확인했다.

['무명'(無名)(EX급)]

레벨:1

특징:성장형.

이름 없는 창. 그 누구도 이 아이템의 근원을 추측할 수 없습니다. 사용자와 함께 성장합니다.

절대 부러지지 않습니다. 캐릭터 혹은 인간형 몬스터만이 사용할 수 있습니다.

모든 속성에 우위 대미지를 부여합니다.

속성 대미지×120%, 기본 대미지×120%

'컥, 미친?'

나는 두 눈을 부릅뜰 수밖에 없었다. 이곳 와서 처음 보는 EX등급의 창, 아니, 10년간 플레이하면서, 「몬스터즈」에 EX등급의 무기가 존재한다는 사실조차 몰랐었다.

'이런 게 왜 여기에.'

마치 본인을 선택해 달라는 듯 울어대는 창.

나도 모르게 녀석에게 가까이 갔다. 그리고 자세히 들여다봤다.

아까는 무심코 지나쳤지만, 사실 내가 가장 좋아하는 형식의 디자인이었다. 눈에 띄지도 않았고, 거추장스러운 장식 하나 없이 깔끔했다. 무언가 실용적인 느낌. 마음에 쏙 들었다.

"케륵, 조심하십시오. 영웅이여. 신중히 생각하셔야 합니다. 너무 가까이 가면……."

"응, 이거로 할 거야."

고민할 것도 없었다. 무조건 이 녀석이었다. 비록 지금은 다른 것보다 약할지 모르겠지만, 나와 함께 성장하는 무기라면 그래도 나름 초반부인 지금이 딱 적기다. EX급이니 어디까지 성장할지도 모르는 거고.

'벌써 기대되네.'

나는 이끌리듯 창 '무명'(無名)을 집었다. 손에 감기듯 찰지게 달라붙는 녀석. 역시, 좋은 창은 감촉부터가 달랐다.

"케르륵, 결국…… 그 창을…… 선택하셨군요. 부디, 그대의 앞날에 무운이 가득하길. 케륵."

고블린이 마지막 인사를 하며 고개를 끄덕였다. 그와 동시에-

[왕국의 보물을 선택하셨습니다!]

[EX등급 아이템 '무명'(無名)을 획득합니다!]

[왕궁 밖으로 이동합니다!]

시야가 또 한 번 바뀌었다.

Chapter 6

이동한 곳은 원래 있던 서쪽 성벽 위였다.

"아이쿠, 깜짝이야! 형?"

서지호가 갑자기 나타난 날 바라보며 놀랐다. 보니까 지금, 이 순간에도 경계를 서고 있는 것 같았다.

"어, 다녀왔다. 혼자 경계 서는 거야?"

"네, 다들 자고 있어요. 피곤했나 봐요."

"고생이 많네, 너도 좀 쉬어라."

나는 피식 웃고는 서지호의 머리를 헝클었다. 본인도 피곤할 텐데 임무를 잊지 않는 게 대견했다. 주변을 보니, 다들 기절이라도 한 듯 널브러져 자고 있었다. 일주일 전쟁의 여파였다.

"……그래도 돼요?"

"그래, 딱 20분만 자. 그 후엔 다 깨울 거니까."

"넵! 감사합니다."

세 번째 메인 퀘스트까지 남은 시간은 약 1시간 20분. 또 새로운 로딩이 펼쳐지기 전에 정리할 것이 있었다.

'얻은 보상을 정리해야지.'

서지호를 재운 후, 나는 성벽 방책에 기대어 앉았다. 그리고 앞으로 해야 할 일을 생각했다.

주예린의 입단. 빈서율의 대뽑. 그리고 두 번째 메인 퀘스트 보상에 대한 결산.

'총 3가지.'

앞으로 1시간 동안 끝내야 할 일이다.

무명(無名), 이름 없는 창.

난 자리에 앉아 이번에 얻은 묵빛 창을 만지작거렸다. 눈을 감고 촉감을 온전히 느끼며 생각에 잠겼다. 그러자 조금 전, 동굴에서 있었던 일들이 수면으로 떠올랐다.

'분명, 내가 가진 스킬과 반응했어.'

캐릭터 스킬들의 반응. 그와 동시에 나를 불렀던 창의 울림. 그게 아니었다면, 그곳에 이 창이 존재하는지도 몰랐을 거다.

'……뭘까.'

이 창을 처음 봤을 때의 그 느낌이 잊혀지지 않았다. 마치 예전부터 내 거였다는 듯 익숙한 느낌. 원래 가지고 있었어야 할 것이 돌아온 것 같은 느낌. 그래, 향수.

'난 창이 처음인데?'

이곳에 떨어지기 전까지 난 창과의 인연이 전혀 없었다. 처음 배운 창술이 '베르트랑 스피어'였고, 처음 쥔 창 역시 '실전용 강철 창'이었다. 심지어 게임 속 '비운' 캐릭터도 합체족 사용 당시 검을 사용했었다.

'뭔가가 있는 걸까?'

나는 먼저 반응했었던 스킬들부터 떠올려 봤다.

'만류귀종, 아레스의 본능 그리고 심연의 눈동자.'

그 세 가지 스킬에는 공통점이 하나 있다. 스킬들의 근원이 전부 「갓 컴퍼니」라는 것. 만류귀종은 죽창 사내를 통해 얻었고, 나머지는 특전으로 받았었다.

그렇다면 내가 추측할 수 있는 것은 하나뿐이다. 이 창이 나에게 온 것이 「갓 컴퍼니」의 의도일 수 있다는 점.

지금으로선 그뿐이었다.

'쩝, 모르겠다.'

짧은 한숨이 나왔다. 그냥, 복잡하게 생각하지 않기로 했다. 모르는 거, 괜히 머리 싸매고 있어 봐야 답이 나오는 것도 아니고.

'좋게좋게 생각해야지.'

무려, EX 등급 창이지 않은가. S급보다 한 단계 위이니만큼, 적어도 손해 보진 않을 거다. 그렇게 마음을 다잡고, 다시 창을 등에 동여매자 앞에서 인기척이 들려왔다.

"헤이- 비운 오빠. 아까부터 무슨 생각을 그렇게 해?"

주예린이었다. 자는 줄 알았는데, 깼나 보다.

"그냥, 이것저것. 앞으로의 일에 대한 고민이지. 해야 할 것들도 정리하고."

"해야 할 것들?"

"어."

"음……. 혹시 그중에, 날 집단에 넣을까 말까에 대한 고민도 있는 거야?"

"그것 때문에 온 거였구나?"

"응, 이제 보상 다 받았으니까. 빨리 받아줘. 나 불안해."

급한 듯 보채는 그녀. 아무래도 아직 혼자인 게 불안한가 보다. 곧, 세 번째 메인 퀘스트가 시작하기 때문일 거다. 같은 집단이 아닐 경우, 혼자 다른 곳에 떨어질 수도 있으니까.

'고민이네.'

아, 물론 그녀를 받을지 말지를 고민하는 게 아니다. '네르갈의 재판'을 사용해야 하나 말아야 하나를 고민하는 거다. 그래도 5년간 쌓아 온 신뢰가 튼튼한데, 굳이 족쇄를 채워 넣을 필요가 있을까?

'그래, 뭔 계약이냐.'

지금껏 집단도 만들지 않고 나를 찾아다녔다지 않는가. 괜히 감정선 건드릴 수도 있는 일 하지 말고, 우선 믿어보자. 더도 말고 예전처럼만 해준다면 분명 내 생존에 크나큰 도움이 될 거다.

"준비해라."

고민이 끝나고 나니, 결단은 빨랐다. 나는 불안한 표정으로 쳐다보는 그녀를 보며 피식 웃었다.

"신청 넣어줄 테니까."

"오예!"

환호하는 주예린. 실제로 보는 모찌의 모습은 내 예상보다 훨씬 더 밝았다.

시간이 흘렀고 단원들이 모였다. 나는 중앙에 앉아 그간 받았던 모든 보상을 정리해 봤다.

최상급 랜덤 스킬 박스×3개, 최상급 몬스터 소환 이용권 1개.

'우선, 이건 내가 가지고 있는 것들이고.'

'최상급 랜덤 스킬 박스'의 경우, 주예린과 빈서율도 받았다. 각각 2개, 1개씩. 그래서 합이 총 6개다.

"이건 어떻게 나눌까요? 이제 단원이 일곱인데."

"그러게, 여섯 개뿐이네?"

빈서율이 묻고, 주예린이 답했다. 이미 둘 다 본인이 얻은 소유물 전부를 집단의 소유라 생각하고 있는 듯했다. 바람직한 현상이긴 한데…….

'흠, 어쩌지.'

사실 아까부터 고민했는데 답이 나오지 않는다. 「몬스터즈」 플레이 시절엔 부족한 포지션에 보상을 밀어주는 식으로 했었는데, 지금은 살짝 애매하다. 일행들의 밸런스가 묘하게 잘 맞기 때문이다. 그렇다고 내가 보상을 포기하기엔, 살짝 아쉽다. 아직, 이들 전부를 이끌고 갈 만큼 강해진 게 아니라서 더 그렇다.

'그렇다고 내가 다 독점하면?'

사실, 보통의 집단이라면 내가 독점하는 것이 맞다. 이번 퀘스트만 봐도 내 기여도가 90%는 가뿐히 넘을 테니까.

하지만 그래서는 안 된다. 지금껏 함께하면서 얻었던 보상들은 다 같이 모아놓고 지금 내가 얻은 것만 독식한다? 처음은 어쩔 수 없이 따르겠지만, 점점 리더로서의 신뢰를 잃을 것이다. 사람 마음이란 게 다 그런 거니까.

내가 답을 내지 못하고 골머리를 싸매고 있자, 할아버지가 나섰다.

"난 굳이 나눌 필요 없다고 생각하네. 정확히 나눌 수 없으면 분란만 생길 뿐이기도 하고, 특히 이번 1등은 건호 혼자서 이뤄낸 일인데, 숟가락 얹기 부담스러워."

"맞소. 나도 동감하오. 리더가 없었으면 보상은커녕 다 죽었을 터인데."

"저도 그렇게 생각해요."

양종현과 서은채 역시 동참했다. 그러나, 난 고개를 저었다.

"그게 아닙니다. 여러분들은 각자 제 역할을 했습니다. 저 혼자 이뤄낸 거라 생각하면 안 돼요. 여러분이 맡은 포지션이 여러분이 원해서 한 건 아니잖아요? 저 역시 은채가 없었으면 이 자리에 없었을 겁니다. 그러니까 제가 하고 싶은 말은, 집단에서 각자 맡고 있는 포지션들이 여러분이 생각하는 것보다 더 중요하다는 말입니다. 어차피, 퀘스트나 탑을 오르기 위해선 결국은 다 같이 성장해야 하는 거고요."

난 잠깐 목을 다듬고 말을 더 이었다. 이제 확실하고 단호한 결단을 내려야 할 때.

"이번 보상은 일단 그럼, 단체 보상만 나누는 거로 하겠습니다. 그리고 다음 보상부터는 여러분들이 부족했던 부분을 제 임의로 판단해서 채워주는 거로 할게요. 대신, 제가 강해지는 만큼 여러분의 안전은 더 확실히 보장하도록 하겠습니다. 괜찮으신가요?"

"좋소. 깔끔하오."

"찬성하네."

할아버지와 양종현이 수긍했다. 그러자, 나머지 일행들도 불만 없이 고개를 끄덕였다. 나는 그런 그들을 향해 꾸벅 고개를 숙였다. 이런 경우는 어쩔 수 없다. 솔직하게 말하는 수밖에.

옆에 있던 주예린이 곧바로 나섰다.

"단체 보상은 '레벨업 주문서' 총 60개네요?"

소수정예가 30개. 주예린 혼자서 30개. 합이 총 60개다. 나는 고개를 끄덕였다.

"이건, 각자 8개씩 나눠 가지고 남는 4개는 주예린이 가지는 거로 하겠습니다."

주예린 입장에서는 혼자 30개를 얻었는데 나누기 억울할 수도 있으니까.

"네, 오빠 말대로 할게요."

그러나, 그녀의 표정은 전혀 억울해 보이지 않았다. 역시 원년 멤버인 만큼, 집단 '소수정예'의 룰에 곧장 적응하고 있는 것이다. 사실 적응이랄 것도 없었다. 그냥 예전처럼 내 말이라면 의심 없이 따르는 거겠지.

"예린 씨, 그래도 되겠소?"

"자네, 정말 괜찮겠는가?"

"언니, 감사합니다. 잘 쓸게요."

일행들의 인사에 주예린이 손사래 쳤다.

"그럼요. 어차피 별거 아닌 거라."

오히려 쿨하게 답했다. 사실, 그녀 말이 맞기도 했다. '레벨업 주문서' 정도는 탑에 오르면 무수히 떨어지는 템들 중 하나니까. 지금은 소중하지만, 나중 가면 발에 챌 정도로 넘쳐 흐른다.

"나눠 드린 주문서는 곧바로 써서 등급 업그레이드하세요. 재료 필요하신 분은 저한테 오시면 선착순으로 내드리겠습니다. 빨리 안 오시면 제가 다 쓸 수도 있으니 서두르세요."

"네!"

"알겠네."

"아, 빈서율 씨는 잠깐 남으시구요."

"네? 저요? 넵!"

나는 일행들을 성벽 밑으로 해산시켰다. 이제 성 밖에서는 '터'를 지을 수 있는 상태. 한 번에 몬스터를 만렙으로 키워주는 '레벨업 주문서'를 통해 각자 정비를 하라는 의미였다.

벌어둔 골드로 거래소나 건물 업그레이드를 해도 좋고.

'……이제 남은 건 대뽑.'

"저 부르셨나요? 건호 씨?"

마침, 빈서율이 뒷짐을 지며 고개를 갸웃하고 있었다. 그 모습이 뭔가 빛나 보였다. 마치 축복의 여신처럼.

"네, 이것 좀 도와주실래요?"

나는 빙긋 웃으며 내 최상급 몬스터 소환 이용권을 내밀었다. 이제부터 열렬히 믿을 생각이었다. 그녀가 축캐라는 사실을.

역시는 역시일까. 빈서율은 또다시 4성짜리 몬스터를 뽑아냈다. 조류족이었는데, 딱히 스킬 조합이 좋지는 않아 재료로 쓰기로 결정했다.

'어차피 켈피도 업해야 하니까.'

켈피는 4성. 5성으로 만들기 위해서는 4성 4마리가 필요하다.

'등록 몬스터 칸이 한 자리 남긴 하지만.'

내 전투 스타일상, 나를 보조해 줄 수 있는 몬스터가 좋았다. 예를 들면 보호족이나 천사족처럼?

굳이, 필요 없는데 자리 채운다고 등록해서 소중한 재료를 버리는 것은 비효율적이다.

'이제 등급 업그레이드.'

나는 쉐넌을 통해, '터'를 간이식으로 올렸다. 다른 것은 빼

놓고 오직 강화소만 건설했다. 스킬 박스를 까기 전에 '등급 업그레이드'부터 시켜줄 생각이었다.

[강화소(Lv.2)에 오신 것을 환영합니다!]

[강화 or 합성할 몬스터를 올려주세요.]

[Tip 약한 몬스터도 한번 성심껏 키워보세요. 혹시 알아요? 어느 순간부터 소통이 될지도.]

'음, 우선 재료가.'

나는 보유 몬스터를 뒤져 재료를 정리해 봤다.

1성(★) 40개, 2성(★★) 8개, 3성(★★★) 4개, 4성(★★★★) 1개.

'합성 좀 해둘까?'

보유 몬스터들은 같은 등급 3개를 합성하면 차상위 등급의 재료 카드가 나온다. 예를 들어 지금처럼.

[합성되었습니다.]

['2성 몬스터 재료 카드'를 획득합니다.]

1성 재료 3개를 합치면 2성 재료가 되는 식이었다. 재료 카드는 보유 몬스터와 동일하게 재료로 사용할 수 있다.

'다 해버리자.'

1성(★) 1개, 2성(★★) 21개, 3성(★★★) 4개, 4성(★★★★) 1개.

'훨씬 보기 좋네.'

어차피 1성은 거의 사용하지 않기에, 2성 이상으로만 쌓아 두는 거다.

'자, 그럼 시작해 볼까?'

나는 뿔하피를 소환하고, 엔트로피를 장착 해제했다.

"뿔하피, 너부터 할래?"

-끼이아아아!

뿔하피는 오랜만에 보는 제단에 기분이 좋았는지, 환호를 지르며 올라갔다.

['연옥 뿔하피'(★★)를 '연옥 뿔하피'(★★★)로 등급 업그레이드 하시겠습니까?]

"오케이."

[축하합니다. '연옥 뿔하피'(★★★)로 등급 업그레이드되었습니다!]

-끼아아!

잠시 후, 제단에서 걸어 나오는 뿔하피의 모습은 좀 더 성숙해 보였다. 키도 더 컸고 발육 상태도 아직까진 어린 티가 났지만, 이제 거의 성인에 가까워졌다.

뿔도 1개 더 늘어 이제 총 3개나 달려 있다.

"연달아 가볼까?"

여기서 멈출 생각은 없었다. 어차피 재료는 남으니, 뿔하피도 곧바로 4성으로 올릴 생각이었다. 부족한 3성 재료는 2성을 합치면 되니까.

'여기서 레벨업 주문서를 쓰는 거지.'

['연옥 뿔하피'(★★★)에게 '레벨업 주문서'를 사용하시겠습니까?]

[빠밤!]

['연옥 뿔하피'(★★★)가 레벨 20을 달성합니다!]

사실 '레벨업 주문서'는 유저의 편의를 위해 만들어진 아이템이다. 레벨 보다는 스킬의 등급과 조합, 그리고 별의 등급이 중요한 「몬스터즈」에서 괜한 레벨로 노가다를 하지 말라는 의미에서 만들어진 아이템.

'나야 편해서 좋지.'

어차피 탑에서 무수히 떨어질 아이템. 굳이 6성에다 쓰지 않아도 된다는 말이다. 그냥 지금 써서 시간을 절약하는 게 맞다.

"자! 뿔하피 연달아 가자!"

-끼아아아!

파즈즉!

그러나 곧 튕겨져 나왔다.

[입장이 제한됩니다. 3성 몬스터가 올라가기 위해선, 강화소의

레벨이 최소 30이어야 합니다.]

-끼이잉.

풀 죽어 있는 뿔하피. 나는 하피의 머리칼을 쓰다듬어 주며 달래줬다.

"미안, 미안. 내가 생각을 못 했네."

-끼이이잉.

"좀만 기다려 봐. 야, 쉐넌!"

[응응! 건호! 불렀어?]

"강화소 렙업 좀 해줘 봐."

[3렙으로? 15,000 골드나 필요한데 괜찮아?]

"어."

[꺄아! 역시 우리 건호, 터프해!]

"시끄럽고."

옜다, 15,000골드를 던져줬다. 어차피, 그동안 돈은 많이 모아져 있었기에 큰 무리는 없었다.

쉐넌이 지팡이를 휘둘렀다. 곧이어, 업그레이드가 완료됐다.

"뿔하피, 이제 올라가도 돼."

-끼아아아!

['연옥 뿔하피'(★★★)를 '연옥 뿔하피'(★★★★)로 등급 업그레이드하시겠습니까?]

나는 남은 3성 1개와 2성 6개를 재료 카드2개로 합해서 넣었다.

[잠시만 기다려 주세요! 축하합니다. '연옥 뿔하피'(★★★★)로 등급 업그레이드되었습니다!]

후욱! 후욱!
신비한 빛과 함께 한껏 성장한 뿔하피가 날개를 휘저었다.
'오, 하피가.'
이제는 어엿한 성인 여성의 모습이었다. 붉은 날개와 하얀 피부를 가진 뿔하피의 모습. 그리고 드러나는 S라인 몸매. 4개의 뿔.
'허.'
이젠 정말 눈을 어디에 둬야 할지 모르겠다. 옷이라도 만들어 입혀야 하나? 마냥 귀여웠던 뿔하피가 적응이 안 됐다.
"일단, 다음은 엔트로피."
나는 오브를 제단 위에 조심스레 올려놓았다.

['엔트로피'(★★★)를 '엔트로피'(★★★★)로 등급 업그레이드 하시겠습니까?]

대충, 아무거나 3개를 골라서 넣었다.

[축하합니다. '엔트로피'(★★★★)로 등급 업그레이드되었습니다!]

푸르른 빛을 사방으로 뿜어내는 오브. 저 합체족은 이제 나를 한층 더 강하게 만들어줄 거다.

'이제 스킬 박스 깔 차례인데.'

최상급 랜덤 스킬 박스 3개. 이건, 어차피 확정 S급이기에 대뽑을 할 이유가 없다.

'애들 스킬도 끼워줘야 하니까.'

여기서 나오는 S급 스킬들. 뾸하피와 엔트로피의 남은 스킬 칸에 끼워 넣어줄 생각이었다. 등급 업 해서 칸이 늘어난 상태였으니까.

'바로 가자.'

나는 영롱한 빛을 띄우는 상자를 허공에 띄웠다. 그리고 하나를 까려고 손을 뻗은 찰나였다.

[주인님?]

어딘가에서 여성의 소리가 들려왔다.

뭐라고?

나는 재빨리 고개를 두리번거렸다.

[주…… 인님?]

또다시 소리가 들려왔다. 청아하면서도 가느다란 게 딱 성인 여성의 목소리였다.

'뭐야?'

주변에 있는 거라곤…….

'설마?'

그 순간, 뾸하피와 눈이 마주쳤다. 정확히 나를 응시하고 있는 그 두 눈. 초롱초롱 빛나고 있는 두 개의 구슬. 마치 애완 강아지를 보는 듯했다.

[주인님!]

뿔하피가 달려왔다. 마치 타조가 달리듯, 후다닥 달려와 커다란 날개로 날 감싸 안았다. 너무 갑작스러워서 어떻게 대응해야 할지도 모른 채, 일단 받아줬다.

'헉, 정말로?'

뿔하피의 품은 따듯했다. 전신을 날개로 뒤덮은 뿔하피가 본인의 머리를 내 가슴에 비비적비비적- 마구 비벼댔다.

뭐지? 애교인가? 그럼 받아주지 뭐.

나는 이제 완전히 커져 버린 뿔하피의 머리칼을 강하게 헝클어뜨렸다. 그러자 턱을 내 가슴에 괴고 올려다보는 하피. 얼굴 역시 포동포동했던 젖살이 완전히 빠졌고, 피부도 무척이나 하얬다.

"뭐야, 뿔하피. 이제 말할 수 있게 된 거야?"

[응! 주인님!]

뿔하피가 빙긋 웃으며 고개를 끄덕였다. 그 모습이 너무 귀여웠다. 생긴 것과 몸매와 다르게 아직 귀여움이 완전히 죽진 않았다. 그래, 역시 뿔하피는 귀여움이지.

"벌써 이렇게 커버렸네?"

[응!]

"그럼 이제 잠깐만 비켜줄래?"

[아니!]

고개를 설레설레 젓는 뿔하피.

"……흠. 그럼 언제까지 이럴 거야? 좋은 스킬 좀 뽑아줄랬더니, 싫나 보네?"

[응! 아니! ……응? 아니?]

나랑 붙어 있는 것, 새로운 스킬을 장착하는 것. 둘 다 좋아서 헷갈리나 보다. 저등급 때는 안 그러더니 갑자기 왜 이래? 쩝, 별수 없지.

"그럼 딱 3분만 이러고 있자."

[응! 주인님!]

어쩔 수 없이, 그 자세 그대로 대화를 나눴다. 첫 소환 당일의 기분이나, 연옥 슬라임과 상대했을 때의 고통 등등. 그동안 있었던 일을 차례차례 물었다. 그러나, 아직 등급이 낮아 원활한 의사소통은 안 되는 것 같았다.

할 줄 아는 말은 딱 세 가지였다.

'주인님, 응 그리고 아니.'

뭐, 그래도 괜찮았다. 본인의 의사를 표현할 수 있다는 것만으로도 나에겐 큰 도움이 되니까. 나는 눈을 집중해 뿔하피의 정보를 확인했다.

[몬스터:'연옥 뿔하피'(★★★★)]

[종족:조류족]

[레벨:1 (Exp 0/150)]

[보유 스킬:2/4]

타기(Lv.6):캐릭터나 몬스터 하나를 태울 수 있다.

뿔 날리기(Lv.5):공중에서 뿔을 네 번 쏘아 공격한다. (제한:3분에 1번)

[1차 각성 효과]

모든 공격에 화염이 깃든다.

화염 저항력이 올라간다.

[특수 정보]

의사소통 능력이 발아하는 중.

'정말이구나.'

이건 나에게 호신호다. 아무리 직접 컨트롤 할 수 있다 해도, 의사소통이 되고 안 되고는 전략적으로 엄청난 차이가 있으니까.

요컨대 이거다. 일방적으로 내려지는 명령 vs 주인과 몬스터의 상호 의사소통.

'결과가 어떨지는 뻔하지.'

특히, 이번에 빈서율이 아델을 컨트롤하는 것을 보고 확실히 느꼈다. 의사소통이 되는 것만으로도, 더 디테일하고 세밀한 지시가 가능해진다는 것을.

"뿔하피! 이제 비켜, 상자 뽑을 시간이야."

[끼이잉.]

"어서."

[으응! 주인님.]

그제야 떨어지는 뿔하피. 이제 이 귀여운 녀석을 살벌하게 만들어줄 시간이다.

"자, 그럼 이제 진짜 뽑아보자."

난 총 3개의 스킬 박스를 꺼냈다. 뾸하피와 엔트로피에 장착할 스킬들. 제발, 쓸 만한 것이 붙기를 기원하며 박스 하나를 활성화했다.

[두근두근! 엄청난 기운이 상자에 집중됩니다.]

[몬스터가 착용할 수 있는 S급 스킬을 랜덤으로 뽑을 수 있는 상자입니다.]

[빰빠바~]

[축하드립니다! S급 스킬을 뽑으셨습니다!]

[스킬 '용맹무쌍(勇猛無雙)'을 얻으셨습니다!]

'음?'

자연스럽게 스킬을 확인했다.

사용 시, 5초간 '무적' 상태에 돌입한다.

무적 시, 자신에게 가해지는 모든 대미지와 상태 이상 공격을 무시한다. 하루에 한 번 사용 가능

'오, 괜찮네.'

나름, 쓸 만한 스킬이다. 아니, 좋다. 특히 합체족을 사용하는 나에겐 더할 나위 없는 스킬이다. 과거에도 사용했던 종류

의 스킬이기도 했고. 특히 '연옥 슬라임'처럼, 패턴형으로 싸우는 보스들한테 유용하게 쓸 수 있다.

'시간이 짧고 쿨다운이 긴 건 좀 아쉽지만.'

그래도 나쁘지 않다. 스킬 숙련도를 쌓으면 해결될 일이니까.

'이건 엔트로피에 끼고.'

['용맹무쌍(勇猛無雙)'(S급)을 '엔트로피'(★★★★)에 등록하시겠습니까?]

'좋아.'

나는 바로 이어서 다음 상자를 깠다.

익숙한 메시지가 흐르고 영롱한 빛이 사라져 갈 때쯤.

[스킬 '아테나의 지휘'를 얻으셨습니다!]

'오, 지휘면 버프형인데?'

이번엔 아는 스킬이었다. 이것도 나름 괜찮지. 특히 단체 활동이 주인 「몬스터즈」에서 굉장히 효율적인 버프형 스킬이다.

지혜의 여신 아테나의 통솔력은 모든 병력의 실력을 온전히 이끌어 낸다. 근처 파티 캐릭터와 몬스터의 공격력을 +120% 상승시킨다. 근처 파티 캐릭터와 몬스터의 방어력을 +120% 상승시킨다.

'지금은 무난하지만.'

레벨업 하게 되면 괴랄한 스탯의 버프를 자랑하게 된다.

"이거, 뿔하피 가질래?"

[응! 응!]

신나서 날개를 퍼덕이는 뿔하피. 그래. 너 가져라. 사실, 이 스킬은 버프형인 서은채에게 더 맞긴 하지만, 나도 솔플할 때가 꽤 많이 나오니 버프에 하나쯤은 투자할 만하다.

[정상적으로 등록되었습니다.]

'자, 이제 마지막 상자다.'

지금까지는 무난했다. 좋기는 하지만 엄청나게 좋은 그런 기분은 아니었다.

'……이번엔 좀.'

괜찮은 스킬이 떠주기를…….

[스킬 '호루스의 깃털 폭파'를 얻으셨습니다!]

'……깃털 폭파?'

뭔가 굉장히 후져 보이는 이름. 처음 보는 스킬이었다.

'에이, 그래도 S급인데.'

내가 알기로 S급 중 후진 스킬은 없다. 그리고 이름을 보아하니, 조류족에게 어울리는 스킬인 것 같은데……. 옆을 보니 뿔하피가 초롱초롱한 눈빛으로 바라보고 있다. 저것도 달라는 소리겠지.

"조금만 기다려, 이 녀석아."

난 피식 웃으며 스킬을 확인했다.

[스킬:호루스의 깃털 폭파]

[등급:S급]

[특성:액티브(Lv.1)]

[하늘과 태양의 신 호루스의 깃털은 모든 것을 태워버리는 불꽃을 압축하고 있다. 이 스킬은 조류족만 사용할 수 있습니다.

적에게 깃털을 수차례 날립니다. 깃털이 닿는 순간 강한 폭발이 일어납니다. 깃털에는 유도 기능이 있습니다.

폭발 대미지:기본 대미지 + 1,500%]

'헐?'

이름은 후진데, 성능은 지금까지 중에 제일 괜찮아 보인다.

'종족 제한도 걸려 있어.'

같은 S급 스킬이라도, 무언가 제한이 걸리면 그만큼 성능이 더 올라간다. 그 말인즉슨, 기대해도 좋다는 말이다.

"이건 네 거다. 뿔하피."

[응! 주인님! 응! 응!]

과하게 흥분하는 뿔하피. 아무래도 이 스킬이 정말 마음에 들었나 보다. 아까 '아테네의 지휘'보다도 더.

깔끔한 마무리. 이제 다음 퀘스트까지 시간이 얼마 남지 않았다. 아무래도 새로운 스킬에 대한 실험은 다음으로 미뤄야 할 것 같았다.

내가 스킬을 뽑는 동안, 총 4명의 인원이 재료를 얻어갔다. 대충 정리해 보자면 이렇다.

주예린이 '픽시'를 3성으로, 할아버지가 '라이'를 3성으로, 빈서율이 '퀴리오스'를 3성으로, 서지호가 '짹짹'과 '레드팍스'를 3성으로.

이제 모든 단원들의 몬스터 전력이 전부 3성 이상으로 올라버렸다. 그러니, 남은 재료가 거의 없었다.

'재료가 너무 부족해.'

분명, 4성 올릴 사람은 넘쳐날 텐데, 3성 재료가 너무 부족했다. 그래서, 세 번째 메인 퀘스트부터는 주목표를 '재료 수급'으로 잡기로 했다. 떠오르는 노가다 장소가 몇 군데 있는데, 상황 봐서 골라봐야지.

'모든 몬스터의 4성화.'

일단, 그게 우리 집단의 다음 목표다. 그 정도는 되어야, 소수 정예라 할 만할 테니까.

뿔하피를 역소환시키고 엔트로피를 장착하자 일행들이 서서히 모이기 시작했다. 이제야 정비가 끝난 것이다. 나는 눈을 힐끗 돌려, 남은 시간을 체크했다.

[00:03:10]

벌써, 3분밖에 남지 않았다.

"다들 준비됐나요?"

내 질문에 일행들의 낯빛이 더욱 경직되었다. 또다시 펼쳐질 새로운 도전에 긴장하고 있는 거다.

"그렇소. 뭐, 지금까지 잘 헤쳐나갔으니, 또 어떻게든 되지 않겠소?"

"맞는 말일세. 사실, 난 별로 긴장 안 된다네. 리더가 든든하니까 속도 든든해지는 기분이거든. 허허."

할아버지의 너털웃음에 양종현이 미소를 지었다. 그 모습을 본 주예린도 자신감 넘치는 표정으로 나섰다.

"다들 걱정 마세요. 이래 봬도 저 드래곤 있다구요?"

다들 나름의 파이팅을 외치고 있었다.

"앞으로도 정찰과 경계는 저만 믿으세요!"

서지호 역시 호기롭게 나섰으며-

"힐링과 버프는 맡겨주세요."

"여기, 석궁 지원도 있어요."

빈서율과 서은채도 분위기에 탑승했다.

어느새 한 곳 가까이에 뭉친 우리.

나는 깊은 심호흡을 했다. 사실, 긴장되는 건 이들뿐만이 아니다. 나 역시 긴장된다.

'나도 사람이니까.'

계속되는 시스템의 방해. 기존 게임보다 스케일 큰 퀘스트들. 그리고 시간이 지날수록 점점 드러나는 이 세계의 진실들.

'……그래도.'

지금껏 잘 해왔으니까.

왜인지는 몰라도「갓 컴퍼니」란 존재들이 도와주고 있으니까. 아직까진 해볼 만하다.

"후, 그럼 가봅시다."

마지막으로, 내가 고개를 끄덕였을 때-

[새로운 메인 퀘스트가 도달합니다.]

[패치를 진행합니다.]

기다렸다는 듯, 메시지가 떴고.

번쩍!

여느 때처럼 또 시야가 암전했다.

닉네임, 매우큰사람.「몬스터즈」종합 랭킹 1위이자, 고인물 오브 고인물이라고 불렸던 유저. 그런 그가 초보자 게시판에서 뉴비들을 상대하던 내용들이 떠올랐다.

-여러분들, 벌써부터 징징대면 안 됩니다^^. 몬스터즈의 진짜 시작은 '세 번째 메인 퀘스트'부터 거든요.

-네? 골드 좀 적선해 달라고요? 음, 제게 도움받고 싶으면 적어도 세 번째까지는 오셔야 합니다^^.

그가 그렇게 말하는 이유는 분명했다.

'……채널 통합.'

세 번째 메인 퀘스트부터, 채널 구분이 완전히 사라지기 때문이다.

-랭커 형 말이 맞음. 사실, 세 번째부터가 진짜 지옥이지. 두 번째 메인 퀘스트까지는 적어도 같은 출발 선상에서 시작했던 사람들끼리 경쟁하잖아? 일종의 무대라든지 채널이라든지 제공해 주면서? 근데 세 번째부터는 그런 거 없어. 그냥 싹 다 전체 통합채널로 옮겨져서 고인물들이랑 같이 경쟁해야 함.

-켁, 신규 유저랑 기존 유저랑 붙인다고? 그게 게임이 됨?

-ㅋㅋ 윘윘댓. 세 번째 근처도 못 가본 뉴비니 걸러들으셈. 걱정 말고 두 번째 메인 퀘스트 깨는 데만 집중해 봐. 막상 깨면 각 집단에서 서로 모셔가려고 난리니까ㅋㅋㅋ.

-ㅇㅇ 웬만하면 고인물들 뉴비 안 건든다더라. 오히려 모시지. 접을까 봐.

-고인물들 탑 깨느라 바쁨. 탑 진짜 헬모드임. 아니, 코리안 모드. 그 이상임.

-ㅇㅈ. 후……. 이 망겜을 아직도 하고 있는 내가 진짜 레전드다.

그 당시 게시판의 반응이었다. 뉴비들에게는 두 번째 퀘스트를 넘는 것 그 자체만으로도 지옥의 난이도였겠지만, 보다시피 진정한 게임의 시작은 지금부터다.

'이번에 통합하게 되면, 그대로 한반도에서 진행하려나?'

「몬스터즈」 플레이 당시에는 가상의 '거대 도시'로 이동했었다. 그곳에서 세 번째 메인 퀘스트를 이어 진행했었는데, 지금은 현실. 한반도 땅 위에서 진행할 가능성이 크다.

서버 이름도 '대한민국'이지 않은가. 각 채널도 광역시 이름이었고.

'무엇보다 그 푸른 막.'

일정 구역 이상 벗어나지 못하게 막아놓은 채널 구분선. 아마 내 예상이 맞다면, 이번 패치 이후로, 그게 전부 사라질 것이다.

'뭐, 보면 알겠지.'

나는 손가락을 꼼지락거리며 전방을 쳐다봤다. 시야에는 여느 때처럼 로딩 숫자가 계속 올라가고 있었다.

[Loading…… 010/100]

[Tip 죽은 몬스터의 사체는 일주일이 흐르면 소멸합니다. 네크로맨서족 활용 시 주의해 주세요!]

'세 번째 메인 퀘스트의 준비 과정.'

또다시 맵을 다운로드받는 것 같았다. 각 도시에 있었던 성들도 치우고 몬스터의 사체도 지우겠지. 떨어졌던 채널도 합쳐야 할 테고. 탑도 만들어야 할 테고. 어휴 바쁘겠네.

'그나저나 언제까지 이래야 하는 거야?'

이번 따라 유난히 로딩 속도가 느리다. 시커먼 시야에서 멍하니 숫자를 바라보고 있을 때였다.

[띠링-]

[갓 컴퍼니로부터 쪽지가 도착했습니다.]

[읽어보시겠습니까?]

'오, 또 쪽지?'

저번에 무리해서 간섭력이 남아나지 않을 줄 알았는데, 용케도 쪽지 보낼 만큼은 남아 있나 보다.

'오케이, 읽는다.'

To. 비운 고객님.

안녕하십니까. 비운 고객님. 저번 패치 때는 사정이 있어 격식 차리지 못했던 점 진심으로 사과드립니다.

비운 님. 저는 너무도 기쁩니다. 당사가 관심을 가지고 있는 총 142명의 유저가 전원 메인 퀘스트에서 생존했기 때문입니다. 덕분에 충분한 간섭력을 획득할 수 있게 되었습니다.

우리는 이 간섭력을 어떻게 사용해야 할지 많은 고민을 했습니다. 많은 고심 끝에, 142명의 용사들을 위한 소통망을 하나 마련했습니다. 앞으로의 탑 등반에 많은 도움이 될 것이라 생각했기 때문입니다.

사용 방법은 간단합니다. 속으로 '채팅창'을 외치세요. 그 즉시, '용사 채팅창'이 나올 겁니다.

아, 로딩이 끝나고 오직 '비운'님만을 위한 특별한 선물도 있으니 기대해 주셔도 좋습니다. 자, 그럼 이제부터 진짜 여정의 시작이네요.

부디 탑을 정복해 주세요.

부디 인류를 지켜주세요.

간절히 부탁합니다.

From. 갓 컴퍼니 대표이사. 레너드.

[갓 컴퍼니로부터 특전이 도착했습니다.]

['특전'이 자동으로 오픈합니다.]

['용사 채팅창'이 개설됩니다.]

[캐릭터 '담건호'는 유저 '비운'의 대화명으로 채팅방에 참여합니다.]

'……채팅창?'

그게 뭐지? 속으로 의문을 가질 찰나, 눈앞에 메시지가 떴다.

[용사 채팅창 (142/142)]

'이건 또 뭐야.'

아, 속으로 '채팅창'을 말하면 나온다 했었지? 이건, 142명이 접속해 있다는 뜻인가? 아니, 그전에…… 142명 전원이 생존해 있다고 그랬지?

'142명…….'

익숙한 숫자다. 절대 잊지 못할, 나름 의미 있는 숫자. 바로, 「몬스터즈」 10주년까지 접지 않고 남아 있던 유저의 수다.

「갓 컴퍼니」는 나뿐만 아니라 그 142명 모두에게 특전을 돌렸던 거다. 주예린도 특전을 받았다 했었으니까.

'놀랍네.'

역시 고인물은 고인물이란 걸까? 대한민국 99%의 인구가 날아갔는데 거기서 전원 생존이라니. 분명, 그렇게 쉽지만은 않았을 텐데.

'그나저나 채팅은 어떻게 하지?'

시선을 아래로 내리니, 채팅용 타자기가 눈앞에 보인다. 이거로 채팅하라는 건가? 수동으로?

그때 마침, 채팅창에 새로운 글이 올라왔다.

[몬스터콜렉터(Lv.21):뭐야, 이거?]

오, 익숙한 닉네임이었다. 월챗에서 자주 보였던 닉네임. 게임에서는 보기 드문 50대 아저씨였던 것 같은데…….

[병아리콩(Lv.17):와 콜렉터 아재야? 뭐야, 이거 이제 우리끼리 채팅되나 본데? 신기하넹.]

[폭행몬스터즈(Lv.19):음, 월챗같은 개념인가?]

[카드값줘체리(Lv.20):다들 잘 살아 있었누! 지금 로딩 중 맞는 거제?]

띠링-띠링-거리며 올라오는 글들.

처음엔 느렸던 채팅창이 이제 어느새 글들로 가득했다.

닉네임은 본인의 이름이 아닌, 게임 아이디로 올라가는 듯했고, 레벨은 현재 캐릭터의 레벨이 표시되는 듯했다.

'예상보다 다들 레벨 구간이 낮네.'

의외였다. 이들도 나름 구르고 굴렀던 자들일 텐데…… 레벨 대가 겨우 17에서 많아 봐야 21.

'나랑 주예린 빼고, 우리 일행들 평균이 19레벨 정도니까.'

다들 대충 우리 일행들과 비슷한 정도네.

과연, 이들이 못 큰 것일까. 우리 일행이 잘 큰 것일까.

'아마 후자겠지.'

내가 데리고 다녔으니까.

나는 일단 대화에 참여하지 않고 채팅창을 계속 지켜봤다.

[몬스터콜렉터(Lv.21):다들 레벨 좀 키웠냐? 두 번째 서울 채널에서 한 사람?]

[병아리콩(Lv.17):나나나! 나도 서울! 아재 본명 뭐였는데? 레벨 21인 거 보면 랭커겠는데?ㅋㅋ]

[몬스터콜렉터(Lv.21):랭커는 무슨. 괴물들 많다. 그리고 여기다 본명을 뭘 믿고 까.]

[폭행몬스터즈(Lv.19):그나저나 142명 다 살아 있는 거면, 걔네들도

살아 있는 거 아님?]

[병아리콩(Lv.17):누규?]

[폭행몬스터즈(Lv.19):알잖아. 소수정예. 그 pk 양학 집단.]

[병아리콩(Lv.17):ㅋㅋㅋ켁. 폭행 오빠, 걔네라니. 말조심하는 게 좋지 않을까?ㅋㅋ 그리고 소수정예가 양학은 아니었지 아마?]

어느새 만담의 장이 되어버린 채팅창. 폭행몬스터즈라는 놈은 우리 '소수정예'의 안티. 과거에 계속 깝치길래 몇 번 죽이고 신경 껐었는데, 아직까지 이러고 있을 줄은 몰랐다. 게다가 지금은 현실인데.

'뭐, 내 알 바 아니지.'

어차피 보복하고 싶다고 설쳐봐야, 본명을 모르는 이상 서로 찾을 수 있는 방법도 없다. 채팅창은 그냥 정보 공유의 장일 뿐. 그 이상 그 이하도 아니다.

나는 별 대수롭지 않게 여기며 계속 상황을 주시했다.

[폭행몬스터즈(Lv.19):말조심은 무슨. 그래 봐야 이제 다 같이 처음 시작한 유저인데.]

[병아리콩(Lv.17):ㅋㅋㅋ뭐, 깡은 인정한다만……. 나라면 안 그럴 듯ㄷㄷ. 고인물 중의 고인물들인데.]

[폭행몬스터즈(Lv.19):ㅋㅋ깡은 개뿔. 여기에 그놈들 채팅 안 올라오는 거 보면 딱 보이지 않냐? 다 개 쫄은 거임. 그럴 만도 하지. 워낙 적이 많았으니까. 야, 나와 봐. 보고 있으면 나와 보라고 새끼들아.]

[조류족성애자(Lv.20):글쎄, 내 생각은 다름.]

[폭행몬스터즈(Lv.19):? 뭐가?]

[조류족성애자(Lv.20):난, 이번에 대전에서 플레이했었는데, 단체 1등 이름이 소수정예더라고. 그때 1등 개인 포인트가 몇인 줄 앎?]

[폭행몬스터즈(Lv.19):몇인데.]

[조류족성애자(Lv.20):26만인가 그랬음. 혼자 무쌍 찍던데?]

[병아리콩(Lv.17):컥, 26만? 말이 됨?]

[폭행몬스터즈(Lv.19):개소리지.]

[몬스터콜렉터(Lv.21):맞다, 구라까지마라. 서울 1등이 간신히 10만 넘겼는데. 26만이라고? 그건 불가능한 수치임.]

[카드값줘체리(Lv.20):ㅇㅇ 광주도 1등이 9만이었나? 26만은 오바임.]

'조류족성애자'의 폭로로 채팅창이 순식간에 불타올랐다.

'제기랄.'

갑자기 채팅창이 업데이트되는 바람에 그 생각을 못 했다. 대전 채널에서 집단 '소수정예'를 알아본 인원들이 이곳에도 있을 거란 간단한 생각을…….

'하- 이거, 귀찮게 됐네.'

문제는 그 당시 순위 전광판에 내 본명이 띄워져 있었던 것. 소수정예의 리더가 '담건호'라는 사실이 퍼지는 건 시간문제일 거다.

[조류족성애자(Lv.20):진짜야, 1등 이름이 뭐였더라, 음…….]

채팅창은 계속 불탔고, 곧이어 놈이 내 본명을 밝히려 할 때였다.

[모찌(Lv.24):닥쳐. 말하는 순간, 책임지고 너 찾아내서 죽인다^^.]

[모찌(Lv.24):채팅창도 생겼겠다, 갓 컴퍼니가 언제 한번 또 우리 다 모이게 할 수도 있는 거잖아? 하나뿐인 목숨 걸어보고 싶으면 걸어보던가.]

[조류족성애자(Lv.20):떫……..]

[몬스터콜렉터(Lv.21):컥 렙 24. 진짜가 나타났다.]

[병아리콩(Lv.17):으아닠, 모찌 언니 등장.]

[카드값줘체리(Lv.20):ㄷㄷ]

불탔던 채팅창의 분위기가 단숨에 싸늘해졌다. 나이스, 잘했어 주예린. 나도 마침 끼어들 각 보고 있었는데 좋은 타이밍이었다.

[모찌(Lv.24):오빠들 있어? 과거 소수정예 멤버 오빠들. 있으면 나와 보셈.]

거기에 더불어, 주예린은 내가 궁금했던 것까지 시원하게 말해줬다. 압도적인 그녀의 레벨이 충격적이었을까. 어느덧 채팅창은 우리가 전세라도 낸 듯 조용해졌다.

곧이어 기다렸던 사람들이 등장했다.

과거 랭킹 1~3위에 빛나는 형들.

[매우큰사람(Lv.23):ㅇㅇ 모찌야. 여기 있다.]

[곱창사랑(Lv.25):모찌야 잘 지냈냐? 우리 셋은 같이 있다. 정모한답시고 모였다가 튜토리얼부터 같이해부렀다.]

[토실토실(Lv.24):킁, 다들 왜, 모찌만 걱정함? 비운이는 안 챙김?]

오, 다들 기본적으로 레벨이 높았다. 기본적으로 게임에 돈만 쓸 줄 알지, 연구하는 성격들이 아니라 걱정했었는데 나름 잘 버텼나 보다.

형들의 인사에 나는 손가락으로 자판을 두들겼다.

[비운(Lv.27):넵, 전 잘 지냅니다. 여기서 말고 패치 후 직접 봬요.]

띵- 올라가는 문구. 그 이후, 잠깐의 침묵이 흐르더니 채팅창이 폭발적으로 솟구치기 시작했다.

[병아리콩(Lv.17):컥, 27렙……?]

[조류족성애자(Lv.20):와 미친. 지금 시기에 27이 말이 됨? 24나 25까지는 그렇다 쳐도;;]

[문스터(Lv.21):ㅆㅂ. 저건 인정해야 한다.]

[몬스터콜렉터(Lv.21):그나저나 폭행 이 사람 아까부터 어디 숨음? 나대더니.]

[병아리콩(Lv.17):개무섭겠지;; 전 멤버 전부 다 렙이 저런데……]

[카드값줘체리(Lv.20): 역시 소수정예 리더 어디 안 감.]

너무 빨라서 도저히 확인할 수 없을 정도였다.

'아무래도 다음에 조용해지면 확인해야겠네.'

지금은 채팅이 힘들다. 게다가, 어차피 곧바로 형들과 만나 합류하기엔 무리수가 따른다. 형들이 추구하는 플레이 스타일이 많이 바뀌었을 수도 있으며, 나처럼 집단을 형성했을 수도 있는 거니까.

[Loading…… 082/100]

어느새 로딩도 끝을 바라보고 있었다.

'일단, 천천히 하나하나 해결하자.'

우선은 지금 있는 집단의 성장이 먼저다. 지금처럼 누구도 넘볼 수 없을 만큼의 격차를 벌려놓는 게 목표다.

'그래야 함부로 못 덤빌 테니까.'

방금의 '폭행몬스터즈'처럼 말이다. 힘이 없으면, 괜한 시비에 휘말리게 된다. 특히, 「몬스터즈」 시스템상 약자는 무조건 당하게 되어 있다.

'그러니.'

감히, 도전할 수 없을 만큼의 클라스 차이를 보여줘 놓아야 한다. 그래야 내가 편하고, 생존도 더욱 쉬워진다.

채팅창을 힐끗 보니 형들도 모찌도 나와 같은 생각인지, 더는 대화가 없었다. '곱창사랑' 형이 나중에 연락하겠다는 내용만 살짝 보였다.

다시 만담러들의 장으로 바뀐 채팅창.

나는 그 채팅창을 꺼버렸다. 이제 곧 로딩이 끝나기 때문.

그렇게 얼마의 시간이 흐르자.

[Loading…… 100/100]

[로딩을 완료합니다.]

[치명적인 버그들이 수정됩니다.]

[모든 채널이 통합됩니다.]

[접속 서버:1서버 (대한민국)]

[패치 내역 V.001이 도착했습니다.]

['비운'님만의 특별 '히든 퀘스트'가 도착했습니다.]

'히든 퀘스트? 뭐지?' 특별 선물이란 게 이건가?

그러나 생각은 더 이어지지 못했다.

[당신의 무운을 빕니다.]

[새로운 장소로 이동합니다.]

언제나처럼 어지럽혀지는 시야에 몸을 맡겨야 했기 때문이다.

쿠구구구!

온 세상이 흔들렸다. 의식이 육체에서 벗어나 하늘로 솟구쳤다. 부유감 없이, 시야만 위로 이동하는 느낌. 마치, 앉아서 4D 영화를 보는 것만 같은 감각이었다.

[패치 내역 V.001이 활성화됩니다.]

갑자기 떠오르는 메시지.

'패치 내역?'

쿠구구구구!

진동이 더 심해졌다. 눈 아래 보이는 것은 1서버 '한반도'의 전체 모습. 그리고 각 7개의 채널에 커다랗게 자리 잡힌 성. 이윽고, 성들이 한순간에 무너져 내렸다.

콰르르릉!

폭삭 주저앉는 커다란 건물들. 피어오르는 먼지구름과 천지를 뒤흔드는 굉음. 그와 동시에, 중저음의 나레이션과 메시지가 떠오른다.

[보아라. 차원이 다른 스케일이 보이는가.]

뿌옇게 차오른 먼지가 한순간에 사라졌다. 그리고 원래 있었을 것만 같은 도시의 건물들이 다시 솟아올랐다. 비디오를 8배속으로 감은 듯, 빠르게 움직였다.

[현실과 비슷한 익숙한 배경. 그리고…….]

갑자기 시야가 뒤바뀌었다. 디스토피아적인 현대도시 속에서 사는 가지각색의 1성짜리 몬스터들이 보였다.

시야가 점점 멀어진다. 더 많은 배경을 담는다. 그럴수록 더 강력하고 커다란 몬스터들이 등장한다.

[가지각색, 수억 종의 몬스터들과 함께하는 몬스터 육성형 RPG가 상륙했다.]

풍경은 파노라마처럼 계속 바뀌었다. 산속에 숨어 있는 필드 보스, 몬스터끼리의 혈투, 건물 속 던전의 모습 등등. 화면이 끊임없이 넘어갔다.

[도시, 전투, 던전, 수집, 육성, PvP 등의 다양한 콘텐츠와 끝없는 자유도.]

나는 멍하니, 「몬스터즈」를 소개하는 영상들을 바라봤다. 그저 눈 앞에 펼쳐지는 화려한 마법과 스킬들을 감상했다.

[그리고 어느 날 등장하는 정체불명의 탑.]

화면이 확-바뀌었다.

다시 보이는 한반도의 모습. 시야가 그 커다란 땅 중 한 곳으로 클로즈업한다. 아마, 서울 강남 쪽이었던 것 같다.

쿠구구궁!

그곳에 발생하는 거대한 싱크홀. 그리고 그 밑에서 솟구쳐 오르는 기이한 탑.

'역시, 시련의 탑이 나왔군.'

세 번째 메인 퀘스트부터는 시련의 탑이 등장한다. 위치는 강남 쪽이었지? 외워두는 것이 좋다. 혹시, 언제 오르게 될지 모르는 일이니까.

콰가가가…….

탑은 100층까지 모습을 드러내고 나서야 멈췄다. 현대 건축기술로는 도저히 설명할 수 없을 것 같은 기괴한 모형의 탑이었다.

[탑에 도전하라. 올라라. 견뎌내라. 그리고 정복하라. 그렇다면 진실이 밝혀질 지어니…….]

줌인했던 시야가 다시 하늘로 천천히 당겨졌다. 강남 전체가 보였고, 서울이 보였으며, 경기도, 한반도…….

순차적으로 멀어져갔다. 그리고 어느새 그 공간을 한가득 채우고 있는 수억 마리의 몬스터들. 그와 동시에 들려오는 오싹하고도 괴이한 웃음소리. 아득한 저편에서 나를 지켜보고 있는 것만 같은 섬뜩한 시선.

'■■■…… 그놈인가?'

[이 세상이 당신의 손에 달려 있으니……. 인류를 구원하라!]

그렇게 마지막 나레이션을 끝으로-

[띠링-]

[「몬스터즈」의 세계에 당신을 초대합니다.]

[축하합니다. V.001에 도달했습니다.]

[V.001부터는 '시련의 탑'이 등장합니다.]

[서버 인원 총 344,650/344,650명]

['필드 몬스터'들이 밸런스에 맞게 배치됩니다.]

[각종 '히든 퀘스트'들이 등장합니다.]

[스타팅 위치는 집단별 무작위로 선정됩니다.]

새로운 메시지들이 떠오른다.

'후우, 이제 진짜 시작인가?'

순간, 눈 부신 빛이 시야를 덮었다. 나는 눈살을 찌푸리며 눈을 감았다. 시간이 흐르고 다시 눈을 떴을 때, 내가 서 있는 곳은 낯선 도시 한복판이었다.

낯선 도시. 아직 정확히 어딘 인지는 판단이 서지 않는다. 일단 주변을 둘러봤다. 다행히 일행들이 있다. 다들, 여운이 남는 듯 멍하니 눈만 깜빡이고 있었다.

나와 같은 영상을 본 모양이다.

"오빠."

누군가 팔뚝을 쿡- 찔렀다. 주예린이었다.

"왜."

"봤지. 채팅창?"

아, '용사 채팅창'. 다른 일행들은 모르는, 그녀와 나만 알고 있는 새로운 특전.

"응."

"어떡할 거야?"

"뭐를?"

"오빠들이랑 합류할 거야?"

주예린은 이것저것 물어왔다. 채팅창의 존재에 대해 일행들에게 말할지. 만약 형들과 합류한다면 언제 어떻게 해야 할지 등등.

"아니, 형들은 잘 하고 있는 것 같으니까 당분간은 우리 성장에만 집중하자."

어차피 세상 좁다. 언젠가는 만날 사람들. 그리고 먼저 날 찾아올 사람들이다. 굳이, 내가 먼저 찾으러 다닐 필요는 없다. 지금은 그렇게 여유롭지 않은 상황. 빨리 성장해서 랭킹권 선두에 알 박아놔야 한다. 더 격차를 벌려놔야 한다는 말이다. 그래야 나중이 편하니까.

그리고 채팅창의 존재는…… 굳이, 일행들에게 말할 필요 있을까? 무슨 말인지도 모를 텐데. 나와 주예린은 그냥 말을 아끼기로 합의했다.

어느새 정신 차린 단원들은 전부 내 쪽으로 붙어 있었다. 새로운 공간에서 내 명령을 기다리고 있는 것이다.

"우선 서지호."

"네, 형."

"여기가 어딘지 정찰 좀 해봐."

"넵!"

서지호가 짹짹과 기러기를 양방향으로 날려 보냈다.

제일 먼저 해야 할 것은 이곳의 위치 파악.

그다음은…….

'새로운 퀘스트를 기다려야지.'

얼마 시간이 지나지 않았을까, 예상대로 메시지가 떴다.

[새로운 메인 퀘스트가 도달합니다.]

[메인 퀘스트 ③ 1. '재해급 필드 보스 처치']

[각 도시 근교에, 재해급 필드 보스가 살고 있습니다. 그들을 처치하여 도시를 청소해 주세요.

목표:재해급 필드 보스 5마리 처치

성공 시:중급 몬스터 소환 이용권×10개]

[Tip 혼자 잡기 어려운 몬스터가 있다고요? '파티 사냥'을 해보세요!]

'예상대로네.'

재해급 필드 보스 처치. '재해급'은 '재앙급'의 한 단계 아래로, 태생 4성짜리 보스 몬스터를 통칭하는 말이다.

'그 정도야 이젠 충분히 잡을 만하지.'

문제는 다른 곳에 있다. 재해급 필드 보스라도 리젠률이 높은 게 아니라 놈을 잡기 위해서는 다른 집단과 경쟁을 해야 한다는 사실.

과거 「몬스터즈」 초창기 때는, 이 때문에 집단끼리 자리싸움이 많이 났었다.

"형! 알아 왔어요."

서지호의 정찰은 빨랐다.

"그래?"

"네, 서쪽에 월드컵경기장이 있어요. 남쪽엔 한강이 있고요."

"한강?"

"넵, 그리고 도로표지판엔 연남동이라고 적혀 있었어요."

"마포구 쪽이네."

홍대입구역과 가좌역 사이. 강북 쪽이었다. 그래도 시작은 서울이었다.

'흠……. 어디 보자.'

나는 눈을 감고 서울의 지도를 그려봤다. 그래도 태생이 서울 출신이라 대강의 지리는 안다.

'재해급 필드 보스는 보통 도시 근교에 나오니까'

아마 놈들을 잡으려면 고양시나 김포시 쪽으로 가야 할 거다.

'꽤나 멀겠는데.'

그래도 괜찮다. 세 번째 메인 퀘스트부터는 시간제한 페널티가 없으니까. 과거처럼 억지로 진행하지 않아도 살아남을 수 있다는 말이다.

'그게 결국 죽음을 부르겠지만.'

아마 수많은 인원이 여기서 도태될 거다. 사냥하지 않아도 살 수 있는데, 굳이 목숨 걸 필요가 없잖아! 라고 생각하는 순간 끝이다. 「몬스터즈」는 절대 그런 자들을 가만 내버려 두지 않으니까.

"일단, 오늘은 이곳에 터를 잡겠습니다."

일행들에게 말했다.

"오늘 하루는 여기서 버티면서 계획을 짜보죠. 아, 그리고 이번에 얻은 골드는 전부 재료 수급과 광산 업그레이드에만 사용해 주세요."

이제 슬슬 골드 광산 레벨업을 할 때가 됐다.

[골드 광산(Lv.1)]

지속적으로 골드를 생산하는 광산입니다.

효과:골드 채광 + 50골드/1일.

시간이 흐를수록 골드가 생성되는 골드 광산. 원래 세 번째 메인 퀘스트부터 올리는 게 정석이다.

방어 타워 Lv.3이 1순위, 그다음은 골드 광산 Lv.10이 2순위.

광산 만렙(Lv.10)을 초반에 찍은 자와 아닌 자의 격차는 엄청나다.

'그리고 재료 수급.'

원래 폰 게임이었을 땐, 그냥 현질하면 구할 수 있었지만, 지금은 현질 시스템이 사라졌다. 이제는 골드로 구해야만 한다.

"이제부터 날마다 '거래소'랑 '랜덤상점' 확인하세요. 1성 이상 몬스터가 나오면 죄다 구매해야 합니다."

아마, 인원이 많은 만큼 물량이 많이 풀릴 거다. 최대한 싸게 풀릴 때 많이 수급해둬야 한다. 나중 가서 생존자들이 재료의 소중함을 알게 되는 순간, 가격은 급속도로 뛸 거다. 원래 수요가 많아지면 가격이 오르는 법이니.

"알겠네, 준비하지."

"재료 사는 즉시 전부 리더에게 맡기겠소."

할아버지와 양종현이 답했다.

"전, 일단 오늘 끼니 준비할게요. 다들 거주지 냉장고에 있는 식자재들 보이면 저에게 가져와 주세요."

빈서율과 서은채도 캠핑 준비를 시작했다.

"난, 지호랑 주변 건물 좀 털어볼게. 뭐 나오는 거 있나."

주예린도 본인의 할 일을 찾았다.

일행들이 흩어졌고, 나도 쉐넌을 불러 '터'를 구축했다.

[솟아올라라! 건물아!]

쉐넌의 외침과 함께 무너지는 건물들.

순식간에 구축되는 '터'.

난 먼저 남은 골드를 확인했다.

38,800 골드, 광산에서 벌었던 돈까지, 나름 많이 쌓여 있다. 자, 이제부터 그동안 못했던 쇼핑 타임이다.

나는 있는 골드를 탈탈 털었다. 안타깝게 재료 수급은 못 했다. 골드 광산을 Lv.5까지 찍는데 38,000골드나 써버렸기 때문이다.

'어마어마하게 잡아먹는구먼.'

그래도 지금 투자해 놓는 게 낫다. Lv.5정도면 매일매일 들어오는 돈으로만 재료 수급이 가능해지니까.

[골드 광산(Lv.5)]

지속적으로 골드를 생산하는 광산입니다.

효과:골드 채광 + 1,000골드/1일

'크으.'

과거에 비해 기하급수적으로 늘었다. 38일이면 전부 복구되니, 무조건 먼저 투자하는 게 이득이다.

'사실, 2만 골드가 단체 공금이긴 하지만…….'

두 번째 메인 퀘스트 전, 양종현이 창고에 쓰자고 제안했던 돈이다. 하지만, 지금 시점에서 굳이 창고는 불필요하다.

일행들이 5성 이상의 귀중 재료들을 가지고 있는 것도 아니고, 그냥 랭킹 1위인 내가 들고 있으면 되는 거니까.

'투자하는 게 훨 낫지.'

광산 Lv.4는 +500골드/1일. 차라리 1렙 더 올리고 빨리 회수하는 게 낫다.

"건호 씨! 식사하세요!"

한참 건물 업그레이드를 끝내니 빈서율의 목소리가 들려왔다. 끼니가 생각보다 빠르게 준비됐다.

'가야지.'

주거지에서 식자재 한 뭉치를 꺼내서 빈서율 쪽 터를 향해 가는 순간이었다.

[쪽지함에 '비운'님만의 특별 '히든 퀘스트'가 존재합니다. 이른 시일 안에 열어볼 것을 권장합니다.]

'아, 맞다. 히든 퀘스트.'

정신없어서 까먹고 있었다. 이게 다 그놈의 이상한 나레이션 영상 때문이다.

[안녕하세요. 비운님. 저희 「갓 컴퍼니」에서, '비운'님의 탑 등반을 독려하기 위해 새로운 히든 퀘스트를 만들었습니다. 부디, 여기서 받는 보상이 비운님의 성장에 도움이 되길 기원합니다.]

[히든 퀘스트 -'시련의 탑 등반']

[목표:탑 10층을 클리어하라.]

[제한 시간:한 달]

[성공 시:+500,000골드]

[실패 시:사망]

"이 개새끼들이?"

욕이 절로 튀어나오는 선물이었다.

Chapter 7

"진짜 미친놈들인가?"

열이 뻗쳤다.

"이게, 나만을 위한 선물이라고?"

꿈에도 몰랐다. 「갓 컴퍼니」가 이렇게 나올 줄은.

놈들의 생각은 뻔했다. 혹여나, 탑에 안 가고 빈둥빈둥 놀 거라 생각한 나에게 강제성을 부여한 거다. 굳이, '사망'이라는 페널티를 부여하면서까지 말이다.

'그래도 이건 아니지.'

특히 '선물'이란 표현. 잘못된 단어의 사용이었다. 주는 사람은 어떻게 생각했을지 몰라도, 받는 자의 입장에서는 명백한 조롱의 의미였다.

'게다가, 아스모데우스가 장난이야?'

탑 10층의 보스. 무려 「몬스터즈」 통곡의 벽이라 불렸던 놈이지 않은가. 아무리 랭커라 해도 정도라는 게 있는 거다. 고작 이제 세 번째 메인 퀘스트를 깨고 있는 유저에게 탑 10층이라니.

걸음마를 시작한 아이에게 3㎞ 달리기를 시키는 꼴이다.

"건호 씨, 안 오세요? 다 식겠어요."

"자네, 거기서 뭐 하고 있는가."

저녁 식사 중인 일행들이 불렀다. 그러나 이미 입맛이 뚝 떨어졌다. 가슴이 턱 막혀와서 도저히 목구멍에 음식을 집어넣을 수 없을 것 같았다.

'아, 혹시?'

순간, 한가지 가능성이 떠올랐다. 말은 그렇게 해도, 나 말고 다른 고인물들에게 히든 퀘스트를 주지 않았을까?

왜. 142명이랍시고 특전도 주고, 용사 채팅방에 모으기까지 하지 않았는가. 그래. 일단, 주예린에게 물어보자.

나는 식사하는 주예린에게 눈짓했다. 그러자 빵에 수프를 한가득 찍은 그녀가 눈치채고 조용히 다가왔다.

"무슨 일 있어? 표정이 왜 이래."

"너, 혹시 히든 퀘스트 받은 거 있냐?"

"히든? 아니? 오빠 뭐 받았어?"

역시, 그럴 리 없었다. 주예린이 이런 거로 거짓말할 리도 없고, 정말 나한테만 온 퀘스트였다.

왜일까. 왜 하필 나만일까. 별다른 이유가 있는 걸까?

"후우."

한숨을 쉰 나는 일단 그녀를 데리고 먼 곳으로 이동했다. 그 후, 내가 받은 퀘스트 내용을 공유했다.

"와, 미친 거 아냐?"

"어, 미친 거 맞아. 개새끼들."

그녀 역시 설명을 듣고 열을 토했다.

"적당히 해야지. 이건 뭐, 죽으라는 거야 뭐야?"

"그니까, 하- 장점이 없는 건 아닌데."

한 달이란 기간 동안, 지금 스펙의 인원을 데리고 탑 9층까지 공략하는 건 해볼 만하다. 게다가 굳이 재해급 필드 보스들을 잡겠다고 이곳저곳 돌아다닐 시간도 줄일 수 있다. 다 탑에 거주하는 놈들이니까.

"장점이 있으면 뭐해! 단점이 이렇게 명백한데."

주예린 말이 맞다. 장점은 저것뿐, 그 외 모든 것은 단점이다.

'매 순간마다, 목숨을 걸어야 하니까.'

폰 게임 때와 달리, 원 코인이다. 그 당시에도 수십 번씩 도전해서 깼던 탑을 이제는 한 번에 올라야 한다.

공략을 알면 쉽지 않냐고?

천만의 말씀. 탑은 기본적으로 다섯 명 이상의 팀워크가 요구된다. 다 알고 간다고 해도, 누구 하나가 실수하는 순간 전멸할 수 있는 게 탑이다.

우리 일행들이 타인들에 비해, 잘 컸다 해도 내 눈에는 아직 풋내기. 아직 탑을 오르기에는 많이 무리다.

'게다가…….'

탑 10층의 '아스모데우스'. 놈은 지금 전력으로, 죽었다가 깨어나도 못 잡는다. 저번에야 정체불명의 죽창 사내 때문이었지. 아니었으면 진즉에 죽었을 거다.

'그리고 무엇보다도.'

나 혼자만의 퀘스트이지 않은가. 내가 아무리 리더라 해도, 고작 내 목숨 하나 때문에 다른 일행들에게 목숨을 걸어달라 할 수 있을까?

"후, 일단 생각 좀 더 해보자."

"응응, 일행들에게는……."

"아직, 말하지 마."

"오케이, 알겠어."

어차피, 오늘 일정은 이곳에서 휴식. 남은 시간에 생각 좀 더 해봐야겠다.

채앵! 챠앙!

휘두르는 창에 적당한 무게감이 담긴다.

휘웅! 채앵!

손아귀에 묵직한 충격이 느껴진다. 창대끼리 부딪친 것이다. '때리기'와 '때리기'의 만남. 곧이어, 아델이 충격을 견디지 못하고 창을 놓쳤다.

"크윽."

터져 나오는 신음 소리. 그에 비해 내 손에 들려 있는 묵빛 창은 튼튼하기만 하다.

"아델, 괜찮아?"

"이런, 이젠 더 이상 못 이기겠군. 담건호."

벌써 날이 저물어 어두운 하늘. 나는 훈련소에 빈서율과 아델을 불러놓고 지속해서 대련했다.

땀으로 번들거리는 상체, 그리고 축축하게 젖어 있는 하의, 벌써 17번째 대련이었다. 그리고 대련의 승자는 전부 나. 실력이 늘었다기보다는 육체적 격차가 너무 심했다. 아, 실력이 는 것도 있나?

슈우웅!

옆에서 볼트가 날아온 것은 그때였다.

챠앙!

반사적으로 쳐내자, 훈련장 벽에 틀어박히는 강철 볼트.

빈서율이 쏜 볼트였다.

'후, 이번 건 좀 위험했네.'

손아귀가 저릿하니 아려왔다.

"괜찮아요?"

"물론, 잘했어. 지금처럼 계속 연습하다 가끔씩 기습적으로 날려주면 돼. 사정 봐주지 말고. 어차피 실패하면 치료하면 되니까."

"아, 알겠어요."

볼트는 아델과의 대련 중에도 몇 번 날라왔었다. 그걸 감각적으로 쳐내면서도 아델에게 승리를 이끌어낸 것이다.

"완벽하다, 담건호. 이제 더 이상의 대련은 의미가 없겠어."

아델이 놓쳤던 창을 다시 들며 다가왔다. 난 근처에 놓인 수건으로 땀을 닦으며 물을 벌컥벌컥 들이켰다.

그리고 답했다.

"그래? 난 좀 더 하고 싶었는데. 아직 실력이 완전하게 늘었다는 생각이 들지 않아서."

문득, 죽창을 들었던 사내가 떠올랐다. 그에 비하면 나는 조족지혈. 뭐라도 붙잡고 연습해야 한다.

"아니, 오해가 있군."

"뭐?"

"실력이 늘었기에, 의미가 없다는 게 아니다."

"그럼?"

"대련하는 그 순간순간마다 집중해야 의미가 있다는 말이다. 그대는 아직 발전할 여지가 많아. 으음, 보아하니 아까부터 대련보다는 다른 데 정신이 팔려 있던데. 혹시, 무슨 일 있나?"

"……이런, 들켰군."

역시, 아델을 속이진 못했다. 사실, 아까부터 내 머릿속에는 히든 퀘스트로 가득 차 있었으니까.

물론, 아직 답이 나오지 않은 상태다. 나는 아델을 향해 피식 웃어줬다.

"그래, 오늘 대련은 여기까지 하지. 나 혼자 훈련 좀 더 해야겠어."

"그런가. 부디 잘 해결되기를."

아델과의 대련은 여기까지. 내가 신호하자, 빈서율이 아델을 집어넣었다. 그리고 다가왔다.

"오늘은 웬일로 일찍 끝내셨네요?"

"네, 잡생각이 많았나 봐요. 아델이 그만하라더군요."

"헐, 그래요? 그런 것 치고는 엄청 날렵하시던데."

"날렵은 무슨요. 서율 씨는 안 들어가시나요?"

"넵, 저도 합체족인데 열심히 해야죠. 조준 연습 좀 더 해보려고요."

그렇게 2차 훈련이 시작됐다. 나는 훈련용 타이어를 체인과 연결한 후 트랙을 돌았고, 빈서율은 이리저리 뒹굴며 표적에 볼트를 쏴댔다.

'탑이라.'

나는 달리면서도 고민을 지속했다. 역시, 머릿속이 복잡할 때는 그냥 운동이 최고다. 집중하지 않아도 얻는 게 있으니까.

'뛰면서 채팅창이나 봐볼까.'

[병아리콩(Lv.17):하-무슨 도시 중앙에 떨궈놓고, 근교로 이동하는 퀘스트를 주냐. 지금 단원들 장거리 이동한다고 불만 가득함, 아니, 이거 안 깨면 여기서 어떻게 살아남으려고 이러냐. 참, 단장 해 먹기도 빡세네.]

[카드값줘체리(Lv.20):ㅋㅋㅋㅋㅋ 누가 감히 단장한테 불만을 품누! 우리 단원들은 내 말이 곧 법인데.]

[조류족성애자(Lv.20):근데 여기 고인물인거 숨기고 집단장 안 해 먹고 있는 사람도 있나? 힘숨찐처럼?]

[병아리콩(Lv.17):아, 몰라 짜증 나. 얘네 다 버리고 소수정예나 찾아 볼까?]

[카드값줘체리(Lv.20):소수정예? ㅋㅋ 소수정예가 그쪽을 참이나 받아주겠다 ㅋㅋ]

[병아리콩(Lv.17):뭬야?! 하긴, 그렇긴 하다 ㅋㅋ]

역시, 자주 보이는 익숙한 닉네임들이 만담을 펼치고 있었다. 일종의 친목질이다. 게임 내에서만 그럴 줄 알았는데, 현실이나 게임이나 사람이 바뀐 건 아니었으니까.

왜 그랬는지는 모르겠다. 그냥, 속이 답답한 것도 있었고, 나머지 고인물들의 생각도 궁금했다.

[비운(Lv.27):저기 님들, 혹시 하나 물어도 될까요?]

그래서 그냥 물었다. 그런데 아무도 대답이 없다. 그렇게 활발했던 채팅창에 누구 하나 등장하질 않았다. 한 1분 정도? 기다려도 정적만 흐를 뿐 아무도 나서지 않았다.

'뭐지? 이거 은따인가?'

[얼어죽을시탑(Lv.19):비운좌……?]

[병아리콩(Lv.17):꺄악-비운 오빠 등장한 거 실화야?]

[카드값줘체리(Lv.20):비운좌…… 가 질문이라……. 과연 누가 답할 수 있을지. ㅋㅋㅋㅋ]

[조류족성애자(Lv.20):뗣…… ㅌㅌ]

[문스터(Lv.21):…….]

[몬스터콜렉터(Lv.21):질문 주십쇼. 아는 한에서 성심껏 답해드리겠습니다.]

다시 채팅창에 글이 폭풍처럼 솟아올랐다.

'뭐야, 이거.'

일단, 물어보자.

[비운(Lv.27):혹시, 지금 탑에 도전하는 거에 대해서 어떻게 생각하세요?]

그냥, 이들도 나름 난다긴다하는 고인물들인데, 이들의 생각도 한번 들어보고 싶었다.

[병아리콩(Lv.17):오빠, 지금 탑은…… 아무리 오빠라 해도…….]

[카드값줘체리(Lv.20):ㄷㄷ 과연 비운좌, 발상부터가 다름. 벌써 탑에 오를 생각하다니.]

[조류족성애자(Lv.20):탑은…… 비추입니다…….]

[문스터(Lv.21):…….]

[몬스터콜렉터(Lv.21):아마, 여기 채팅창에 나오시는 분 중엔 벌써 탑 오르려는 사람 없을 거예요. 사실, 아까 낮에도 나왔던 주제라 확실합니다.]

[병아리콩(Lv.17):그치, 멋 모르는 애송이들이나 지금 탑에 가지. 지옥행 열차 타러.]

[카드값줘체리(Lv.20):ㅇㅇ 아무리 공략 알아도 이 레벨로는 의미 없음.]

이들 외에도 다른 이들의 의견 역시 들어봤지만, 역시 벌써 탑에 오른다는 정신 나간 자들은 없었다.

'사실, 그게 맞지.'

[비운(Lv.27):답변 감사합니다.]

나는 감사의 인사를 남기고 채팅창을 껐다. 예상은 했지만, 역시는 역시였다.

"후우."

운동 중에도 깊은 한숨이 흘러나왔다.

시간이 흐르고 어둠이 갰다. 이른 아침 햇살이 훈련장으로 스며들었다.

"후우, 후우."

물론, 나는 쉬지 않고 뛰었다. 빈서율은 이미 본인의 '터'로 돌아간 상태.

"오빠?"

그때, 주예린이 훈련장 안으로 들어왔다. 그리고 감탄했다.

"히엑-지금까지 운동한 거야? 세상에, 땀 좀 봐."

"……아침부터 웬일이야."

마침, 끝내고 샤워하러 나가려던 찰나였기에 나는 달리기를 멈췄다. 그리고 그녀가 건네는 생수를 받아 들었다.

"아니, 생각 좀 해봤나 해서."

생각. 아마, 탑 등반에 대한 말일 거다. 일행들을 데리고 갈지, 아니면 혼자 갈지를 묻는 거겠지.

"해봤지, 밤새."

나는 물을 벌컥벌컥 마신 후, 숨을 골랐다. 그러자 그녀가 벽에 기대어 서서 말한다.

"나도 밤새 생각해 봤는데, 미친 짓이긴 해. 근데 오빠라면 할 수 있는 짓이기도 한 거 같아. 생각해 보니까 다섯 명이서 90층 깼을 때에 비하면 아무것도 아닌 거잖아. 나름대로 공략도 빠삭하고. 물론, 위험하기야 하겠지만……."

"아니."

난 그녀의 말을 끊었다. 이미 밤새 결정을 내렸기 때문이다.

그녀는 탑에 오르는 걸 기정사실로 하고 있는 것 같은데, 생각해 보니 굳이 그럴 필요 없을 것 같았다.

"안 갈 거야."

"뭐?"

"탑에 안 갈 거라고."

내 답에 주예린의 눈이 화등잔만 해졌다. 나는 다시 남은 생수를 신경질적으로 들이켰다.

갓 컴퍼니 이 새끼들. 누굴 호구로 아나. 절대 안 가.

"……오빠."

"왜."

"방금, 그게 무슨 소리야. 안 가겠다고? 탑에?"

주예린의 목소리가 다소 격양되어 있었다.

"그래."

"대책은 있고? 죽을 수도 있잖아!"

"어차피 이런 식이면 죽는 건 똑같아."

"뭐야, 포기한 거야?"

"노력해서 만에 하나 퀘스트를 깼다고 쳐봐. 그럼 다음엔? 놈들이 더 무리한 걸 요구하면?"

"그건……."

나도 밤새 고민했다. 그렇게 해서 내린 결론은, 생존을 목표로 하되 협박에 굴복할 필요는 없다는 것.

이건, 히든 퀘스트의 문제가 아니다. 「갓 컴퍼니」와 나 사이의 문제다. 놈들은 142명의 고인물들 중, 오직 나에게만 '히든 퀘스트'를 쥐어줬다.

이는 분명, 나에게 기대하는 것이 있다는 것. '■■■'인가하는 놈도, 내 존재만 의식하고 있다지 않은가.

솔직히, 정황은 잘 모른다. 그러나 저번 '아스모데우스'와의 만남에서 확실히 느낀 건 있다.

'두 집단 모두 날 원하고 있어.'

'아스모데우스'도 나와 손잡자 했고, 「갓 컴퍼니」는 대놓고 나에게 보상을 퍼준다. 그 말인즉슨, 두 집단 모두 내가 죽기를 바라지 않는다는 것. 특히 「갓 컴퍼니」는 더욱더 그럴 거다.

'나한테 투자한 게 많으니까.'

그런데 내가 탑을 깰 생각을 하지 않으면? 그냥 포기하고 죽을 생각을 하면?

'비상이 떨어지겠지.'

지금껏 투자했던 간섭력이 전부 무용지물로 변해 버릴 테니까.

"그렇다고, 그냥 버틸 거라고? 그러다 진짜 죽어버리면?"

"호들갑 떨지 마. 어차피 걸려 있는 건 내 목숨뿐이니까."

"아무리 그래도…… 연옥 버그도 이미 한 번 사용해서 안 되는 거 알잖아."

"걱정하지 마. 대책이 없는 건 아니니까."

"정말이지?"

나는 고개를 끄덕였다.

주예린을 돌려보낸 후, 나는 계속 고민했다.

'대책…….'

마지막 대책이 있긴 했다.

나는 하늘을 올려다봤다. 로딩 영상 마지막 부분에 나왔던 그 소름 끼치는 눈빛. 어디선가 지켜보고 있는 그 불쾌한 기분.

"보고 있냐?"

마지막 대책은 '■■■'의 팀으로 넘어가는 것. 물론, 그건 정말 최후의 수단이다.

죽창 사내도 말했지 않은가. 두 집단 모두 쓰레기니까 오직 생존에만 신경 쓰라고. 근데 둘 다 쓰레기면 살기 위해 한 곳에 붙어먹을 수도 있는 거잖아?

'도를 넘지 마라. 갓 컴퍼니.'

탑이 아니라 너희를 공략해 버리는 수도 있으니까.

해가 완전히 뜨고, 우리는 이동 준비를 했다. 결론은 이미 아침에 났다.

'탑으로 가지 않아.'

놈들은 분명 나를 모니터링하고 있다. 이대로 버티다 보면 분명 두 집단 중 한 곳에서 먼저 연락이 올 거다. 알아서 해결책도 가지고 오겠지. 난 선택을 하면 된다.

'만약, 기다리다 안 오면?'

그땐, 뭐 별수 있나. 탑에 가야지. 일단 살아야 하니까.

근데 앞으로 어떤 상황이 벌어지든, 놈들은 내 적의를 감당해 내야만 할 거다. 지금 내가 할 수 있는 방도는 그것밖에 없다. 내 가치를 정확히 알고, 그에 맞는 딜을 제시하는 것. 지금까지처럼 마냥 이끌려 다니긴 싫었다.

'그래도 일단, 성장은 계속해야지.'

이제부터 이곳에서 그나마 가까운 근교, 김포시로 이동할 생각이다. 거기서 재해급 필드 보스를 잡을 거다.

'흠, 문제는 이동수단인데…….'

"주예린."

"응."

"그 레드 드래곤 사람 몇 명까지 태울 수 있어?"

"어…… 네 명까지!"

"그럼 일곱 명, 딱이네."

레드 드래곤 네 명, 유령마 켈피 두 명, 연옥 뿔하피 한 명.

딱 알맞다.

"자, 이제 이동 준비 하겠습니다. 다들, 소환수에 탑승하세요."

나는 일행들을 각 몬스터에 태웠다. 뿔하피에는 빈서율을 태웠고, 나는 서지호와 함께 켈피에, 그리고 나머지는 전부 드래곤에 탑승시켰다.

"뿔하피."

[응! 주인님!]

"너는 저 드래곤 뒤만 놓치지 않고 따라가면 돼."

[응!]

맡겨만 주라는 듯, 당차게 말하는 뿔하피.

나는 뿔하피의 머리를 쓰다듬었다.

"그리고 주예린."

"응, 걱정 마. 천천히 따라갈 테니까. 위에서 재해급 필드 보스 찾으면 되는 거지?"

"어. 발견하면 아래로 신호 주고."

"오케이, 종류는?"

"아무거나."

재해급도 종류가 많다. 그런데 뭐, 지금 전력으로는 아무거나 상관없다. 어차피 뭐가 나오든 공략이야 빠삭하니까.

"길잡이는 내가 할 테니까 잘 보고 따라와."

"이동 간 나오는 잡몹들은 어떡하려고?"

"피해 가야지."

"오케이. 맡겨줘."

주예린이 고개를 끄덕였다. 그냥 걸어가는 것보다는, 이렇게 이동하는 게 훨씬 효율적일 거다.

"이랏!"

켈피의 허리를 박찼다. 먼저 강변북로를 탄 후에, 김포대교를 건널 예정이었다.

다그닥-다그닥-

나는 남쪽으로 내려가 강변북로를 탔다. 다행히 도로는 잘 나 있었다. 잡몹도 거의 없다시피 했다. 문제는…….

'사람이 너무 많아.'

이동하는 사람들이 생각보다 많았다. 강북 쪽에 소환된 사람들이 퀘스트를 클리어하겠다고 이동하고 있는 거다. 그래도 이들은 깨어 있는 자들이다. 현실에 안주하지 않고 계속 발전하려 하는 것이니.

"와, 저 사람 좀 봐. 말 타고 가네?"

"편해 보인다."

"하-왜, 내 몬스터는 타는 게 안 되냐……. 이 쓸모없는 놈."

"왜 애꿎은 몬스터한테 뭐라 하냐? 걍 저 사람이 운 좋은 거지."

"이 운빨×망뽑기!"

사람들은 빠른 속도로 지나가는 나와 서지호를 부럽다는 듯 쳐다봤다. 나는 쏠리는 시선을 흘려넘기며 계속 달려 나갔다. 그때, 뒤에 있던 서지호의 목소리가 들려왔다.

"형, 조심……!"

"걱정 마라."

앞에 집단으로 보이는 무리가 보였다. 아마, 빠른 속도로 달리다 보니 충돌을 걱정하는 걸 거다.

그러나, 괜한 걱정이지. 아델에게 배운 승마술도 이제 어느 정도 감을 잡은 상태. 난 묘기 부리듯 사람들을 이리저리 피해 다녔다.

"대, 대단해요. 형!"

"대단하긴."

그렇게 계속 달리자, 곧 김포대교가 나왔다. 위를 보니, 주예린과 뿔하피도 잘 따라오고 있었다.

"헉, 형! 다리가 무너져 있어요!"

서지호가 다시 한번 외쳤다. 보니까, 다리 가운데 부분이 폭삭 주저앉아 있었고, 몇몇 사람들이 울상을 지은 채 되돌아오고 있었다. 강가에는 최소 4성급 몬스터들이 서식하기에 조심해야 한다. 아마 그들 중 하나가 다리를 부숴놨나 보다.

"혀, 형?"

"저 정도는 괜찮아."

그러나, 난 그대로 달려 나갔다. 내 판단에 긴장한 듯, 허리를 잡아 오는 서지호. 계속되는 질주. 그리고 곧이어, 부서진 다리 끝부분에 도달했을 때.

스르륵-

'도약'이 물 흐르듯 발동됐다. 수백 번 연습했던 대로. 아주, 자연스럽게.

유령마의 연기가 우리의 몸을 뒤집었고 시야가 뒤바뀌는 즉시, 반대쪽 다리로 넘어와 있었다.

"뭐, 뭐야! 개쩐다!"

도약을 처음 겪어보는 서지호의 외침이었다.

어느 정도 이해는 갔다. 눈으로 보는 거랑 직접 체험해 보는 것은 차원이 다르니까. 신기했겠지.

다리를 건너니, 사람이 팍 줄었다. 역시 몬스터를 타고 이동하는 것은 좋은 판단이었다. 하루 늦게 출발했음에도 불구하고 꽤 많은 사람을 제쳤으니까.

다그닥-다그닥-

나는 계속 달려 나갔다. 아직 김포시까지 도달하려면 한참이다. 어느 정도 더 이동하니, 슬슬 도시 내에 적막이 돌기 시작한다. 을씨년스러울 정도로 텅 빈 도시들. 들려오는 건 켈피의 말발굽 소리뿐이었다.

'스타팅 지역이 전부 광역시였나 보네.'

그러다 보니, 슬슬 잡몹들이 보이기 시작했다. 놈들을 치워줄 사람들이 없기 때문이었다.

'은신을 쓸 수는 없어.'

내가 사라지면, 하늘에서 따라오는 주예린과 뿔하피가 황당해하겠지. 결국은, 직접 피하거나 창으로 찔러 죽이면서 갈 수밖에 없다.

"후우."

나는 창을 꺼내 들었다. 전방에 보이는 이름도 보기 귀찮은 2성짜리 잡몹들 때문이었다. 이제는 경험치 거리도 안 되는 놈들.

파각! 퍼석!

가볍게 휘두르는 것만으로 대가리가 터져나간다. 이제는 말 위에서 휘두르는 것도 크리티컬 판정이 난다.

'이제 마창술도 어느 정도 늘었다는 건가?'

그렇게 한 30분쯤을 달렸을 때였다. 갑자기 공기가 무거워졌다. 오싹한 느낌이 신경을 쿡쿡 찔러댔다.

'이 느낌은…….'

알고 있는 느낌이었다. 4성짜리 켈베로스가 떴을 때 느꼈던 그 기분. 누군가 날 바라보고 있는 것 같은 그 끈적한 시선.

나는 즉시 켈피를 자리에 멈춰 세웠다.

"형, 왜요?"

"잠깐만, 기다려 봐."

서지호의 반응을 보니, 나한테만 느껴지는 감각인가보다. 그렇다는 건…….

'미끼를 물었군.'

짐작이 맞다면, '■■■' 그놈일 거다. 그래도 다행인 건, 이번엔 비정상적 접근 메시지가 뜨지 않는다는 것. 그리고 그 당시 느꼈었던 악의적인 감각이 느껴지지 않는다는 것.

'주예린과의 대화를 들었겠지.'

나는 하늘을 올려다봤다. 느껴지는 시선을 향해 마주 노려봤다. 내 뜻의 의미하는 건 분명했다.

기다리고 있었다.

이제 어떡할 거냐. 그래서 해답은 가져왔느냐?

후우웅!

바람이 불었다. 레드 드래곤의 날개바람이었다. 내가 가만히 서서 하늘을 보고 있자, 주예린이 내려온 것이다.

"오빠?"

[주인님!]

뿔하피 역시, 드래곤을 따라 가볍게 착지했다. 내 옆에 모여드는 일행들. 그러나 내 분위기가 심상치 않았음을 느낀 걸까, 아무도 답하지 않았다. 그저 기다렸다.

쿠구구구-

하늘이 붉어진 것은 그때였다. 땅이 흔들렸고, 강렬한 에너지의 파동에 잔 돌멩이들이 하늘로 떠오르기 시작했다.

"뭐, 뭔가! 이건."

"갑자기 이게 뭐예요, 건호 씨?"

갑작스러운, 환경의 변화에 일행들이 당황했다. 그럼에도 나는 계속 하늘을 노려봤다.

그래, 이제 보여줘라. 어디 한번 나에게 딜을 걸어봐라. 마음에 든다면 생각해 볼 터이니.

고오오오…….

에너지가 한곳으로 모였다. 그곳에서부터 생겨난 작은 붉은 기운이 점차 커지기 시작했다. 그 붉은 기운은 곧이어 타원형의 형태를 갖춘 상태로 멈췄다.

푸수우우…….

동시에 흔들림이 멎는 땅. 하늘에 떠 있던 돌멩이도 바닥으로 우수수 떨어져 내렸다. 이윽고, 내 눈앞에 메시지가 떴다.

['사이버'(★★★★★★★)가 당신을 초대합니다.]

'뭐?'

사이버? 처음 듣는 이름이다.

'게다가…….'

나는 미간을 찌푸린 채로 메시지를 다시 한번 쳐다봤다. 하나, 둘, 셋, 넷, 다섯, 여섯, 일곱……. 별의 개수가 분명…… 일곱 개였다. 몇 번이고 확인해도 변함없었다.

황당했다. 내가 알기로 「몬스터즈」에 7성은 없었으니까.

'오류인가?'

아니면 이것도 버그의 일종인가? 그나저나, 뭐 어쩌라는 거지? 아무 설명도 없이 그냥 여기 들어오라는 소리야? 겨우, 그게 놈이 가져온 해답인가? 그건 좀 불친절한데.

"거, 건호 씨, 이게 뭐예요?"

“문? 게이트? 포탈? 같이 생겼는데요?”

빈서율이 물었고 서지호가 답했다.

“여러분, 잠시만 기다려 보세요. 아직, 위험하니까 그곳에서 떨어지시고요.”

내가 대답하자, 서지호가 화들짝 물러선다.

머릿속이 복잡했다. 저 안에 뭐가 있을지 전혀 짐작되지 않았기 때문이다. 일행들 역시 의문스러운 표정으로 나만 바라보고 있었다.

침묵 속에서 시간이 계속 흘렀다. 내가 가만히 서 있어도 게이트는 전혀 닫힐 생각을 안 했다. 오히려 빨리 들어와달라는 듯 넘실거리며 날 유혹했다.

나는 게이트를 향해, 한 발자국 앞으로 걸어갔다. 1분이 흐르자, 두 발자국 걸어나갔다. 또 1분이 흘렀고 이번엔 세 발자국 더 걸었다. 그렇게 계속 걸어나가자 이윽고, 눈 바로 앞에 게이트가 보였다. 이제 한 걸음만 더 나아가면 ‘사이버’라는 놈이 초대한 곳으로 가겠지.

‘물론, 안 들어갈 거지만.’

저 안에 어떤 위험이 도사리고 있을지도 모를뿐더러, 불친절한 해답에 응하기 싫었다. 다만 내가 가까이 간 것은…….

[띠링-]

[갓 컴퍼니로부터 ★긴급★쪽지가 도착했습니다!]

[읽어보시겠습니까?]

그때, 시야에 메시지가 올라왔다. 뭔가, 다급해 보였다.

'드디어 왔군.'

사실, 아까부터 기다리고 있던 게 이거였다.

지난밤 트랙을 달리며 고민했던 건, '히든 퀘스트'뿐만이 아니었다. '간섭력'에 대한 고민도 했었다.

'도대체 간섭력이 뭘까.'

천천히 생각해 보자. 「갓 컴퍼니」는 그 '간섭력'이라는 것을 이용해 쪽지를 보낼 수도 있고, 특전을 줄 수도 있다. 또, 나에게 무언가 진실을 알려주려 할 때. 그때도 간섭력이 사용되는 것 같았다.

그럼 그 '간섭력'은 어디서 나오는 걸까? 특정 조건을 달성해야만 충당할 수 있을 걸까?

'저번에 보냈던 쪽지에 나왔었지.'

분명 레너드가 그랬다. 용사 142명 전원이 생존해서 기쁘다고. 덕분에 간섭력도 생겼다고. 그래서 생겨난 게 '용사 채팅방'이었다.

'그리고 또 하나'

두 집단 중 한 곳이 이 세상에 힘을 행사하면, 그 반작용으로 다른 집단도 간섭력을 획득하는 것 같았다.

왜냐. 놈들이 아스모데우스를 꺼내자, 죽창 사내가 등장했었고 놈들이 이상한 게이트를 만들자, 쪽지가 도착했다.

바로 지금처럼…… 독촉하는 메시지. 그곳에 보이는 ★긴급★이란 표시가 계속 번쩍였다. 어지간히 급했나 보다. 그 말인즉슨…….

'협박이 통한 건가?'

나는 쪽지를 열었다. 그러자, 글이 빠르게 올라왔다.

To. 비운 고객님.

고객님께 경고합니다. 그곳에 들어가시면 고객님은 죽습니다.

놈은 '사이버'. 그때, 말했던 그놈이죠.

놈은 절대 인간과 협상하지 않습니다. 비운 님은 '사이버'에게 가장 위협이 되는 유저. 그저, 비운 님을 죽이기 위한 함정을 파놓은 겁니다.

그래도 쪽지를 보낼 수 있어 다행입니다. 놈이 움직이는 바람에 '간섭력'이 어느 정도 충전됐거든요.

역시 예상이 맞았다. 놈들이 개입하는 만큼, 「갓 컴퍼니」도 간섭력을 얻는다.

'그리고, 사이버.'

역시 놈이 화면이 깨져 나왔던 '■■■'의 정체였다. 「몬스터즈」 플레이 당시 내가 보지 못했던 유일한 보스이자, 7성 몬스터. 나는 계속 올라오는 쪽지를 마저 읽었다.

조금만 기다려주세요.

자세한 이야기는 직원을 통해 전달하겠습니다.

부디 현명한 선택을 하시길.

From. 갓 컴퍼니 대표이사. 레너드.

'흠…….'

직원이라.

일단, 「갓 컴퍼니」가 반응하는 것을 보니 쇼는 먹혔다. 이제 굳이 저 정체 모를 게이트에 들어가려는 척하지 않아도 된다는 말이다. 나는 천천히 뒤로 물러섰다.

"후우- 건호 씨."

"……자네."

일행들이 참았던 숨을 토했다. 그들도 내 모습에 긴장하고 있었던 것이리라.

"건호 씨……. 이게 다 뭐예요? 뭔가 알고 있는 거죠?"

"맞아, 나도 설명이 필요해, 오빠. 저 포탈 같은 건 뭐야? 왜 거기서 넋 놓고 있었던 거야?"

"자네……. 괜찮은가?"

내 기행에 놀란 일행들이 다가왔다. 하긴, 당황스러울 거다. 갑자기 눈앞에 나타난 문. 그리고 아무런 설명 없이 했던 내 행동.

"나중에 다 설명하겠습니다."

일단, 지금은 집중해야 할 때. 대충 넘기고 기다리자, 반응이 찾아왔다.

[근처에 요정족 '운영자'가 소환됩니다.]

운영자? 아까 레너드가 말했던 직원인가?
곧이어, 허공에서 요정 한 마리가 튀어나왔다. 쉐넌과 비슷하게 생긴 집요정이었다.
[비운 님. 잠시만 기다려 주세요.]
꾸벅, 고개를 숙이고 이동하는 요정. 발랄하던 쉐넌과는 달리, 뭔가 차분한 느낌이었다. 요정은 나타나는 즉시, 지팡이를 휘둘렀다. '사이버'가 펼쳐놓은 게이트를 향해서였다.
파즈즈즉-

['사이버'(★★★★★★★)의 개입이 차단됩니다.]

번쩍 튀는 전류와 함께 게이트가 닫혔다. 붉은빛이 흔적도 없이 사라졌다. 나는 어이가 없었다.
"이게 뭐 하는 짓이지?"
곧바로 따져 물었다. 두 집단 입장을 전부 들어볼 생각이었는데, 요정이 오자마자 그 기회를 차단해 버렸다.
요정은 태연하게 다시 고개를 숙였다.
[안녕하십니까. 비운 고객님. 「몬스터즈」 운영자 '아린'입니다.]
"안녕하냐고? 너라면 안녕하겠냐? 그리고 그전에, 뭐 하는 짓이냐 물었다. 왜, 포탈을 닫았지?"
[다 고객님의 안전을 위한 일. 양해해 주시길 바랍니다.]

"양해? 안전?"

헛웃음이 나왔다. 「갓 컴퍼니」 측이 나에게 이런 말 할 자격이 있나? 그딴 괴랄한 퀘스트를 줘놓곤?

"그딴 정신 나간 선물을 보내놓고 뭐? 안전?"

[그건, 저희 쪽에도 착오가 있었습니다.]

"착오? 내 목숨이 걸려 있는 퀘스트에 착오? 그딴 식으로 멋대로 굴 거면, 나 역시 협조 못 한다."

두 집단의 견해를 들어보려 했던 게, 이렇게 무산될지는 꿈에도 몰랐다. 문득, 두 집단 다 쓰레기라는 사내의 말이 떠올랐다. 그럼 그렇지.

[부디 흥분을 가라앉혀 주십시오. 고객님. 히든 퀘스트에 대한 내용은 조정해 드리겠습니다.]

요정이 나를 향해 지팡이를 휘둘렀다.

[삐빅-]

[퀘스트 조건이 변경됩니다.]

[히든 퀘스트 -'시련의 탑 등반']

[목표:탑 9층을 클리어하라.]

[제한 시간:한 달]

[성공 시:+250,000 골드]

[실패 시:사망]

"뭐야, 이거."

[클리어 난이도를 9층으로 낮췄습니다. 보상이 떨어지는 건 어쩔 수 없지만…….]

"누가 조정하라 했어? 이딴 퀘스트 없애 버려. 필요 없으니까."

[그게…… 이미 발동된 간섭력은 어떠한 경우에도 회수가 불가능합니다.]

"그래? 그럼 이야기는 끝났다."

[……그게 무슨?]

"야, 요정."

[네, 고객님.]

"너희지?"

[네?]

"이 세계를 이 꼴로 만든 놈들."

[…….]

혹시나 해서 떠봤는데, 답이 없다.

"맞네, 아이템이랑 스킬 몇 개 쥐여주면서, 남 목숨 가지고 장난치는 놈들."

[……그게 무슨.]

슬슬 열이 받는다.

"내가 제일 싫어하는 족속들이 뭔 줄 알아? 너희같이 본질은 악당이면서 착한 척 가면 쓰고 있는 놈들이야. 뭐? 인류를 구하라고? 진실을 찾으라고? 개뿔. 착각하지 마. 현실을 이 지경으로 만들어놓은 주제에 능력 몇 개 쥐여줬다고 좋아할 줄 알았냐?"

나는 요정에게 감정을 쏟아냈다. 이는 요정에게 하는 말이 아닌, 뒤에 숨어 있는 '레너드'라는 작자에게 하는 말이기도 했다. 혹여나 듣고 있을 '사이버'에게 하는 말이기도 했고.

"목숨이 아까우면 따르라고? ×까. 지금까지 니들이 하란 대로 해서, 내가 넘긴 위기만 몇 개지? 탑을 오르라고? 그게 쉬워 보이냐?"

한껏 쏟아낸 후 심호흡을 했다. 어느새 호흡이 거칠어졌다. 흥분을 가라앉혀야 한다. 아까부터 분노가 가득 차, 이성적인 판단을 못 하고 있는 그런 느낌이었다.

"오빠……."

"건호 씨."

주예린과 빈서율이 다가왔다. 나머지 일행들도 내 뒤에 말없이 섰다. 그 의미는 분명했다. 묵묵하게 내 말에 동의를 보내고 있는 것이다.

그 마음이 느껴지자, 자연스럽게 흥분이 가라앉았다. 얼굴이 식었다. 사고회로가 안정적으로 돌아온 것이 느껴졌다.

[저희가 뭘, 어떻게 해드리면 되겠습니까……]

결국, 요정이 두 손을 들었다. 역시, 예상이 맞았다. 놈들도 버리기엔 아까운 거다. 집단 '소수정예', 그리고 유일한 탑 공략자였던 나 '비운'을…….

"뭘 어떻게 해주면 되겠냐고?"

[그렇습니다. 고객님.]

"우선, 이 빌어먹을 세상에 던져진 이유부터 알려줘. 이용당하더라도 이유나 좀 알고 이용당하자."

[그, 그건…….]

"왜, 또 빌어먹을 놈의 간섭력 때문이냐?"

[그, 그렇습니다. 여러분들이 진실을 알아갈수록, '사이버'의 간섭력이 더 강해질 겁니다. 그러면 저희로서는…….]

"참나- 야. 요정, 아니, 아린이라고 했나?"

나는 놈의 말을 끊었다. 지금은 변명을 듣고 싶은 게 아니었으니까.

"그럼, 우리가 무얼 위해 목숨을 바쳐야 하고 무얼 위해 고통을 겪어야 하지?"

[탑 50층…….]

"50층?"

[탑 50층에 '레너드'께서 거주하고 계십니다. 그분을 직접 뵈시면 간섭력 제한 없이 진실을 전부 알 수 있을 겁니다.]

"하- 50층이 뉘 집 개 이름이냐?"

짜증은 냈지만, 알았다. 놈은 절대 진실을 알려주지 않을 거다.

쩝, 결국 또 이렇게 정리되어야 하나? 그래도 나아진 건 있다. 10층에서 9층으로.

"아, 잠깐."

문득, 좋은 생각이 떠올랐다. 일단, 살려면 탑 9층을 정복해야 한다. 뭐, 그 정도는 할 수 있다. 어렵긴 하지만, 10층만큼은 아니니까. 지금 멤버로도 충분히 도전해 볼 만하다.

'다만 어차피 오를 거라면?'

보상을 더 강하게 받는 방법이 있지 않을까? 요정은 분명 퀘스트를 조정했다. 난이도를 낮추는 대신, 보상을 낮췄다. 그럼 그 역도 성립하지 않을까? 라는 발상이다.

"어이, 요정. 난이도를 더 올리면, 보상이 늘어나냐?"

[가, 갑자기 그건 왜.]

"늘어나냐고."

[그렇습니다.]

"또 조정할 수 있고?"

[원하신다면, 그 정도까지는…….]

오, 자신 있게 대답하는 거 보니, 그 정도의 권한은 있는 것 같았다. 나는 방향을 돌려 일행들을 바라봤다. 의문스러운 표정으로 바라보는 그들. 나는 그들에게 대강의 설명을 해줬다. 나도 정체를 모르는 원흉이 있고, 그 원흉이 내가 탑을 올라주기 바란다는 간단한 이야기만 전달했다.

"그, 그랬군요."

"그럼 저놈들이 그 「몬스터즈」란 게임의 운영자란 말이에요?"

"허어- 뭐가 뭔지 도저히 이해가 안 가는구먼."

일행들의 반응은 가지각색이었다. 분노하는 자들, 놀란 자들, 그리고 이해하지 못하는 자들. 그러나 결론은 하나였다. 나를 믿겠다는 것. 따르겠다는 것.

그래서 제안했다, 아니, 양해를 구했다. 탑을 오를 경우, 더 큰 보상을 얻을 수 있다. 그럼 앞으로의 생존 확률 이 더 오를 수 있을 것이다.

탑의 공략은 전부 설명해 주겠다. 물론, 죽지 않을 거란 보장은 없다. 하지만 철저한 연습 후에 들어갈 생각이다.

그러니 따라와 줄 수 있겠는가.

"난 가겠네."

"저도요."

"마찬가집니다."

일행들의 반응은 괜찮았다. 탑 따위 어떻든 전혀 문제없어 보였다. 지금까지 보여준 모습들이 있기에 신뢰를 보내는 거겠지.

"감사합니다."

나는 그들에게 고개를 숙인 후, 다시 요정을 바라봤다.

"난이도 대신, 페널티가 오르면 어떻게 되지?"

[으음, 그것도 마찬가지로 보상을 더 올릴 수 있습니다.]

"그럼, 난이도는 계속 탑 9층으로 하되, 집단 퀘스트로 바꿔줘. 집단 전체 사망이 페널티면 보상 더 오르는 것 맞지?"

이게 참 웃긴다. 탑 등반에 실패하면? 페널티고 뭐고, 어차피 죽는다. 우리는 원 코인이니까. 그럴 거면 차라리 페널티를 가장 강하게 걸고, 큰 보상을 받는 게 더 효율적이다.

[그렇습니다. 고객님. 그렇게 바꿔주면 되겠습니까?]

"착각하지 마. 너희를 위해 싸우는 건 아니니까."

그저, 더 효율적인 생존을 위한 방향이 같은 것뿐이다. 그리고, 이번 기회에 놈들을 나름대로 통제할 수 있다는 것도 알게 되었다.

곧이어 '운영자'가 지팡이를 휘둘렀다.

[대상:집단 전원]

[제한 시간:3주]

[성공 시:각 +500,000 골드]

[실패 시:집단 전원 사망]

일행들 앞에도 바뀐 메시지가 떴는지 술렁였다. 조건은 나쁘지 않다. 500,000 골드 정도면, 전 단원이 '터'를 예쁘게 꾸밀 수 있을 거다. 골드 광산 만렙도 찍을 수 있을 거고. 3주도 그럭저럭 해볼 만하다.

[됐습니까? 고객님?]

"레너드한테 전해라. 너무 욕심부리다 다 잃는 수가 있다고."

[……명심하겠습니다, 고객님.]

나 역시 이들에게 각종 특전과 보상을 받는 상태. 이번 건은 '히든 퀘스트'때문에 흥분했다만, 너무 척져봐야 좋을 게 없다.

"후우-"

정리는 끝났고, 요정은 사라졌다. 이제 곧바로 탑으로 가야 한다. 메인 퀘스트는 탑에서도 해결할 수 있다.

"방향을 틉시다."

나는 일행들에게 지시했다. 서둘러야 했다. 3주 만에 9층까지 오르려면 무지 바쁠 거다.

나는 올림픽대로를 타고 달렸다. 영상에서 확인했던 탑의 위치는 강남 쪽. 정확히는 성수대교 아래, 서초역에서 삼성역 사이 어딘가다. 물론, 영상을 확인하지 않았어도 탑의 위치를 찾는 것은 어렵지 않았을 거다.

100층짜리. 그것도 평범하지 않아 보이는 탑이 저렇게 하늘 높이 솟구쳐 올라 있는데, 못 찾는 게 이상했다.

"이랏!"

이동 대형은 아까와 동일했다. 나와 서지호가 켈피를 탔고, 빈서율이 뿔하피, 나머지는 드래곤에 탑승했다.

그렇게 약 90분쯤 달리자, 마침내 탑이 보였다.

탑의 위치는 삼성동. 나는 탑 바로 앞까지 다가갔다. 주변에는 우리 일행 말고 아무도 보이지 않았다. 어쩐지 을씨년스러웠다.

"거, 건호 씨."

"오빠?"

허공에 있던 일행들이 다가왔다. 나는 드래곤 목 위에 앉아 있는 주예린에게 말했다.

"일단, 다들 내려줘 봐. 할 말 있으니까."

"알겠어."

얼마 뒤, 일행들이 전부 내 앞에 모였다.

나는 즉시 말했다.

"오늘은 이 주변에다 터를 잡을 겁니다."

멤버들이 어리둥절한 표정을 지었다. 아무도 없는 곳. 그리고 어쩐지 소름 끼치는 탑 주변에 '터'를 잡는다니, 의아해하는 것이다.

나는 곧바로 부연했다.

"서버당 단 하나뿐인 탑의 주변입니다. 탑은 최종 콘텐츠이자, 이 세계의 비밀. 그리고 막대한 보상이 떨어지는 곳이에요. 제 예상이 맞다면, 탑 앞은 머지않아 최고의 인기장소가 될 겁니다. 굳이 탑을 오르지 않아도, 사람이 많이 모인 곳에 거주하고 싶어 하는 사람 심리 때문이죠. 시간이 흐를수록 탑 주변으로 더 많은 생존자가 모여들 겁니다. 대형 집단이나 난다 긴다하는 고인물들도 전부 이곳으로 올 거구요."

"아, 그러니까, 그 사람들이 오기 전에, 미리 요충지를 선점해 놓자는 거네요?"

서은채가 나섰다. 난 빙글 웃으며 고개를 끄덕였다.

"그렇지. 기회가 있을 때."

고층 빌딩들로 덮인 삼성동. 곧 있으면 이 동네는 평야가 될 거다. 대다수의 유저가 모여들어, '터'를 지어댈 게 분명하기 때문이다. 땅이 이렇게 넓은데…… 나중에 지어도 괜찮지 않냐고? 절대 그렇지 않다. '터' 하나당 면적은 100평, 또 확장하면 총 300평까지 늘어난다. 나중 가면 대형 집단 하나가 약 10,000평은 잡아먹을 거다.

'삼성동이 대충 35만 평이라 하면.'

300평 기준, 약 1,160명 정도를 수용할 수 있는 면적이다.

아, 물론 이곳에서도 황금 자리는 있다. 바로 탑 가장 가까이에 붙은 자리가 그곳이다. 지금 우리가 서 있는 이곳. 이곳엔 많이 들어 차봐야 20명? 정도밖에 들어가지 못할 거다. 물론, 여기까지는 내 예측일 뿐이고, 사실 또 다른 이유도 있다.

"우리는 이제부터 탑을 올라야 합니다. 탑은 한 층, 한 층 오르는 것 자체가 기적일 정도로 극악의 난이도를 자랑합니다. 많은 사람이 다칠 거고, 잘못할 경우 목숨을 잃을 수도 있겠죠."

일행들이 말없이 쳐다봤다. 누군가 침을 꼴깍- 삼켰다.

"게다가 탑은 중도 포기도 안 됩니다. 한 층에 도전하면 끝을 봐야 해요. '죽음', 아니면 '클리어'. 둘 중 하나만을 강요받습니다. 그런데 거기서 만약, 누군가 크게 다친다면?"

물론, 한 층을 클리어하고 난 직후의 이야기다.

"겨우 클리어하고 나왔는데 치료할 곳이 없다면? '터'를 지으려 하니까 주변이 이미 빽빽 차 있어서 못 짓는다면……?"

"그래서 최대한 가까운 곳에 '터'가 있어야 한다는 거군요."

이번엔 빈서율이 말했다. 나는 고개를 끄덕였다.

"네, 주거지는 좋은 응급실이자 치유공간이 되어주니까요."

'황금 자리'의 장점은 그뿐만이 아니다. 효율성도 좋아진다. 탑과 가까울수록 왔다 갔다 할 시간이 줄어드니까, 그만큼의 시간을 다른 곳에 투자할 수 있다. 아마, 시간이 흐르면 삼성동에 자리를 차지하지 못한 사람들은 탑을 오르기 위해 매번 번거롭게 동네를 이동해야 할 거다.

뭐, 그 외도 많은 장점이 있지만, 오늘은 여기까지 하도록 하고.

[요정들아~ 집단 요정이 명한다~ 움직여라. 움직여!]

쉐넌의 발랄한 외침.

우리는 그렇게 '터'를 설치했다.

위치는 탑 서쪽. 그리고 주변에 방어 타워들을 적절히 배치했다. 만약 외지인이 우리 집단의 '터'를 밟는다면, 모든 방어 타워가 일제히 집중 사격을 퍼부을 거다.

"일행은, 이대로 갈 거야?"

정비를 마친 주예린이 다가와 뺨을 긁적였다. 또 소수로 공략한다니, 옛날 생각이 났나 보다.

"왜, 부족해?"

"아니, 그냥 궁금해서."

"난, 오히려 적은 숫자가 편해. 알잖아. 많은 사람이 가면 그만큼 편하고 쉬워지긴 하는 대신……."

"알지. 고문관 하나 잘못 들어오면, 완전히 다 망쳐 버리는 거잖아."

"응, 차라리 어렵더라도 소수가 나아. 경험치도 더 먹고, 보상도 더 받고. 적어도 저층에서는."

"그렇다면야, 뭐."

그렇게 시간이 흘러갔다. 어느새 '터' 짓기를 완료한 일행들이 내 앞으로 모였고 나는 일행들에게 1층에 관한 주의사항들을 알려줬다.

1층은 뭐, 사실 간단하다. 튜토리얼 때 봤던, '고스트 중대장'(★★). 이놈이 한 100마리 정도 나온다고 보면 된다.

그 외에도 특수 조건이 있긴 하지만, 별거 아니다.

'오늘은 딱 1층만 도전하자.'

본래 핸드폰 게임이었다면, 지금 시기에 탑 1층에 도전하는 건 말도 안 된다. 그러나 지금 스펙이면 해볼 만하다.

일단 '고스트 중대장'(★★)의 약점은 스플래시 대미지. 그리고 우리에겐 '디스트럭션 쇼크웨이브'와 '레드 드래곤 브레스'가 존재한다. 게다가 빈서율의 아델은 첫 소환 당시 혼자 '고스트'(★) 100마리도 혼자 잡지 않았는가.

뭐, 그것 외에 더 신경 써야 할 것도 있지만, 그래도 1층까지는 해볼 만하다.

[파티장 '담건호'가 파티를 구성합니다.]

['빈서율'이 파티에 참여합니다.]

['서은채'가 파티에 참여……]

'파티에 가입해 보는 건, 처음이네'

탑을 오르기 위해서는 같은 파티여야 하기에, 우리는 파티를 결성했다.

그 후, 탑 앞으로 이동하려 했다. 그래도 시간이 좀 흘렀는지, 이번엔 탑 앞에 대략 30명 정도의 무리가 보인다.

집단으로 보였는데, 호기롭게 탑에 도전하는 것 같았다.

"와, 저것들 완전히 미쳤네. 미쳤어."

그 모습을 본 주예린이 다가왔다.

"저기가 어디라고. 저거, 풋내기들이겠지? 오빠?"

"음……."

간혹가다 있다. 호기심이 왕성한 집단들, 혹은, 정말 자신감 넘치는 고인물들.

"말려야 하는 거 아냐?"

"……생각이 있겠지. 우리도 미친 건 아니잖아?"

"쩝, 그건 그렇네."

난 굳이 간섭하지 않았다. 저들도 많은 수의 사람이 있고, 그들을 이끄는 리더가 있다. 굳이, 오지랖 떨고 싶진 않았다.

사실, '심연의 눈동자'를 통해 그들의 스펙을 대충 확인했다.

'공략만 알고 있다면, 1층은 간신히 깰 수준이네.'

모르면 100% 다 죽을 거고.

이건 저들의 협동심에 달려 있다. 손발이 잘 맞으면 깰 거고, 아니면 엄청난 피해를 볼 거다. 다시는 탑에 도전하지 못할 정도의 트라우마가 생길 수도 있겠지.

덜컹!

저들이 탑 앞에 서자, 문이 열렸다. 시커먼 어둠이 보이는 탑 안, 그들이 천천히 들어가자 터엉! 다시 문이 닫힌다. 아마, 1층으로 이동했을 거다.

"무서워요."

서은채가 다가왔다. 주변을 둘러보자 일행들의 안색이 창백했다. 미지의 공간에 가야 한다는 것에 대한 두려움이었다.

"아까 주의한 대로만 하면 됩니다. 1층은 저랑 주예린이 알아서 다 처리할 거예요."

"……알겠네."

일단, 긴장감을 좀 없애줄 필요가 있다. 적당한 긴장감은 좋지만, 너무 과하면 몸이 굳어버린다. 나는 일부러 어깨를 으쓱하며 별일 아닌 듯 탑 앞으로 이동했다. 그러자 일행들도 따라왔다.

문 역시 탑처럼 기괴했다. 총 9개로 나누어진 바둑판 모양의 문양. 그곳에는 각 9마리의 악마가 문양으로 새겨져 있었다.

'각 층의 보스들이군.'

10층부터 90층까지의 보스였다. 다른 이들은 모르는, 오직 구 '소수정예' 멤버만이 아는 보스의 생김새였다.

꿀꺽-

침 삼키는 소리가 들려왔다. 핏빛으로 물든 문의 색깔은 일행들의 분위기를 더욱 무겁게 했다.

덜컹!

일정 시간이 지나자 다시 문이 열렸다. 시커먼 어둠이 우리를 반겼다.

"자, 이제 다들 심호흡하시고."

일행들에게 말했다. 아, 이전에 들어갔던 자들은 전혀 걱정할 필요가 없다. 탑의 각 층은 독립된 세계. 아마 또 다른 1층에서 박터지게 싸우고 있을 거다.

"들어가시죠."

to be continued

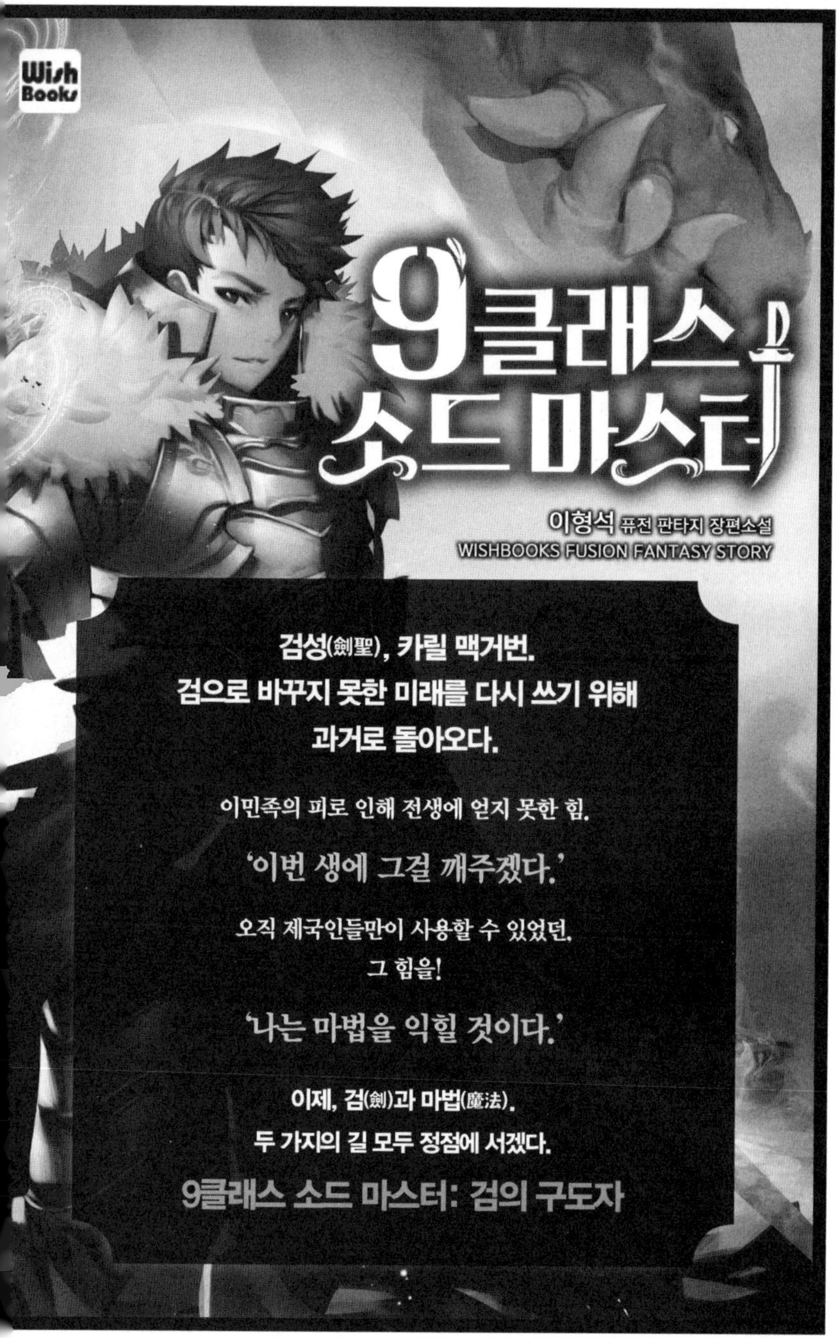
Wish Books
9클래스 소드 마스터
이형석 퓨전 판타지 장편소설
WISHBOOKS FUSION FANTASY STORY
검성(劍聖), 카릴 맥거번.
검으로 바꾸지 못한 미래를 다시 쓰기 위해
과거로 돌아오다.
이민족의 피로 인해 전생에 얻지 못한 힘.
'이번 생에 그걸 깨주겠다.'
오직 제국인들만이 사용할 수 있었던,
그 힘을!
'나는 마법을 익힐 것이다.'
이제, 검(劍)과 마법(魔法).
두 가지의 길 모두 정점에 서겠다.
9클래스 소드 마스터: 검의 구도자

Wish Books
만 년 만에 귀환한 플레이어
나비계곡 퓨전 판타지 장편소설
WISHBOOKS FUSION FANTASY STORY
어느 날, 갑작스럽게 떨어진 지옥.
가진 것은 살고 싶다는 갈망과 포식의 권능뿐.
일천의 지옥부터 구천의 지옥까지.
수십만의 악마를 잡아먹고 일곱 대공마저 무릎 꿇렸다.
“어째서 돌아가려 하십니까?”
“김치찌개가… 김치찌개가 먹고 싶다고.”
먹을 것도, 즐길 것도 없다.
있는 거라고는 황량한 대지와 끔찍한 악마뿐!
“난 돌아갈 거야.”
「만 년 만에 귀환한 플레이어」

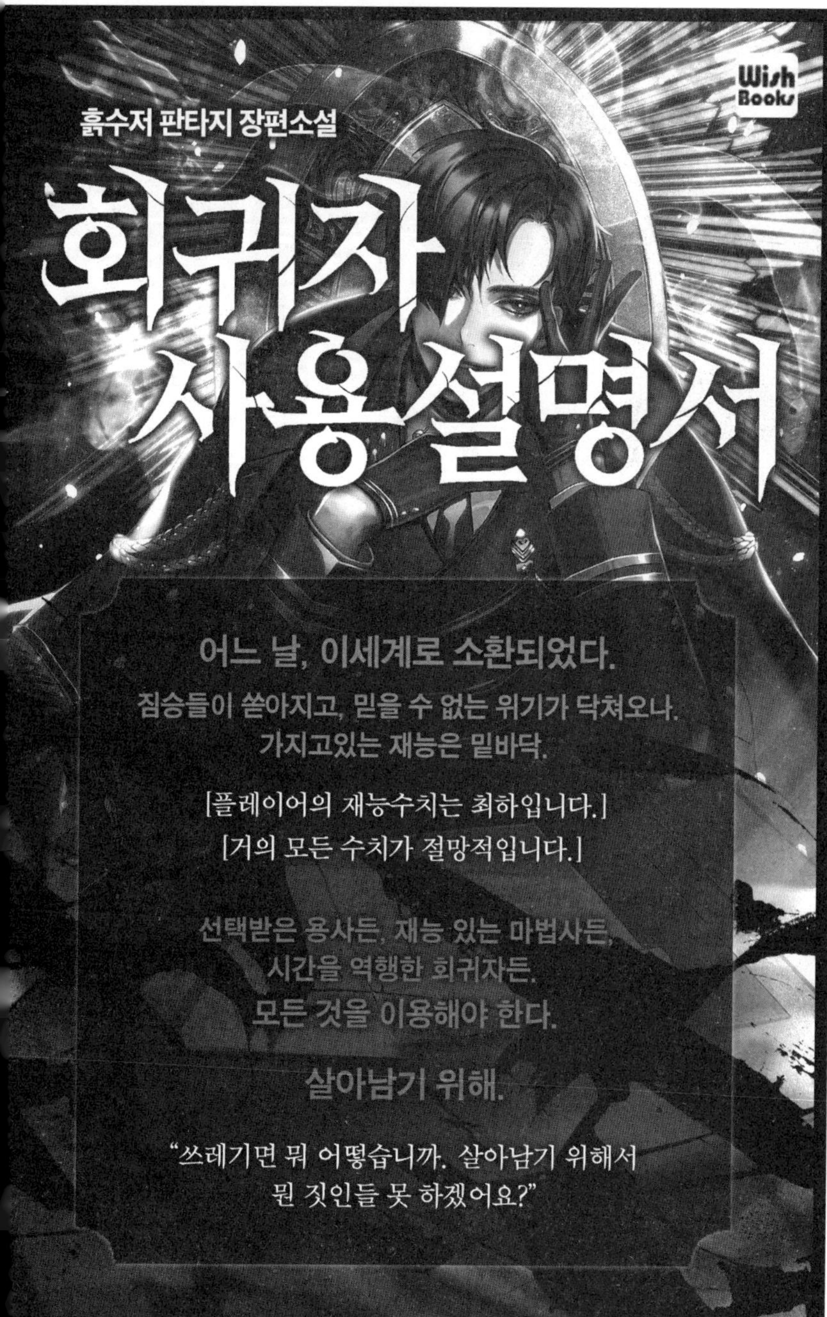
Wish Books
흙수저 판타지 장편소설
회귀자 사용설명서
어느 날, 이세계로 소환되었다.
짐승들이 쏟아지고, 믿을 수 없는 위기가 닥쳐오나.
가지고있는 재능은 밑바닥.
[플레이어의 재능수치는 최하입니다.]
[거의 모든 수치가 절망적입니다.]
선택받은 용사든, 재능 있는 마법사든,
시간을 역행한 회귀자든.
모든 것을 이용해야 한다.
살아남기 위해.
"쓰레기면 뭐 어떻습니까. 살아남기 위해서
뭔 짓인들 못 하겠어요?"

Wish Books
밥만 먹고 레벨업
박민규 게임 판타지 장편소설
WISHBOOKS GAME FANTASY STORY
바사삭, 치킨. 새벽 1시에 먹는 라면!
그런데 먹기만 해도 생명이 위험하다고?
가상현실게임 아테네.
먹고 싶은 음식을 먹을 수 있는 유일한 방법!
[식신의 진가가 발동됩니다.]
[힘 1, 체력 1을 획득합니다.]
「밥만 먹고 레벨업」
"천년설삼으로 삼계탕 국물 내는 놈이 세상에 어디 있냐!"
"여기."

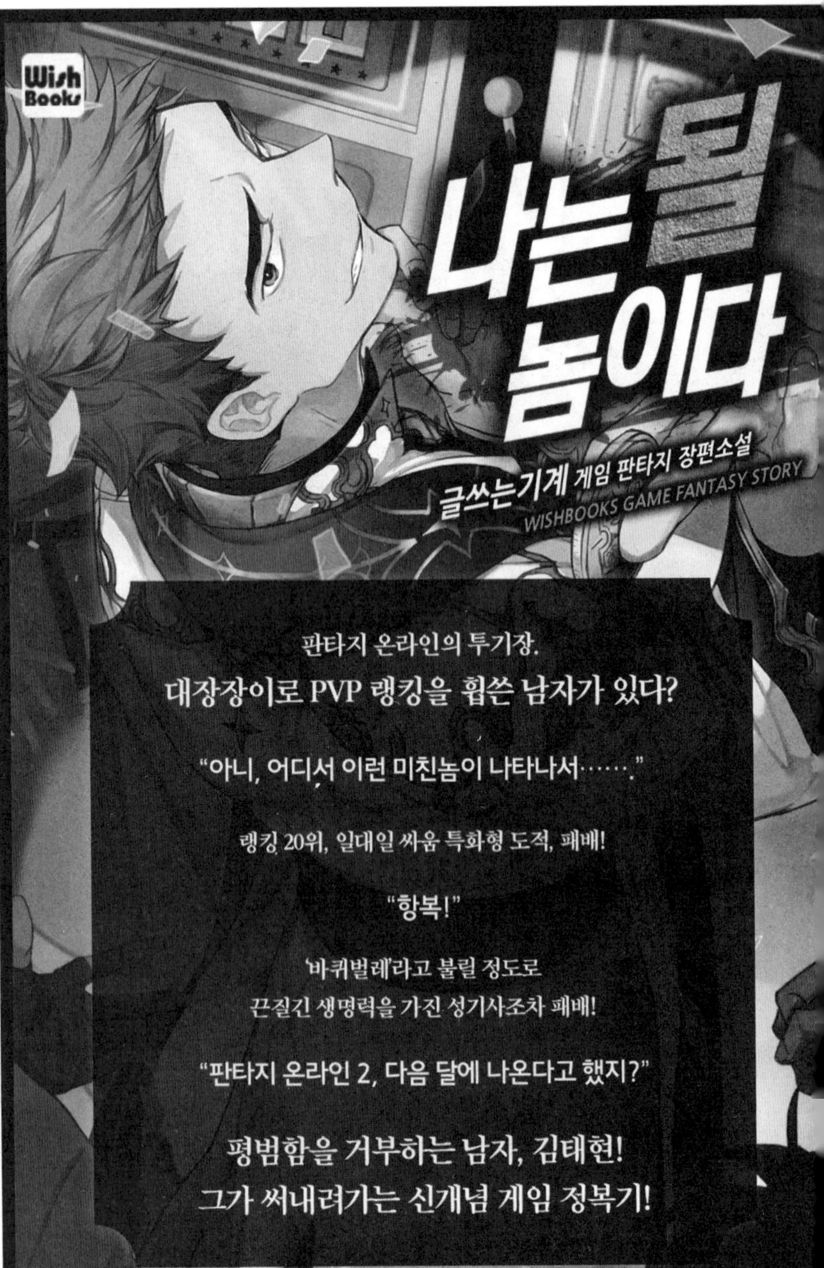
Wish Books
나는 될 놈이다
글쓰는기계 게임 판타지 장편소설
WISHBOOKS GAME FANTASY STORY
판타지 온라인의 투기장.
대장장이로 PVP 랭킹을 휩쓴 남자가 있다?
"아니, 어디서 이런 미친놈이 나타나서……."
랭킹 20위, 일대일 싸움 특화형 도적, 패배!
"항복!"
'바퀴벌레'라고 불릴 정도로
끈질긴 생명력을 가진 성기사조차 패배!
"판타지 온라인 2, 다음 달에 나온다고 했지?"
평범함을 거부하는 남자, 김태현!
그가 써내려가는 신개념 게임 정복기!